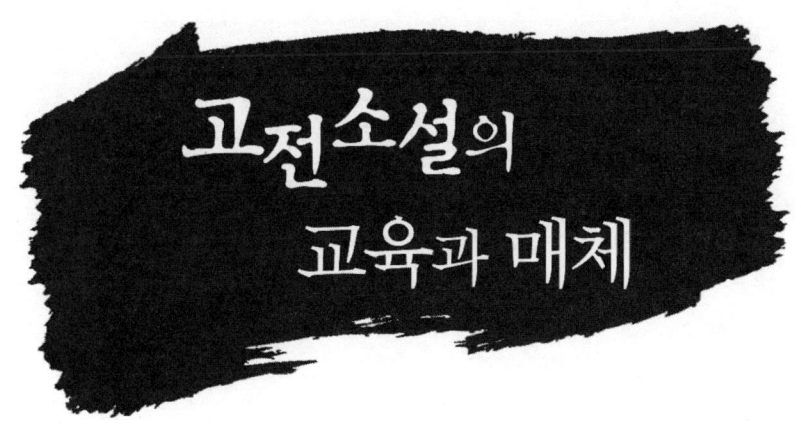

고전소설의 교육과 매체

| 권순긍 지음 |

보고사

전공서적으로는 세 번째 책을 낸다. 첫 책은 구활자본 고전소설의 자료를 정리하고 논리를 마련한『活字本 古小說의 편폭과 지향』(2000)이며, 두 번째 책은 고전소설의 풍자에 주목한『고전소설의 풍자와 미학』(2005)이다. 이번에는 고전소설의 교육과 매체에 관심을 기울인『고전소설의 교육과 매체』를 펴낸다. 처음 한 작업이 자료의 정리이며, 다음은 고진소설의 미학적 본질을 남구한 것이고, 이번에는 고전소설의 활용을 검토한 것이다. 고전소설을 가지고 무엇을 할 수 있을까를 화두로 삼았다.

연구자들에게 고전소설은 친근한 연구의 대상이지만 일반인들에겐 너무나 멀리 있는 독서물이다. 읽을 거리와 정보가 넘쳐나는 이 시대에 고전소설은 독서물로서는 이미 그 기능을 상실했고 오직 교과서에 유폐된 채 교육의 매개물로만 존재할 뿐이다. 고전소설의 교육이 중요한 이유가 여기에 있다.

하지만 관점을 조금만 바꿔보면 사태는 달라진다. 고전소설 자체를 하나의 원천으로 하여 다양한 매체 혹은 콘텐츠로 활용할 수 있는 것이다. 이른바 '원 소스 멀티 유즈(OSMU)'인 셈이다. 여기에 대한 연구는 사실 늦은 감이 있다. 〈춘향전〉의 영화화는 1923년 최초의 민간제작

영화로 시작됐지만 이에 대한 연구는 최근에 와서야 이루어졌다. 학문적 '순혈주의'에 대한 자존심이 타장르와의 잡종을 허용하지 않은 까닭이리라.

하지만 고전소설의 다양한 활용이 오히려 우리 고전소설의 세계를 널리 확산시키고 풍부하게 만들고 있는 것이 현실이다. 고전소설의 스토리텔링을 바탕으로 영화, 애니메이션, 심지어는 게임으로도 무한히 확산되고 있다. 이제 여기에 대한 고전소설 전공자들의 연구가 절실히 필요한 시점에 와있다.

1987년 그 뜨거웠던 시대의 한복판에서 문학교육연구회 同學들과 같이 『삶을 위한 문학 교육』을 펴내면서 문학을 가르치는 것이 왜 중요한가를 뼈저리게 느껴야 했다. 그 뒤로부터 거의 숙명처럼 짐지워진 문학교육에 대한 부채를 이제 어느 정도 갚게 되어 다행이다. 여기 실린 글들은 '삶을 위한 문학교육'에서 비롯된 문제의식의 연장선상에서 중학교, 고등학교, 대학교 고전소설 교육의 지향과 방법을 모색해 본 것이다.

중학교의 고전소설 교육은 7차 개정본의 〈박씨전〉과 〈토끼전〉만을 다루었으며 〈홍길동전〉은 다루지 못했다. 고등학교 고전소설 교육은 6차 개정본을 대상으로 하여 〈구운몽〉, 〈춘향전〉, 〈흥부전〉을 다루었다. 논문을 쓴 시기가 각기 다르기에 같은 교육과정으로 다루지 못한 아쉬움이 있다. 하지만 이 글들이 고전소설 교육의 방향을 설정하는 것이어서 본질적 차이는 없으리라 본다.

대학교의 고전소설 교육은 필자의 경험을 바탕으로 그 방향과 방법을 모색해 본 것이다. 지금도 새롭게 진행하는 과정에 있어 시론으로서의 성격이 짙다. 안팎으로 밀어닥친 총체적 위기 속에서 대학은 분명

변해야 하고 국문학과나 고전소설 교육도 예외는 아니리라 본다.

　고전소설 교육과 관련하여 국어교사모임에서 강연했던 2편의 글을 그 뒤에 덧붙였다. 완결된 논문은 아니지만 고전소설 교육이라는 문제의식을 공유하고 있어 수록했다.

　매체 혹은 콘텐츠의 문제는 최근 여러 학회에서 관심을 가지고 기획 주제로 다루고 있다. 필자도 일찍이 여기에 관심을 가져 「〈토끼전〉의 매체변환과 존재방식」과 「〈춘향전〉의 영화화」를 각각 한국고전문학회와 한국고소설학회에서 발표하고 학회지에 실었다. 「교과서의 변천과 문학교육의 방향」은 교과서라는 매체에 따라 문학교육이 어떻게 시행됐나, 더 정확하게는 각 교육과정별로 문학교육이 어떻게 정권의 입맛에 맞춰 '강요'됐는지를 밝힌 글이다. 교과서라는 매체를 중심에 놓고 검토한 것이어서 매체 부분에 넣었다. 1999년 문학교육학회에서 발표하고 학회지에 실었던 것인데 당시로는 7차 개정 교과서가 나오기 전이어서 6차 개정까지만 다루었다.

　지역에 관련된 글도 뒤에 별도의 장을 마련했다. 필자가 몸 담고 있는 지방대학 '국어국문학과'의 개편문제와 충북지역문화의 과제, 제천에서 일어났던 항일의병을 형상화한 애국계몽기 소설들을 다룬 것이다. 고전소설의 교육과 매체라는 범주에선 벗어나지만 지역에서 부대끼면서 살아가는 사람들의 문화와 문학을 다루고 있어 이 역시 문학의 활용이라 해도 좋을 것이다.

　이런 책을 낼 때마다 늘 드는 생각은 그간 썼던 논문을 주제별로 묶는 것이 아니라 하나의 주제를 잡아 책 한 권 분량의, 말 그대로 심도 있는 '저서'를 내야지 이게 무슨 쓸데없는 짓인가 하는 것이다. 그것이 진정한 저서가 아닐까 생각해보지만 그 정도 분량의 자료정리와 심도 있는 문제의식을 견지하기에는 아직도(!) 내공이 부족함을 느낀다. 언젠가는 정말 마음에 드는 저서를 낼 것이다.

이번 책을 내면서도 많은 사람들에게 빚을 졌다. 나를 이끌어주셨던 선생님들은 물론이고, 특히 80년대 초반부터 같이 공부해 온 문학교육 연구회의 同學들, 김갑수, 김성수, 김진호, 남정희, 문재용, 정세환, 최성수, 그리고 운명을 달리한 故이윤림 선생은 늘 나의 든든한 버팀목이 되었다. 그들과 같이 나눈 문제의식과 고민들은 나를 늘 일으켜 세워 여기까지 이르게 했다. 또한 민족문학사연구소와 한국고소설학회에서 같이 공부하며 토론을 벌였던 同學들은 나로 하여금 고전소설을 넓게 보고 깊이 생각하게 해주었다.

학부 때부터 필자를 지도해준 金時鄴 선생님과 宋載邵 선생님, 林熒澤 선생님께서 내년으로 定年을 맞이하신다. 특히 懷川 선생님께서는 정년 기념으로 당신은 물론이고 제자들이 각자 한 권씩 책을 내면 좋지 않겠느냐 하셨다. 이 변변찮은 책이 선생님과의 약속에 대한 이행이면서 내 학문 전부를 이끌어주신 감사함에 대한 조그만 성의이길 바란다.

늘 나의 원고를 정리해주는 손동호 조교와 이번에 또 신세를 지게 된 보고사의 김흥국 사장에게 감사의 마음을 전한다. 분주한 남편을 인정하고 지켜주는 아내 최선옥과 아들 용득에게는 그저 미안하고 고마울 따름이다.

2007. 겨울, 제천의 樂民齋에서

權純肯 삼가 씀

제2부 매 체

제3부 지 역

제1부

교육

중학교 고전소설 교육의 지향과 방법
– '환상성'과 '상호소통성'을 중심으로

1. 문제의 제기

시대와 문학양식은 유기적인 관계에 있어 하나의 문학 양식을 거기에 적합한 시대에 생성되어 발전된다. 고전소설을 보면 우리의 경우 중세에 생겨나 근대로 넘어가는 이행기에 성황을 이루다 근대소설의 등장과 함께 사라졌다. 그리기에 이 첨단 디지털 시대는 고전소설과는 무척 거리가 있어 보인다. 문학사적 사명이 이미 끝났기에 독서물로서의 역할은 불가능하고 '교과서'에 유폐되어 문학교육의 대상으로만 존재할 뿐이다.

하지만 관점을 바꾸어 보면 고전소설은 케케묵은 유물이 아니라 아주 유용한 재활용품이라는 사실을 확인할 수 있다. 문학사의 일반적인 발전 과정에 따르면 고대는 서사시의 시대고, 중세는 전설이나 로망스(Romance)의 시대며, 근대는 소설의 시대인 것이다. 소설이야말로 가장 근대적인 문학장르며 거기에는 근대의 정신인 합리성과 객관성이 자리하고 있다. 루카치가 적절히 규명했듯이 세계의 총체성을 지향하는 '부르조아의 서사시'인 것이다.[1] 그러기에 이 세계를 객관적으로 그려내야 한다는 리얼리즘의 원칙이 소설을 지배하고 있는 것이다. 이 리얼리즘의 원칙이 소설장르의 질을 가늠하는 척도가 되었고, 고전소설도 예외는 아니었다. 고전소설에 빈번하게 등장하는 비현실적 요소라던가 행복한 결말 등이 근거가 되어 근대소설에 비해 질 낮은 작품으로 폄하되어 왔다. 하지만 고전소설은 근대소설과는 전혀 다른 방식으로 존재해왔다. 창작, 유통, 수용 등의 존재방식이 다르기에 같은 기준으로 비교해서는 곤란하다.

이렇게 고전소설을 근대소설과는 다른 방식으로 파악할 때 가장 주목되는 것은 상상력의 무한한 확장과 상호소통성이다. 현실을 객관적으로 그려야 한다는 근대소설에서는 꿈도 꾸지 못할 무한한 상상력이 고전소설에서는 가능해진다. 〈구운몽〉을 생각해보자. 한 명의 남자가 8명의 여자와 서로 얽혀 만나고 온갖 부귀영화를 누린다는 이런 기막힌 판타지가 어디 있는가! 그리고 그 모든 것이 꿈이었다는(마치 영화 〈매트릭스〉의 결말처럼) 外話는 또 얼마나 신선한가. 게다가 이 모든 內話와 外話가 어느 것이 꿈이고 어느 것이 꿈이 아니냐고 문제를 제기하고 다시 한번 반전을 하는 데서 근대소설에서는 불가능한 〈구운몽〉의 판타지가 완성된다.

바로 이런 고전소설의 상상력과 작가와 독자의 구별이 없는 상호소통성이 첨단 디지털 시대의 다양한 매체와 만날 수 있는 것이다. 〈반지의 제왕〉은 북유럽 신화와 기독교 신화를 재해석한 것이고, 〈스타워즈〉는 첨단 테크놀로지로 무장한 중세 기사전설이며 〈해리포터〉는 중세의 마법이야기다. 〈삼국지〉, 〈수호지〉, 〈서유기〉도 영화, 만화,

---

1) 루카치, 반성완역, 『소설의 이론』, 심설당, 1985 참조.

게임 등으로 그 영역을 끝없이 확장하고 있다. 곧 합리성으로 재단되지 않는 신화적 상상력이 이 시대에 힘을 발휘하는 것이다.

이런 현실의 다양한 매체에서 접하는 판타지적 요소와 상호소통성을 고전소설 교육의 장으로 끌어들여 교육적 기제로 활용하자는 것이다. 고전소설은 그 자체에 환상적인 요소가 많기에 쉽게 결합될 뿐더러 작가와 독자의 경계를 허무는 상호소통성을 전제로 하기에 현재에도 유용한 독서물로 활용될 수 있는 장점이 있다.

여기서는 7차 『중학교 국어』 교과서에 실려 있는 〈朴氏傳〉(중3-2)과 〈토끼전〉(중2-1)을 택하여²⁾ 고전소설을 새롭게 가르칠 수 있는 방법으로 환상성과 상호소통성을 적용한 교육적 대안을 모색해 보고자 한다.

2. 판타지 문학으로서 고전소설 – 〈朴氏傳〉의 경우

청소년들에게 이제 독서의 주된 경향은 '판타지'가 되었다. 판타지 장르는 애초 판타지적 요소가 농후한 일본의 만화 및 게임이 유입되면서 하나의 주류장르로 부상했다. 왜 그런가에 대해서는 여기서는 다루지 않는다. 다만 청소년들이 열광하는 판타지의 요소가 고전소설의 세계와 유사하다는 점이다.

---

2) 그간 『중학교 국어』 교과서에 실렸던 고전소설 목록을 정리하면 다음과 같다.

1·2차	3차	4차	5차	6차	7차
〈심청전〉	〈심청전〉 〈朴氏傳〉	〈심청전〉 〈토끼전〉	〈홍길동전〉 〈심청전〉 〈토끼전〉	〈홍길동전〉 〈심청전〉 〈토끼전〉	〈홍길동전〉 〈朴氏傳〉 〈토끼전〉

〈드래곤 라자〉의 작가인 이영도는 "톨킨은 신화를 만들었고 하워드는 검과 마법의 세계를 그렸으며, 러브 크래프트는 인간이 버렸다고 주장하지만 아직도 버리지 못한 '인간=만물의 척도'라는 개념을 파괴했다고 할 수 있다. 이것들을 모두 결합시키면 현재 대중적으로 받아들여지고 있는 판타지의 개념이 대충 떠오른다. 즉 판타지는 '인간만이 세계를 관장하지는 않는 신화적 세계 속에서 검과 마법이 부딪히는 이야기'인 셈이다."[3]고 규정했다.

고전소설은 분명 근대소설의 서사 문법으로 보자면 규칙에 맞지 않는다. 천상계와 지상계가 서로 관련을 맺고, 수많은 도술과 기이한 만남이 이어지며 행복한 결말로 마무리 된다. 하지만 그것이 합리성의 감옥에 갇힌 소설의 운명을 구제할 수 있다. 근대소설은 리얼리즘의 원칙에 의해 냉혹한 현실의 모습을 그렸다. 하지만 고전소설은 환상적 해결을 보여줌으로써 민중들의 꿈과 소망을 그리고 있는 것이다. 분명한 건 소설이 꿈을 그리는 쪽으로 나아가고 있다는 점이다.

〈朴氏傳〉은 병자호란의 치욕적인 패배를 문제 삼았다. 주지하다시피 병자호란은 청태종이 1636년(인조 14년) 13만 명의 병력을 이끌고 12월 2일 심양을 출발하면서 시작됐다. 청태종은 의주의 임경업이 이끄는 백마산성 수비군과의 결전을 피하고 한성으로 직행했다. 한편 인조는 14일 오후 강화도로 향했으나 이미 청군이 양화진 일대에 진출해서 부득이 남한산성에 들어간 뒤 다음해 1월 30일까지 45일간 항전했다. 이때 이시백은 서문 수비군 대장을 맡는다. 수차례 전투가 있었으나 결국 청군의 대공세에 밀려 국왕이나 척화파들의 강력한 수성의지

---

3) 이영도, 「어느 판타지 애호가의 잡담」, 『베스트셀러』, 2002년 5·6월호, (주)부크, 13면.

에도 불구하고 국왕의 출성항복이라는 청나라의 요구를 수락한다. 1월
30일 인조는 馬夫大와 龍骨大가 전달한 청태종 국서의 열 가지가 넘는
조항을 수락하고 삼전도에 나가 세 번 절하고 아홉 번 머리를 조아리는
굴욕적인 항복을 한다. 이른바 丁丑和約의 중심 내용은 청에 대한 군
신의 예를 지킨다는 것과 세자, 왕자 및 대신 자제를 청에 인질로 보낸
다는 것, 청의 요청에 따라 병력과 군량을 원조한다는 것 등이다.[4]
〈朴氏傳〉에서도 이 정황을 다음과 같이 그렸다.

> 각설 국운이 불힝ᄒ여 호적이 강셩ᄒ여 잉티비와 셰ᄌ 등[대]군을
> ᄉ로줍고 국기 위티ᄒ미 더 ᄌ졉의 도젹을 인도ᄒ미니, 엇지 졀통치
> 아니리요. 슬푸다, 여러 날 도젹의게 에운비 되여 셰궁역진ᄒ여 샹이
> 도젹의게 강화ᄒ시니[5]

현실에서는 분명 치욕적인 폐배를 당했으니 허구의 세계에서 그 보
상을 받고자 했다. 그러기 위해서 박씨라는 허구적 인물을 설정하여
여성영웅의 형상으로 만들었다. 『중학교 국어(3-2)』에서도 '목표학습'
활동을 통해 "〈박씨전〉의 작가는 왜 역사적 사실과 다르게 소설을 썼
는지 그 이유를 생각해 보자."[6]고 하여 주요학습 목표임을 명시했다.
〈朴氏傳〉교육의 방향을 바로 이런 역사적 현실과 허구의 관계를 어
떻게 규정하느냐에 있다. 현실은 분명 역사적 사실이기에 그것을 바꾸

---

4) 전사편찬위원회, 『丙子胡亂史』, 국방부, 1986, 134면~254면 참조.
5) 김기현 역주, 『朴氏傳/임장군전/배시황전』, 고대 민족문화연구원, 1995, 206면.
   앞으로 이 자료는 일일이 주를 달지 않고 괄호 속에 면수만 표시한다.
6) 교육인적자원부, 『중학교 국어(3-2)』, 대한교과서주식회사, 2003, 187면.

지는 못한다. 하지만 허구적 인물 박씨를 등장시켜 허구 내지는 환상적 영역을 확장시켰다.

〈朴氏傳〉의 전반부는 역사와 조우하지 않는다. 추녀인 박씨로 하여금 신통력을 발휘하게 하여 판타지의 세계를 구축해 갔다. 하루 만에 시부의 朝服을 만든다거나 名馬를 알아보고 키워 재물을 얻는다거나 꿈에 본 백옥연적으로 남편 이시백이 과거에 장원급제 하게 하고, 避禍堂을 짓고 나무를 심어 앞날의 위험에 대비하는 등의 일이 그것이다. 이 일들은 비록 환상적 요소가 두드러지지만 박씨의 신통력을 보여주는 것 이외에는 큰 의미를 갖지 못한다.

작품에서 환상적 요소가 의미를 갖는 것은 역사적 사건과 조우하면서 부터다. 먼저 청나라 자객 기홍대와의 대결이다. 이는 물론 구체적인 역사사실과 관련되지는 않는다. 다만 청나라에서 병자호란을 일으키기 전 神人의 존재를 일찍 주목하고 제거하고자 했다는 것이다. 박씨의 존재가 청나라에서 임경업보다도 부담스러워할 정도로 뛰어난 능력을 소유한 것으로 드러난다. 그런데 왜 병자호란을 막지 못했을까?

하나는 청나라의 우회공격이다. 역사적으로도 청나라 군대는 임경업과의 대결을 피하고 바로 한양으로 진격한 것이다. 작품에서도 황해를 건너 바로 한양으로 들어온 것으로 그렸다. 또 다른 하나는 간신 김자점의 등장이다. 청나라를 막을 방도를 일러주었음에도 불구하고 "시방 시화셰퐁 국틱민안ᄒ오니, 이런 틱평셩딕의 무슴 병난이 잇스릿가. 박씨는 요망헌 계집이여늘, 전하 엇지 요망헌 말을 침혹ᄒ시며, 국가딕ᄉ를 아희 희롱갓치 ᄒ시느니잇가(200면)" 하며 임경업을 불러 청나라 오랑캐를 막아야된다는 의견을 묵살한 것이다.

병자호란의 경과를 보면 현실적으로 중과부족이어서 청나라의 기세를 당하지 못하고 항복하기에 이른다. 작품에서의 허구도 이런 역사적 사실을 뒤집지는 못한다. 하지만 다른 방식으로 복수를 하고 승리를 거둔다. 그것은 강화의 주도적 인물인 청나라 장수 용골대의 동생 율대를 등장시켜 피화당을 범하다 죽게 하는 것이다. 그 과정을 보자.

> 율디 그 말을 듯고 디로ᄒᆞ여, 칼을 드러 계화를 치랴 ᄒᆞ되, 경각의 칼든 팔이 심이 없셔 놀닐 길이 업는지라. 하릴업셔 하날을 우러러 탄식 왈, "디장뷔 셰상의 ᄂᆞ셔 만리타국의 디공을 바라고 왓다가, 오날 날 조고마흔 계집의 손의 죽을 줄 엇지 알니요."
>
> 계홰 우셔 왈
>
> "불상코 가련ᄒᆞ다. 셰상의 장부라 위명ᄒᆞ고 날 갓튼 녀ᄌᆞ를 당치 못ᄒᆞ느냐. 네 왕놈이 천의를 모르고 예의 지국을 침범코ᄌᆞ ᄒᆞ여 너 갓튼 구상유취를 보닛거니와, 오날은 네 명이 니 손의 달넛시니, 밧비 목을 늘이여 너 칼을 바드라."
>
> ᄒᆞ디, 율디 앙천탄왈
>
> "천수로다."
>
> ᄒᆞ고 ᄌᆞ결ᄒᆞ니, 계홰 율디의 머리를 베여 문 밧게 다니, 이윽고 풍운이 이러ᄂᆞ며 천지명랑ᄒᆞ드라.(206면)

피화당을 침범하다가 술법에 걸려 결국 자결하는 장면을 자세히 그려냈다. 남한산성에서는 청나라의 공세에 밀려 왕이 삼전도에 나가 머리를 조아리는 치욕적인 항복을 하였지만 여기 피화당에서는 일개 시녀인 계화가 청나라 장수를 꼼짝 못하게 하여 죽게 만들고 그 목을 베어 문 밖에 걸어둔다. 참으로 통쾌한 승리의 장면이다. 게다가 조선의 항복을 받은 청의 장수 용골대는 동생의 복수를 갚기 위해 여러 방법으로 피화당을 공격하지만 오히려 피해만 입고 물러선다. 여기서 역사적 사실과 허구가 충돌한다. 역사적 인물인 용골대가 박씨부인을 수차례 공격하였으나 어쩌지 못하고, 소현세자, 봉림대군과 조정 중신들을 끌고 가는 역사적 사실에 허구의 세계는 왕대비를 추가하여 이를 저지하는 것으로 박씨의 신통술을 보였으며, 용율대의 머리를 달라는 용골대의 청을 거절하여 병자호란의 치욕을 보상받고자 했다.

그런데 그 장면이 청나라에게 당한 치욕의 역전된 모습이어서 참으로 흥미롭다. 왕대비를 데려갈 때는 천지조화를 부려 "마지 못흐여 호장등이 투구를 벗고 창을 아셔, 피화당 압헤 나아가 쑤러 익걸"(212면)했으며, 용골대는 "항공흐오나 쇼장의 오오 머리를 쥬옵시면 덕틱이 틱슨 갓틀가 바라ᄂ이다."(214면)고 사정도 했다.

여기에 대해 박씨는 다음과 같이 말한다.

【가】 너의 등을 씨없이 죽일 거시도되, 천시를 싱각흐고 십분 용셔흐거니와, 너의놈이 본더 간스흐여 범남헌 죄를 지엿시나, 이번은 아는 일이 잇셔 슬녀보너ᄂ니, 조심흐여 드러가며, 우리 셰즈, 디군을 부디 틱평이 뫼셔 가라. 만일 그러치 아니흐면 너 오랑키 씨를 없시 함몰흐리라.(212면)

【나】 그는 못흐리도다. 옛날 조양지ᄂ 지빅의 머리를 칠흐여 슐잔을 만드러 진양셩의 분흐믈 씨셔 천츄만셰의 유젼흐엿스니, 이제 우리는 너의 아오 머리를 칠흐여 강화셩의 분흐물 씨시리라.(214면)

【가】는 청나라 장수들에게 꾸짖는 장면이며, 【나】는 용골대의 청을 거절하며 호통치는 장면이다. 【가】를 보면 작품에서 전세를 충분히 바꿀 수 있는 능력이 있음에도 불구하고 '天時'를 생각하고 '아는 일'이 있어 그러지 못했다 한다. 바로 이것이 상상력 혹은 문학적 허구의 한계다. 즉 기존의 역사적 사실을 바꾸지는 못하기에 이미 일어난 패배를 하늘의 이치로 설명한 것이다. 하늘의 뜻이 그러하기에 어쩌지 못했다는 것이다. 〈壬辰錄〉에서처럼 왜왕의 항복을 받는 등의 역사착오적인 일은 일어나지 않는다. 어디까지나 역사적 사실의 흐름 속에서 사건이 일어나고 해결된다. 대신 허구적 인물, 허구적 공간을 확장시켜 역사적 패배를 설욕하는 것이다. 청나라 장수 용율대의 머리를 돌려주지 않고 조양자의 일을 본받아 술잔을 만들어 치욕을 씻겠다고 하는 것은 ㄱ 절정에 해당된다.

이처럼 〈朴氏傳〉은 병자호란이라는 역사적 사실을 사건화 하여 문제를 제기하고 해결하고자 했다. 그 방식은 환상적 요소를 활용하는 것이다. 역사적 현실의 공간 속에다 허구 내지는 환상의 공간을 설정하여 통쾌하게 역사적 패배를 설욕하고 있다. 물론 그 환상이 역사적 사실을 훼손하지는 않기에 작품은 나름대로의 현실성을 유지하게 된다.

〈朴氏傳〉의 주요 교육목표는 앞에서도 언급했듯이 허구적 내지는 환상적 요소들이 역사적 현실에 어떻게 개입하느냐에 있다. 그렇다면 그 역사적 의미는 무엇인가?

병자호란의 치욕을 설욕하고자 하는 "역사적 현실에서의 굴절소가 바로 병란 후 민중들의 민족감정이요, 현실에서 상대적으로 형성된 역사의식 내지 영웅적 형상화"[7]인 것은 당연하다. 특히 소외되고 억압 받아왔던 이름 없는 여성 박씨를 등장시켜 영웅적 활약을 펼치게 한

것은 여러모로 의미가 깊다. 여기에 이르게 되면 〈朴氏傳〉의 환상성
은 단순히 비현실적 요소로서의 황당무계한 장치가 아니라 현실에 대
한 저항이자 전복으로서 의미를 갖게 된다.[8] 〈朴氏傳〉의 환상성은 한
축으로는 병자호란에 대한 민족감정의 응어리를 풀고, 또 한 축은 소
외된 여성의 목소리를 대변하고 있는 것이다.

3. 상호소통방식으로서 고전소설 – 〈토끼전〉의 경우

디지털 시대에 매체의 특성 중 하나는 상호소통성이다. PC통신이
나 핸드폰 문자 메시지 혹은 게임을 생각해보면 쉽게 알 수 있다. 어떤
고정된 틀이 있는 것이 아니라 메시지를 상호소통을 하면서 줄거리를
만들어 나간다. 여기서 더 발전하면 이른바 '하이퍼텍스트(Hypertext)'
로 나아가게 된다. 곧 꾸며 내거나 심어 넣지 않는 이상, 선은 사실상
존재하지 않는다. 시작하는 이들을 위한 어떤 중심점도 어떤 가장자리
도 끝도 경계선도 없는 유동적인 텍스트가 가능해지는 것이다.[9]

작가가 존재하고 활자로 인쇄된 근대소설은 이미 고정된 텍스트이
며, 독자를 향해 던지는 작가의 메시지였다. 거기에는 상호소통이 있
을 수가 없다. 하지만 고전소설은 다른 방식으로 존재해 왔다. 무수한
異本들의 존재가 그것인데, 다양한 형태의 텍스트를 만들어내면서 수
많은 사람들이 작가와 독자로 참여했다. 담당층 모두가 작가이며 독자

---

7) 소재영, 『임병양란과 문학의식』, 한국학연구원, 1980, 309면.
8) 조지 잭슨, 서강여성문학회 옮김, 『환상성』, 문학동네, 2001, 242면 참조.
9) 구광본, 『소설의 미래』, 행복한 책읽기, 2003, 98~99면 참조.

였다. 말하자면 서로 다른 異本들을 통해 작가와 독자가 의사소통의
통로를 만들어냈던 것이다.

『고등국어(상)』을 보면 '능동적인 의사소통'이라는 단원 속에 고전소
설 〈九雲夢〉이 등장한다. 작품을 중심으로 작가와 독자가 상호소통하
는 '문학적 의사소통행위'를 학습하기 위한 배려다. 그런데 〈九雲夢〉
을 통해 17세기 규방의 여성독자들이 어떻게 소통구조에 편입되는가?

김종철은 이에 대해 두 가지 경로를 말하고 있다. 하나는 상당한 정
도로 여성들이 독자적 세계를 허용하고 배려한다는 점이다. 애정 실현
에서의 여성들의 적극성, 여성들의 독자적인 인간관계의 형성, 여성들
의 대사회적 발언 등 여성들이 소실을 자기 이야기를 그려놓은 것으로
받아들일 수 있게끔 잘 갖추어져 있는 것이다. 또 다른 하나는 소설의
내용 중 상당부분이 여성세계를 드러내는 데 바쳐지고 있는 것이다.
즉 여성들을 중심으로 한 규방의 여러 행적을 드러내고 있다고 한다.
그리하여 소설이 하나의 의사소통 틀 속에 존재하며, 독자는 수동적인
향유자가 아니라 그러한 틀을 구성하는 하나의 축임을 보여줌으로써
가부장제 사회의 주요한 자기 조절 장치로서의 역할을 했다고 한다.10)

〈九雲夢〉의 경우가 직접 창작에 참어하기보다는 수용자로서 의사
소통의 통로로 작품을 활용했던 것이라면, 『중학국어(2-1)』의 '우리
고전의 맛과 멋' 단원에 실려 있는 〈토끼전〉은 숱한 이본을 통해 직접
창작에 참여하는 적극적인 상호소통의 실례를 보여준다.

주지하다시피 〈토끼전〉은 이본에 따라 결말이 각기 다르다. 토끼를
놓친 자라가 자결하고 용왕은 왕위를 물려주고 죽거나, 수궁으로 돌아

---

10) 김종철, 「17세기 소설사의 전환과 소설교육론」, 『한국학보』 96집, 일지사, 1999 참조.

가지 못하고 소상강에 망명해 살거나, 빈손으로 돌아가 공이 없다고 귀양가거나(모두 용왕은 병을 고치지 못해 죽는다.), 토끼 똥을 받아가 용왕을 살리거나, 名醫 화타에게 선약을 받아가 용왕을 살리는 등 참으로 다양하다. 이는 당대 민중들이 겪어야 했던 봉건체제에 대해 어떤 입장을 가지느냐에 따라 편차를 보이는 것이다.[11]

교과서에서는 자라가 장렬하게 자결하고 용왕은 왕위를 물려주고 죽는다는 경판본 〈토생전〉의 결말을 본문으로 하고, 명의 화타에게 仙藥을 받아가 용왕을 살리는 구활자본 텍스트인 신구서림본 〈별주부전〉과 자라가 소상강으로 망명하고 용왕은 손도 못써보고 죽는 가람본 〈별토가〉의 결말부분을 '목표학습'으로 제시하여 이를 비교해보도록 했다. 그리하여 서로의 결말이 어떻게 다른지를 정리해보도록 했으며, 다음으로 "세 편의 결말부분으로 미루어볼 때, 우리 조상들의 바람이 각 작품에 어떻게 다르게 나타났는지 생각해 보"며 "세 가지 결말 중에서 어느 것이 가장 마음에 드는지 이야기해"[12]보도록 했다. 당시 독자들의 상호소통성 뿐만 아니라 오늘의 독자들에게까지 상호소통의 통로를 열어주고 있어 고전소설 교육의 적절한 대안을 제시하고 있다.

디지털 시대에 정보나 지식의 전달은 상호소통성을 특징으로 한다. 그리기에 청소년들은 교육에 있어서도 교조적이고 일방적인 것을 싫어한다. 이런 점에서 숱한 이본을 지니고 있는 고전소설은 상호소통성을 일깨워주는 좋은 대안이 된다. 특히 『중학교 국어(2-1)』에 실려 있

---

11) 이에 대한 자세한 고찰은 정출헌, 「봉건국가의 해체와 〈토끼전〉의 결말구조」, 『고전소설사의 구도와 시각』, 소명, 1999 참조.
12) 교육인적자원부, 『중학국어(2-1)』, 대한교과서 주식회사, 2002, 124면.

는 〈토끼전〉은 그 결말구조가 다르기에 텍스트 자체가 논쟁적이며 상호소통적이다. 결국 봉건체제를 어떻게 보느냐일 것인데, 여기에는 당대 담당층의 바람뿐만 아니라 필사본, 방각본, 구활자본 등 매체의 특성 또한 존재한다.

우선 필사본인 가람본 〈별토가〉는 텍스트의 다양성과 혼재성이 가장 잘 드러나 있다. 사건 진행과 관계없는 사설이 이어지기도 하고 사설이 사건진행을 방해하기도 한다. 각각의 사건들은 완결되지도 않고 사설에 묻혀 버리는가 하면 딱히 결말을 맺지 않는 것도 있다. 그것은 이 필사본 텍스트가 용왕을 비롯한 기존 권력 혹은 권위에 대한 희화와 풍자를 수 내용으로 하고 있기 때문이다. 슬랩스틱 코메디처럼 온통 뒤죽박죽이며 난장판이다. 용왕은 50여종이 넘는 온갖 병이 들어 그 형상이 추한 데다 "아조 큰 소릭로 욻"[13] 정도로 형편없는 인물로 그려지며, 조정 중신들도 "世上에 나가면 밥반찬걸리와 술안쥬걸리"(266면)로 비하 된다. 산군인 호랑이도 자라가 달려드니 물똥을 싸고 달아날 정도로 희화되어 나타난다. 반면 토끼는 용왕과 벗질하고 "여보, 龍僉知"(274면)라 부르며 마음껏 희롱한다. 가람본에만 등장하는 자라부인과의 농침도 이런 연장선상에 있다. 자신에게 가해졌던 수궁의 폭력에 대한 보복으로 수궁의 권력과 질서를 마음껏 조롱하고 뒤집어 놓은 것이다.[14] 이 한바탕의 난장판은 끝없이 부연이 가능한 필사본이기에 실현될 수 있었고, 자라가 소상강으로 망명하고 용왕도 병이 더하여 죽게 된 결말부분도 이런 점에서 의미를 갖는다. 즉 가람본

---

13) 인권환 역주, 『토끼전』, 고대 민족문화연구원, 1993, 254면.
  앞으로 이 자료는 일일이 주를 달지 않고 괄호 속에 면수만 표시한다.
14) 졸고, 「〈토끼전〉의 인물형상과 풍자」, 『판소리연구』 14집, 판소리학회, 2002 참조.

〈별토가〉는 봉건체제에 대한 희화와 풍자라는 주제가 다양성과 혼재성을 특징으로 하는 필사본이기에 실현가능했던 것으로 보인다.

이런 필사본의 다양성과 혼재성은 坊刻本이라는 공식적인 인쇄물로 변환되면서 정리되게 된다. 그 방식은 "전체의 사건 가운데 특정한 사건들을 누락시키는 방법을 취하기도 하였지만, 주된 방법은 구체적인 묘사나 설명과 관련된 행문들을 누락시키고 사건의 선조적 진행과 관련된 행문만을 중심으로 축약하는 것이 보통이었다. 따라서 모든 소설이 방각화될 수 있다기보다는 비교적 선명하고 짧은 사건을 중심으로 구성되어 있으면서 아울러 독자의 흥미를 유발할 수 있는 작품들이 방각의 대상이 되었다"15)한다.

대표적 방각본인 경판본 〈토생전〉은 비교적 중요한 사건들을 중심으로 이야기가 전개된다. 묘사가 자세한 곳은 자라의 수궁자랑과 토끼의 사지 탈출 대목이다. 다른 부분은 간략한 사건 전개만으로 구성되어 있다.

사건을 취사선택하거나 행문을 축약하는 데는 어떤 법칙이 있었고 그것은 당대 사람들이 누구나 공감할 수 있는 것이어야 했다. 자신의 의사와는 관계없이 '공식화'할 수 있어야 했다. 비록 봉건체제나 이념에 대하여 비판적 입장을 지녔다고 하더라도 그 체제 속에 살고 있는 한 그것을 공식화하여 출판하기는 쉽지 않은 일이다. 경판본 〈토생전〉에서 용왕이 그 절대적 권위가 훼손되지 않고, 자라는 충신으로 장렬하게 죽으며, 토끼는 기지로써 사지에서 벗어나는 것으로 그려질 수밖에 없는 이유도 거기에 있다. 공식출판된 방각본에서 봉건체제나 이념을

---

15) 이창헌, 「이야기책의 표기형식과 유통방식」, 『이야기 문학 연구』, 보고사, 2005, 175면.

희화하거나 풍자하기는 어려운 일이다.

구활자본 고전소설들은 근대 인쇄 방식으로 출판된 대중독서물이다. 1913년 신구서림에서 출간한 〈별주부전〉은 〈토끼전〉의 이본 중에서 주류에서 벗어난 아주 독특한 텍스트다. 문장체 서술이 주를 이루며 판소리의 사설은 하나도 없고, 토끼와 자라의 대결 구도도 보이지 않는다. 작품의 대부분이 토끼를 찾는 내용이다.

용궁어전회의에서 토끼 잡으러갈 신하를 뽑는 데도 다른 이본에서처럼 다양한 인물들이 나서는 것이 아니라 문어만 등장한다. 결국에는 "쟁의 인균을 위하는 츙셩이 시즁에 나타낫스니 요마톡기를 엇어 드라옴을 어이 근심하리오."[16]하며 자리를 보낸다.

토끼를 잡으러 가는 데 아황과 여영, 굴원, 강태공, 제갈량, 조자룡, 소동파, 악비, 엄자릉, 이태백, 왕상, 조아, 육수부 게다가 조조까지 무려 13명이나 되는 충신열사와 효자를 만나며 지나간다. 더욱이 충신이 아닌 조조를 만나서는 이런 인물을 대변할 수 없나 하여 주저 없이 자리를 떠난다. 자라는 철저한 충성의 화신으로 모두 '슈궁츙신 별주부'나 '남희 룡궁 츙신'이라 부른다. 마지막으로 남송의 충신 육수부를 만나서는 "그듸는 슈국츙신이라. 톡기를 잡으려하야 불원쳔리하고 이곳 깣지 니르럿스니 그졍셩이 아름다온지라 즁산이 여긔서 멀지 아니하니 쌜니가 륙디에 느려 톡기를 차지라"(43~44면)고 직접 토끼가 있는 장소를 가리켜주기까지 한다. 육지에 도착해서도 소, 개, 수달, 사슴, 호랑이, 여우 등을 만나 토끼의 거처를 묻고 심지어는 여우에게 진주 백매를 뇌물로 주고 토끼를 찾기까지 한다. 수단과 방법을 가리

16) 『별주부전』, 신구서림, 1913, 24면.
    앞으로 이 자료의 인용은 일일이 주를 달지 않고 괄호 속에 면수만 표시한다.

지 않고 토끼를 잡기에 주력한다. 그야말로 서사의 중심이 '토끼찾기'
인 셈이다.

결말부분은 어쨌든 토끼가 사지에서 벗어나는 이야기다. 자라의 충
성을 강조하기도 해야지만 그렇다고 토끼를 죽일 수도 없는 노릇이다.
이를 해결하기 위해 이해조가 〈토의간〉에서 했던 방식으로, 초월적
인물이 나타나 사태를 수습하는 것이다. 그래서 〈별주부전〉은 "내 츙
셩이 부죡ᄒ야 톡기의 속인 바이 되엿"(108면)다고 바위에 머리를 들이
받고 죽으려는 순간, 화타가 등장하여 "네 졍셩이 지극ᄒ기로 내 뎐명
을 밧ᄌ와 일립션단을 쥬"(109면)어 자라의 충성을 부각시킨다.

신구서림본 〈별주부전〉은 전적으로 자라의 충성을 강조하고 미화
하는 데 사건이 모아지고 있다. 이는 물론 당대 수용층들의 바람일 수
있으나 대중독서물로서의 매체변환과 깊은 관계가 있다. 곧 고전소설
이 구활자본으로 출판되면서 대중독서물로 변환하게 되는데, 텍스트
의 풍부한 사설들이 사건 중심으로 재편되고 봉건국가의 운명과 관련
하여 용왕과 토끼, 자라가 벌이는 심각한 대결의 양상이 자라를 중심
으로 재편되는 것이다. 이미 시대가 바뀌었기에 봉건체제에 대한 첨예
하고 심각한 문제들은 흥미를 끌 수 없었으며, 이해조의 방식대로 "무
한 유식하고 무한 재미있고 신출귀몰한"[17] 기지담으로 이야기가 정리
된 것이다.

이상 필사본인 가람본 〈별토가〉, 방각본인 경판본 〈토생전〉, 구활
자본인 신구서림본 〈별주부전〉을 매체의 특성과 관련하여 살펴보았거
니와 결말구조로 본다면 이 외에도 신재효본 〈퇴별가〉가 보완될 필요

---

17) 이해조, 「兎의 肝 예고」, 『每日申報』 1912년 6월 7일자.

가 있다.

신재효본 〈퇴별가〉는 봉건체제에 대한 풍자와 충성을 미화하는 것을 적당한 선에서 조율하고 있는 작품이다. 즉 어느 이본 보다 조정중신들의 행태와 지방 통치체제를 신랄하게 풍자하고 있지만 그 정점인 왕이나 봉건이념을 훼손시키지는 않는다. 자라가 모든 역할을 떠맡고 있기 때문이다. 봉건체제의 모순은 풍자되지만 자라의 충성 또한 강조되고 있다. 결말부분에 토끼 똥을 가져가 용왕을 살리는 대목은 여러 모로 상징적이다. 통렬한 풍자로도 읽히지만[18] 용왕을 살리기 위한 자라의 충성을 상소한 것으로도 볼 수 있다. 그래서 신재효도 "주리의 중혼 츙셩, 톡기의 죠흔 구변 즛낭흐사"[19]했나고 한다.

이들 여러 이본에 나타나는 봉건체제에 대한 생각이나 인물들의 형상을 정리하면 다음과 같다.

판 본	봉건체제에 대한 생각	인물의 형상
가람본 〈별토가〉	봉건체제에 대한 풍자와 희화	인물에 대한 희화화 심함
신재효본 〈퇴별가〉	봉건체제에 대한 풍자와 충성에 대한 미화	조정중신들 풍자 자라 역할 강조
경판본 〈토생전〉	봉건체제 미화와 충성의 강조	인물에 대한 풍자 없음 자라의 장렬한 죽음
신구서림본 〈별주부전〉	봉건체제의 유지 충성이 지나치게 강조됨	인물대결 구도 없이 자라의 영웅적인 행위만 두드러짐

신재효본 〈퇴별가〉가 봉건체제에 대한 풍자와 충성을 미화하는 선

---

18) 정출헌, 앞의 논문, 298면~299면.
19) 〈퇴별가〉, 인권환 역주, 앞의 책, 144면.

에서 적당히 타협하고 있다면, 가람본 〈별토가〉는 풍자하고 비판하는
쪽으로, 경판본 〈토생전〉과 신구서림본 〈별주부전〉은 미화하고 강조
하는 쪽으로 각각 문제를 제기하고 바람을 드러내고 있는 것이다. 서
로 다른 형태의 〈토끼전〉을 통해 논쟁하고 상호소통하고 있는 셈이다.
더 확대해서 생각해 본다면 새로운 현대판 이본도 가능한 것이다.[20]
혹은 학생들이 직접 결말부분을 써보아 상호소통의 장에 같이 참여할
수 있는 방법도 있을 것이다. 교과서의 '생각 넓히기'에는 "토끼가 용
궁으로 가는 장면이 그다지 자세하게 처리되지 못했음을 알 수 있다.
나라면 이 장면을 어떻게 처리할 것인지 생각해보자."(125면) 했지만
앞의 '목표학습'과는 거리가 있어 보인다. 차라리 학생 나름대로 결말
부분을 생각해 보거나 쓰게 했으면 더 효과적일 것이다.

4. 맺음말

이 논문은 중학교 교과서에 실려 있는 고전소설 〈朴氏傳〉과 〈토끼
전〉을 가르치기 위하여 학생들이 쉽게 접하고 열광하는 디지털 시대
의 기제를 활용하여 그 대안을 모색해 본 것이다. 디지털 혹은 멀티미
디어 시대와 고전소설은 분명 거리가 있어 보이지만 관점을 바꾸면 리
얼리즘을 내세우는 근대소설보다 훨씬 신선하게 다가올 수 있다. 그
기제는 곧 '환상성'과 '상호소통성'이다.

---

20) 대표적인 경우가 이태준의 소설 〈토끼 이야기〉(『文章』 1941. 2)와 이청준의 동화
　　〈토끼야, 용궁에 벼슬 가자〉(열림원, 1996)일 것이다. 김동인의 〈토끼의 肝〉(『東仁
　　全集』 9(史譚集), 홍우출판사, 1964)도 있지만 『삼국유사』의 설화를 현대어로 각색
　　한 것이다.

〈朴氏傳〉은 병자호란을 문제로 삼아 역사적 패배를 설욕하고자 했다. 그 방법은 허구적 인물 박씨를 등장시켜 허구 내지는 환상적 영역을 확장하고 역사적 사실에 개입하게 하는 것이다. '목표학습'에서도 왜 역사적 사실과 다르게 소설을 썼는지를 알아보도록 했다. 작품에서 허구적 영역은 결코 역사적 사실의 흐름을 바꾸지는 못한다. 대신 청의 장수 용골대를 굴복 시키고 용율대를 죽여 역사적 패배를 설욕한다. 이 허구적 영역은 환상성을 특징으로 하는 이른바 판타지이지만 현실과 일정한 관계를 맺고 있기에 황당무계한 장치가 아니라 현실에 대한 저항이자 전복으로서 의미를 갖는다. 〈朴氏傳〉은 단순한 판타지가 아니라 민족감정의 응어리를 풀고 소외된 여성들의 목소리를 내변하고 있는 작품이다.

〈토끼전〉은 여러 이본의 결말구조가 다르기에 담당층의 바람이 무엇이었는가를 알아볼 수 있는 좋은 자료가 된다. 다양한 이본을 통해 봉건체제에 대해 서로 의사소통을 하고 있는 셈이다. 교과서의 본문으로 실려 있는 경판본 〈토생전〉은 자라가 장렬하게 자결하고 용왕도 왕위를 물려주고 죽는다는 결말을 통해 봉건체제를 미화하고 자라의 충성을 강조 했으며, 가람본 〈별토가〉는 자라가 망명하고 용왕은 토끼를 기다리다 죽는 결말을 통해 봉건체제에 대한 풍자와 희화화가 두드러짐을 알 수 있다. 구활자본으로 출간된 신구서림본 〈별주부전〉은 명의 화타가 나타나 선약을 주어 용왕을 살리는 결말을 통해 봉건체제의 유지와 자라의 영웅적인 행위를 강조했다. 이들 이본의 다양한 결말구조는 당대 〈토끼전〉에 투여된 민중들의 바람이면서 각기 다른 매체(필사본, 방각본, 구활자본)의 특성에 기인한 것이기도 하다.

환상성과 상호소통성은 분명 디지털 시대 서사의 특성이다. 하지만

고전소설의 특성과 연결되는 면이 있다. 이 특성을 고전소설의 교육에
활용하고자 하여 대안을 만들어 본 것이다.

옹과 맥루한이 매체에 따라 시대를 구획한 것을 요약하면 구술시대
와 필사시대, 활자시대, 전자시대 곧 디지털 시대가 된다.[21] 구술시대
에는 서사시가, 필사시대에는 로망스가, 활자시대에는 소설이, 전자
시대에는 다양한 매체의 서사가 존재하게 된다. 우리 서사문학사로 보
면 필사시대에는 고전소설이, 활자시대에는 근대소설이 존재하게 된
다. 이를 정리해보면 다음과 같다.

구술시대	필사시대	활자시대	전자시대
고 대	중 세	근 대	탈근대
서 사 시	고전소설	근대소설	판타지 소설 만 화 영 화 게 임

전자시대 혹은 디지털 시대의 서사를 보면 분명 근대소설의 문법과
는 다른 그 무엇이 있다. 신화적 사고와 환상성, 상호소통성 등이 드
러나고 있다. 어찌 보면 이 디지털 시대에 신화와 고전소설이 부활하
는 것이 아니냐는 생각마저 든다. 하지만 분명한 건 "탈근대의 기획은
근대의 전면배제를 통해 이루어지는 것이 아니다. 과학적 사고와 신화

---

21) 마셜 맥루한, 박정규역, 『미디어의 이해』, 커뮤니케이션북스, 1997에서 인류의 역
사를 '구두커뮤니케이션시대', '문자 또는 필사시대', '구텐베르크시대', '전자시대'로
나누고 있으며, 월터.J.옹, 이기우·임명진 옮김, 『구술문화와 문자문화』, 문예출판
사, 1995에서도 인류의 문화사를 '구술문화', '쓰기문화', '인쇄문화', '전자문화'로 파
악했다.

적 사고 어느 하나 일그러뜨리지 않으면서 융합할 수 있어야 탈근대는 근대의 극복일 수 있다."[22]는 것이다. 디지털 시대의 다양한 서사와 신화, 고전소설과의 연관성을 밝히는 깊이 있는 논의가 절실히 필요하다.[23] 여기서는 다만 그런 전반적인 시각 안에서 문제제기의 차원으로 고소설 교육의 대안을 모색했을 뿐이다.

『반교어문연구』 21집, 2006. 8.

---

22) 구광본, 앞의 책, 125면.
23) 2004년 2월 10일~11일 대구한의대학교에서 개최된 한국고소설학회에서 '디지털 시대의 고소설'이란 주제로 학술대회를 개최했으며, 그 논문들이 『고소설연구 17집』에 실려 있다. 그 논문들은 아래와 같다.
   김탁환, 「고소설과 이야기 문학의 미래」
   조혜란, 「다매체 환경 속에서의 고소설 연구 전략」
   조현설, 「고소설의 영화화 작업을 통해 본 고소설 연구의 과제」
   신선희, 「고전 서사문학과 게임시나리오」

고등학교 고전소설 교육의 지향과 방법

1. 머리말

고전소설을 어떻게 가르쳐야 할 것인가? 이 단순한 질문으로부터 명쾌한 답을 얻어내는 것은 쉽지 않다. 우선 고소설은 독자들이 스스로 찾아 읽는 텍스트가 아니라는 데 문제의 어려움이 있다. 그것을 해독해 내는 것도 쉽지 않을 뿐더러 작품의 주제나 형상화가 혹은 작품에 내재해 있는 사상적 기저가 오늘의 그것과 상당한 차이를 보이기 때문이다. 결국 고소설 교육은 '학교'라는 닫힌 구조 속에서만 이루어지게 된다. 그러다 보니 '입시용' 밖에 없어 진정한 감상에는 도달하지 못하기 일쑤다.

더욱이 여러 출판사에서 찍어내는 아동용 고소설인 이른바 '전래동화'도 고전의 품격을 떨어뜨리는 데 한 몫을 한다. 아동용으로 변개되면서 원 작품이 지니고 있는 사회성이나 역사성, 또는 풍부한 디테일들이 삭제되었기 때문이다.[1] 한 예로 6차 개정 초등학교 3학년 1학기

---

1) 그 원인은 小波 方定煥으로 대표되는 1920년대 아동문학개척자들의 과오에 있다. '동심천사주의'를 지고의 가치로 삼았던 이들은 고소설에서 사회적 맥락을 제거하여 지고지순한 전래동화를 탄생시켰다.

『말하기·듣기』교재에는 〈興夫傳〉의 내용이 모두 4장의 그림으로 제시되는데 놀부 박에서는 조선 후기 천민 군상들이 나타나 놀부의 돈을 빼앗아 가는 것이 아니라, 도깨비가 나와 혼을 내주는 장면이 등장한다. 〈興夫傳〉의 아동용 텍스트들은 모두 이런 식이다. 말하자면 일반인이 알고 있는 고전소설은 곧 전래동화의 수준이니 여기서 어떻게 고소설의 품격이나 맛을 기대하겠는가? 말하자면 우리에게 고소설은 대중적 넓이와 전문적 깊이를 지닌 진정한 대중용은 없고 난수표 같은 입시용이나 유치한 아동용 밖에 없는 셈이다. 이러다 보니 제대로 가르칠 수 있는 토대 자체가 마련돼 있지 않은 상태에서 고소설 교육이 시작된다.

흔히 고전문학 교육에서 널리 통용되는 방법론은 메마른 고증학과 지식주의의 압도로부터 벗어나게 하는 것, 그러면서도 고전문학의 역사성이 학습자의 문학이해와 성장에 의미있는 요소로서 체험하도록 하는 것—이 두 가시 사이에 소통과 대화를 하는 '역사적 이해의 원근법'[2]이다. 이는 결국 고전문학 작품이 지금 여기에 어떤 의미가 있는가를 묻는 것일 것이다. 고등학교 국어과 6차 교육과정해설에도 "고전문학 작품의 지도에서는 훈고주석에 치우치지 않도록 하며, 당대의 삶과 정서를 이해하고, 오늘의 삶을 이해하는 데에도 기여할 수 있도록 한다."고 명시하고 있다.[3] 지극히 당연한 얘기지만 문제는 과연 어떤 방법으로 가르칠 것이냐 하는 것이다.

졸고, 「콩쥐팥쥐전과 고소설의 동화화 경향」, 『活字本 古小說의 편폭과 지향』, 보고사, 2000 참조.

2) 김흥규, 「고전문학 교육과 역사적 이해의 원근법」, 『현대비평과 이론』 1992년 봄호, 한신문화사 참조.

3) 교육부, 『고등학교 국어과 교육과정해설』 1995, 378면.

핵심적인 과제는 문학 곧 소설의 문제를 삶의 문제로 환치시키는 일이다. 소설은 우리들 삶을 총체적으로 문제 삼고 이를 구체적으로 형상화하기에 소설 교육은 단순히 문학만의 문제가 아닌 삶의 영역으로까지 확대돼야 한다. 흔히 학교교육에서 문학교육의 목표를 "인간의 삶을 총체적으로 이해하게 한다."4)로 규정한 것도 그 때문일 것이다. 하지만 소설이 삶의 문제를 아우른다면 총체적으로 이해만 할 것이 아니라 삶을 고양시키고, 풍요롭게 함으로써 창조적인 데까지 나아가야 할 것이다. 학교에서 가르치고 배우는 문학작품이 삶을 위해서 아무런 소용이 되지 않는다면 도대체 무슨 필요가 있는가. 물론 문학을 연구하기 위해서는 다양한 시각에서 살펴볼 필요가 있다. 하지만 그것이 연구가 아닌 '문학교육'의 입장에 선다면 당연히 삶의 문제를 핵심적 위치에 올려놓을 수밖에 없을 것이다. 그래야만 "학습자의 문학 이해와 성장에 의미있는 요소로서 체험"5)할 수 있게 되는 것이다. 말하자면 그 작품이 어떤 작품이다가 아니라 어떻게 삶의 문제로 환치시키느냐가 중요한 문제로 대두된다.

2. 문학생활화의 방법론 모색

이런 삶을 위한 문학교육의 관점에서 '문학생활화'6)는 문학교육의

---

4) 고등학교 국어과의 문학교육 목표는 1988년 개정고시(문교부 고시 제 88-7호)된 5차 교육과정부터 1992년 개정고시(교육부 고시 제 1992-19호)된 6차 교육과정에 이르기까지 이렇게 규정되었다.
5) 김흥규, 앞의 글, 43면.
6) '문학생활화'의 문제는 2001.3.31 문학교육학회에서 〈문학생활화의 반성과 전망〉

중요한 과제가 아닐 수 없다. 문학 생활화는 삶의 전 과정에서 문학이 주요한 메커니즘으로 자리 잡는 것이고, 그러기에 그 자장이 학교에 한정되지 않고 평생교육으로서 문학교육이 가능해지는 것이다.

문학생활화의 통로는 두 가지로 크게 나눌 수 있다. 하나는 당대의 관점에서 그 작품이 어떤 機制로 작용하는가를 따져 보는 일이다. 17세기 閨房小說의 경우 그것이 여성들의 사회적 의사소통의 기제로 작용했다.[7] 민중들의 일상생활이 핍진하게 묘사된 판소리계 소설에 와서야 일상적 삶을 통해 대안을 모색하게 된다. 물론 그 대안이 구체적이거나 명징한 것은 아니다. 판소리계 소설의 숱한 이본들은 비로 그 삶의 대안을 모색하는 다양한 시도인 것이다.[8]

다른 하나는 오늘의 관점에서 현재의 생활 속에 유용하게 적용할 수 있는 삶의 원리, 사고의 원리를 찾아내는 일이다. 이 통로를 통해서는 일견 현재의 실생활과 거리가 있어 보이는 작품에서도 사고의 구체화에 필요한 원리를 찾을 수 있다. 〈龜旨歌〉를 통해서는 '불러들이기'의 사고 구조를 이해하고 이를 다른 대상의 불러들임에 적용해 볼 수도 있는 것이며,[9] 李穀(1298~1351)의 〈借馬說〉을 통해서는 새로운 사고의 틀, 곧 단순한 수사적 문화성을 넘어서서 사고의 문화성을 엿볼 수 있는 것이다.[10] 말하자면 고전을 당대의 기제로서가 아닌 오늘의 유

이란 주제로 집중 조명되었다. 『문학교육학』 제7호, 문학교육학회, 2001 참조.

7) 김종철, 「17세기 소설사의 전환과 소설교육론」, 『한국학보』 96집, 일지사, 1999, 「소설의 사회·문화적 위상과 소설교육」, 『국어교육』 101, 한국국어교육연구회, 2000.

8) 필자도 「고전에서의 일상생활과 문학」, 『문학교육학』 제7호에서 그 문제를 거론했으며, 이와는 달리 김종철은 「소설의 이본 파생과 창작교육의 한 방향」, 『古小說硏究』 7집(한국고소설학회, 1999.)에서 이본을 창작교육의 의미있는 형태로 파악했다.

9) 김대행, 「구지가를 위한 이용후생적 질문」, 『국어교과학의 지평』(서울대 출판부, 1995), 236면 참조.

용한 텍스트로 활용하자는 것이다.

이를 더 확대한다면 대상이 아닌 '수단으로서의 시각'이 되며, 내용이 아닌 '방법으로서의 시각'이 된다. 즉 문학을 어떻게 정의하든 간에 문학은 인간다움에 대하여 생각하는 일이고 문학을 통해서 성장, 경험, 학습이 이루어지도록 하는 데 목표를 두는 시각이며, 문학에 대하여 분석과 해석의 결과가 정답으로 제시되는 것이 아니라 향유하는 사람들 스스로 문학활동을 전개할 수 있는 시각이다.[11]

이런 시각에서 문학의 본질과 삶의 기제를 아울러 생각한다면 문학교육 혹은 고전문학 교육의 방법으로 所有, 模倣, 發見, 解決, 批評 등을 떠올릴 수 있다.[12]

필자는 특히 문제의 발견과 해결이란 측면에서 고소설 교육의 방법을 모색하고자 한다. 다른 어떤 장르보다 소설은 삶의 문제를 구체적으로 다룬다. 이는 고소설이라고 예외가 아니다. 물론 예전의 삶과 오늘의 삶이 같을 수는 없다. 삶의 발현, 그 구체적 양태가 다른 것은 분명하다. 하지만 삶의 본질, 그 기제에 있어서는 동일한 것이다. 즉 구체적 형태로 드러나는 흥부의 가난은 오늘날 그것과 다르지만 그것이 삶의 본질에 던지는 질문은 동일할 수밖에 없는 것이다.

흔히 고전문학 교육에서 메마른 고증주의에 매몰되는 투항주의적 접근이나 반대로 그 시대의 역사성으로부터 떼어내서 초시간적 객체로 보는 신비평류의 정복주의적 접근이 아닌 소통 교섭의 제 3의 접근이 요구된다고 했을 때[13] 그 방법의 하나로 상정할 수 있는 것이 바로

---

10) 같은 책, 277면 참조.
11) 김대행, 「文學生活化의 패러다임」, 위 발표자료집, 7~8면 참조.
12) 같은 글, 19면.

삶의 기제로 바라보는 것이다.

흥부의 가난이 그의 삶에서 어떻게 작용했는가의 문제는 오늘의 수용자에게도 깊은 연계성을 갖는다. 이를 '문제의 발견'이나 '문제제기'로 보고자 한다. 이렇게 볼 때 흥부의 가난은 시대와 공간을 뛰어넘어 오늘의 문제로 환치될 수 있는 것이다. 말하자면 '문제적 연속성'이라 부를 수 있는 것인데, 곧 "표면상의 일치나 유사성 여부에 관계없이, 혹은 외관상의 뚜렷한 대립과 이질성에도 불구하고, 사태의 심층 속에서 역사적 삶의 문제들이 형성하는, 연속성"[14]인 것이다.

필자는 '텍스트의 확장'이란 방식으로 고소설의 교육 방법을 모색해 본 적이 있다.[15] 이를테면 〈春香傳〉을 가르치면서 옥에 갇힌 춘향의 심정이 되어 '옥중서한' 혹은 '춘향의 유서'를 써보도록 하여 춘향의 고통과 갈등을 이해하도록 했다. 내일이면 죽게 될 처절한 운명 앞에서 어떤 글을 남겼을까? 그것은 절절한 사랑의 편지일 수도 있고 결의에 찬 의지의 유서일 수도 있다. 물론 〈春香傳〉의 어느 이본에도 편지나 유서를 남긴다는 대목은 없지만 이렇게 하여 춘향에게 부여된 삶의 고민을 오늘의 그것으로 환치시키고자 했다. 말하자면 〈春香傳〉을 유기적 완결체인 '작품'으로 보는 것이 아니라 유동적인 '텍스트'로 보아[16] 그 빈틈을 채워 오늘의 유용한 텍스트로 전환시켜 본 것이다.

---

13) 김흥규, 앞의 글, 45~46면 참조.

14) 김흥규, 『韓國文學의 理解』(민음사, 1986), 201~202면 참조.

15) 그 작업의 이론적 모색을 「드넓은 古典의 바다를 살아있는 텍스트로」, 『문학과 논리』 5집(태학사, 1995)으로 발표했으며, 결과를 『우리소설 토론해 봅시다(고전소설편)』(새날출판사, 1997)로 묶어 펴냈다.

16) 도정일, 「고슴도치와 여우, 그리고 두더지」, 『시인은 숲으로 가지 못한다』(민음사, 1994), 330면 참조.

이 방법은 어떻게 본다면 텍스트의 역사성을 무시하고 초시간적 객체로 보는 것이라 여길 수도 있을 것이다. 하지만 그것은 아니다. 텍스트 속으로 들어가 당대의 문제를 오늘의 그것과 소통케하는 것이다. 춘향의 사랑과 흥부의 가난은 분명 그 시대의 문제이며 동시에 오늘의 문제와도 무관하지 않은 것이다. 말하자면 과거와 현재의 소통을 통해 삶의 문제를 공유화하는 것이다.

이런 문제제기와 해결의 방식을 통한 고소설 교육의 방법론에 의거하여 고등학교 교과서(6차 개정)에 실려있는 〈九雲夢〉(국어·상), 〈春香傳〉(국어·상), 〈興夫傳〉(국어·하)을 검토하고자 한다.[17] 고소설 교육에서 과연 무엇을, 어떻게 가르쳐야 할 것인가를 모색해 보고자 하는 것이다.

3. 고소설 교육의 前提

앞에서 이미 문학이 삶의 기제로 작용해야 함을 강조했다. 특히 고전문학의 경우 그것이 동시대의 삶을 다룬 현대문학과는 이질적이기에 거기서 삶의 문제를 끄집어내어 현실의 유용한 기제로 활용한다는 것은 쉽지 않은 일이다. 이에 문학생활화가 가능하기 위해서는 몇 가지 전제가 필요하다.

---

17) 6차 중·고등학교 국어교과서에 수록된 고소설은 〈洪吉童傳〉(6차: 중3-2, 7차: 중1-1), 〈沈淸傳〉(중1-2), 〈토끼전〉(중2-2), 〈九雲夢〉(고등국어·상), 〈春香傳〉(고등국어·상), 〈許生傳〉(고등국어·상), 〈興甫歌〉(고등국어·하) 등 7편이다. 이 작품의 선별은 이미 문학사에서 확인된 것이기에 교과과정이 바뀌어도 크게 달라지지는 않을 것이다.

첫째, 온전한 텍스트 읽기의 문제다. 고소설은 철저하게 학교교육을 통해서만 이루어지기에 자율적인 독서는 상상하기 어려운 것이 현실이다. 그런데 국어교과서와 문학교과서는 모두가 작품의 일부분만을 싣고 있다. 그러다 보니 온전한 작품을 접하기가 불가능해진다. 국어교과서는 제외된 부분에 대한 줄거리가 있지만 그것만으로는 부족하다. 세부 묘사를 전혀 알 수 없기 때문이다.

고소설 교육에서 가장 중요하면서도 해결하기 힘든 과제가 바로 이것이다. 그렇다고 중등학교 국어교재에 실린 6편의 고소설들을 완전한 작품으로 대체한다면 그 분량이 엄청날 것이다. 가능한 대안은 부교재 혹은 보조교재 형태로 제작하여 읽히는 방법이다. 자율적인 독서가 불가능하기 때문에 이런 방식으로라도 읽혀야 제대로 된 고소설 교육이 가능해진다. 온전한 텍스트에 대한 읽기를 무시하고 작품에 대한 감상과 이해 더 나아가 해석과 비평은 불가능하다.[18]

둘째, 교과서의 편제가 삶의 인식론적 수준에 맞춰 감상의 단계로 재구성돼야 한다. 현행 교과서는 문학지식 위주로 편성되어 있다. 고소설의 경우 중등학교 교과서의 수록 단원명은 다음과 같다.(순서는 학년별 교과서 게재 순이다.)

① 洪吉童傳(중1-1) : 소설의 주체(6차) / 문학과 사회(7차)
② 沈淸傳(중1-2) : 소설의 인물(6차)
③ 토끼전(중2-1) : 소설의 배경(6차) / 우리 고전의 맛과 멋(7차)

---

18) 『고등학교 교육과정 해설』(교육부, 1995), 389면에서도 "지도의 초점은 해당 작품 전체를 반드시 학생들이 읽고 경험할 수 있도록 유도하는 방향이 되어야 한다. 이 부분을 소홀히 하는 문학지도는 문학교육의 본질에 어긋나는 것이 된다."고 하였다.

④ 박씨전(중3-2) : 고전문학의 감상(7차)

⑤ 九雲夢(고·상) : 문학의 즐거움(6차) / 능동적인 의사소통(7차)

⑥ 春香傳(고·하) : 작가·작품·독자(6차) / 전통과 창조(7차)

⑦ 興夫傳(고·하) : 언어와 문학(6차)

⑧ 許生傳(고·하) : 문학과 현실(6차) / 정보의 조직과 활용(7차)

결국 이 작품들은 각각 다른 위상 속에서 문학 지식을 이해시키기 위한 자료로 제공되는 셈이 된다. 문학이 삶의 유용한 기제로 활용되기 위해선 주제별 편제가 고려돼야 한다. 그 주제는 물론 삶의 문제로 돼야 할 것이다. 그 대안을 구상해 보면 다음과 같다.

① 洪吉童傳 – 자아의 발견

② 沈淸傳 – 가족과 이웃

③ 春香傳 – 성장의 아픔과 고통

④ 興夫傳 – 문학과 현실

⑤ 토끼전 – 문학과 사회

⑥ 許生傳 – 더불어 살기 위하여

⑦ 九雲夢 – 현실과 꿈19)

대략 ①~③은 중학교 과정에서, ④~⑦은 고등학교 과정에서 가르치면 별무리가 없다. 물론 이 편제가 완전할 수는 없다. 더욱이 문학

---

19) 이 단원명은 주제별 편차로, 삶의 문제를 확대시켜 생각해 본 것이다. 작품의 핵심적인 문제로 단원을 설정했다. 물론 7편의 고소설만을 대상으로 한 것이어서 다른 장르의 작품까지 염두에 둔다면 삶의 문제를 어떻게 단계별로 유형화 할 것인가에 대해 보다 면밀한 철학적 고찰이 필요할 것이다. '현실'과 '사회'를 구분한 것은 정치적인 것을 구분해 내기 위해서다.

외에 다른 영역(말하기·듣기·읽기·쓰기·언어)이나 타 장르와의 통합
을 고려한다면 훨씬 복잡해 질 것이다. 즉 주제별(단원별) 축과 영역별
축, 그리고 장르별 축 등 3차원의 도표가 될 것이다.(이 문제는 고소설
교육과는 별개의 문제이기에 이 정도만 언급하겠다.) 결국 삶의 유용한 기제
로 고소설이 교육되기 위해선 문학지식 위주가 아닌 주제별 편제가 이
루어져야 하며 이런 토대 위에서 단계별 삶의 문제제기와 해결이 가능
해지는 것이다.

셋째, 영역별 통합 원칙에 입각하여 '말하기·듣기·읽기·쓰기' 등
의 학습이 동시에 이루어져야 한다. 현행 6차 개정 교과서의 경우 각
단원의 끝부분에 '말하기·듣기'와 '쓰기'가 할애되어 있는데 대개 한
작품에 한정되어 있다. 〈春香傳〉의 경우 〈작가·작품·독자〉의 단원
에 소속돼 있는데, 그 단원이 '말하기·듣기'는 주로 〈관동별곡〉에,
'쓰기'는 이육사의 〈광야〉에 대해서만 집중되어 있다.[20]

물론 수많은 작품을 다루어야 하기 때문에 모든 작품에서 통합 교육
이 이루어지기는 현실적으로 불가능하지만 그렇다고 이런 방법 자체
를 도외시할 수는 없다. 고전소설을 삶의 기제로 활용하기 위해서는
더욱 필요하다. 작품만 읽고 그 작품의 중요한 요소를 점검하는 것으
로는 온당한 고전 교육이 이루어질 수 없다. 국어교육의 각 영역별 학
습 요소들이 서로 긴밀히 연결돼야만 그 작품을 삶의 문제로 껴안을
수 있게 되는 것이다.

〈春香傳〉을 예로 들어보자. 우선 '말하기·듣기' 영역으로 작품에
내재한 수많은 문제들을 토의에 붙여 볼 수 있다. 그 항목들을 추출해

---

20) 『고등학교 국어(상)』(교육부, 1996), 249~252면 참조. 앞으로 이 교재는 괄호 속
   에 면수만 표시한다.

보면 다음과 같다.

○ 춘향이는 기생인가, 기생이 아닌가?
○ 춘향이는 타협을 거부하고 왜 죽으려고 작정했는가?
○ 천기의 딸인 춘향이는 과연 이몽룡의 본 부인이 될 수 있을까?
○ 변학도는 춘향에게 왜 그토록 심한 형벌을 가했는가?
○ 춘향이의 죄는 어디에 해당하는가?

이 항목들은 일견 단순해 보이지만 〈春香傳〉을 깊이 있게 이해해야만 토의가 가능한 것들이다. 모두 만만찮은 문제의식을 내포하고 있다.

다음 '쓰기'의 경우 '춘향의 옥중서한'이나 '춘향의 유서' 쓰기를 통해 통합교육이 가능해 진다.[21] 내일이면 죽게될 절박한 상황에서 춘향이의 심정으로 편지나 유서를 써 보는 것이다. 일종의 텍스트 확장 혹은 패러디 작업일 것인데 이를 통하여 춘향의 심정을 느껴보자는 것이다. 그래야만 춘향이가 느끼는 삶의 문제를 공감할 수 있게 된다. 실상 서정주의 〈春香遺文−春香의 말參〉 역시 현대시의 형태로 쓴 유서인 셈이다.

'읽기'의 경우는 무수하게 많은 텍스트들이 존재한다. 〈春香傳〉의 수많은 이본은 물론이고, 이주홍 · 최인훈 · 김주영 · 김용옥 · 이청준 · 임철우의 소설을 비롯하여 김영랑 · 서정주 · 박재삼 · 전봉건의 시, 임권택 감독의 영화 〈춘향뎐〉에 이르기까지 수많은 텍스트들이 읽기의 대상이 된다. 여기서는 〈春香傳〉의 문제의식들이 어떻게 다르게

---

21) 이미 이 작업은 필자가 여러 번 시도한 바 있다.
　　졸저, 『우리소설 토론해 봅시다(고전소설편)』 참조.

드러나고 해결되는가가 주목된다. 이는 춘향이의 삶을 다양한 각도에서 바라보고 해석한 것이다.

영역별 통합 교육이 모든 작품에 적용되는 것은 아니나, 고소설의 경우 중·고등학교 전 과정에 일곱 작품 밖에 실려 있지 않으며 그것이 삶의 기제로 작용하기 위해서는 당연히 요청되는 것이다. 여기서는 그 가능성을 〈春香傳〉을 통해 점검해 보았다.

이상의 세 가지 전제, 즉 온전한 텍스트 읽기, 교과서의 주제별 편제, 영역별 통합교육 등이 이루어져야만 삶의 기제로서 고소설 교육이 효과적으로 이루어질 수 있게 된다. 이제 그 구체적 방법들을 6차 개정 고등학교 교과서에 실린 세 작품—〈九雲夢〉, 〈春香傳〉, 〈興夫傳〉22)을 통해 점검하기로 한다.

4. 문제제기와 해결을 통한 고전소설 교육의 방법

이 논의는 새로운 작품론을 전개하고자 하는 것이 아니다. 기존 연구성과의 토대 위에서 과연 무엇을 어떻게 가르쳐야 하는가를 점검해 보고자 하는 것이다. 물론 불가피하게 새롭게 해석해야 될 부분도 없지는 않다. 하지만 이를 논의의 주류로 삼지는 않는다. 고소설이 오늘을 사는 우리들에게 어떻게 삶의 기제로 작용될 수 있는지를 중점적으로 따져보고자 한다.

---

22)『고등학교 국어(하)』에 실린 작품은 고소설 〈興夫傳〉이 아니라 朴奉述 창 〈興甫歌〉이나 고소설 교육의 입장에서 논의하기 위해 〈興夫傳〉으로 논의의 범주를 넓히겠다. 〈許生傳〉을 제외한 것은 논의를 국문소설에 한정하기 위해서다.

1) 꿈을 통한 욕망의 문제와 그 해결 - 〈九雲夢〉

〈九雲夢〉은 그 제목처럼 '꿈'을 통해 문제를 제기하고 해결해 나가는 작품이다. 흔히 환몽구조라 일컬어지는 독특한 장치, 즉 '양소유의 삶'으로 대변되는 '夢中世界'와 성진의 삶으로 구성된 '覺夢世界'를 통해 만만치 않은 질문을 던지고 있다. 그 중심은 "세속에서의 욕망이 허망하다는 것은 작품의 결말에서나 강조되어 있을 따름이고, 부귀를 획득하고 애정을 성취하는데 더욱 절실한 관심을 보였다."[23]는 언술처럼 몽중세계에 있다.

김석회, 안창수, 신재홍, 박일용, 엄기주, 정출헌 등의 논의[24]들이 양소유의 삶을 중심으로 작품성격을 밝히고 있음은 주목할 일이다. ⅞의 분량을 차지하는 것도 그렇거니와 양소유의 삶이 성진의 각몽을 위한 과정이나 보조적인 수단으로 인식될 수 없을 만큼 치밀한 현실적 근거를 지니고 있기 때문이다. 즉 작품의 대부분을 차지하는 것이 연화봉의 세계가 아니라 꿈속에서 이루어지는 세속적 욕망의 실현에 할애되기에 작품 속의 현실세계가 오히려 비현실적이고 꿈의 세계가 현실처럼 드러난다. 꿈의 세계가 바로 인간이 사는 세속적 현실이기에 더욱 그렇다.

그 꿈을 통해 제기되는 문제는 무엇인가? 바로 세속적 욕망의 구체

---

23) 조동일, 『한국문학통사』 3(지식산업사, 1984), 106면.

24) 김석회, 「서포소설의 주제 시론」, 『선청어문』 18집, 서울대 국어교육과, 1989 ; 안창수, 「구운몽 연구」, 영남대 박사학위논문 ; 신재홍, 「구운몽의 서술원리와 이념성」, 『고전문학연구』 5집, 한국고전문학회, 1990 ; 박일용, 「인물형상을 통해 본 구운몽의 사회적 성격과 소설사적 위상」, 『정신문화연구』 44호, 한국정신문화연구원, 1991 ; 엄기주, 「유가의 소설적 대응양상에 관한 연구」, 성대 박사학위논문, 1992 ; 정출헌, 「구운몽의 작품세계와 그 이념적 기반」, 『고전소설사의 구도와 시각』, 소명출판사, 1999.

적 실현 양상이다. 그 방식을 보면 한 축은 가문창달 혹은 입신출세의 길이며, 다른 한 축은 8선녀가 화한 여덟 여자와 벌이는 애정성취의 길이다. 양소유는 15세에 길을 떠나 과거에 장원급제하고 벼슬이 올라 승상에 이르며, 오랑캐가 침입했을 때는 대원수가 되어 결국 황제의 매부로 위국공에 봉해질 뿐 아니라 2처 6첩을 거느리는 성대한 가문을 이루게 된다.

그런데 실상 입신출세의 길과 자유로운 애정성취의 길은 서로 양립할 수 없는 현실적 근거를 지니고 있다. 봉건적 제약 속에서 입신출세와 가문창달은 개인의 자유로운 애정성취방식과는 상반되는 것이기 때문이다. 하지만 〈九雲夢〉에서는 이 두 축의 慾망들을 교묘하게 맞물려 놓았다. 여덟 여자와의 결연방식이 각기 다른 이유가 거기에 있다. 2처가 되는 정경패와 이소화에게 주도적인 위치를 부여하고 나머지 6첩은 보조적인 인물로 처리하여 두 부인을 맞이하는 날 그 몸종인 가순운과 진채봉을 얻세되며, 기생 출신인 계심월과 직경홍은 노모의 헌수연에서, 변방의 여자인 백능파와 심요연은 낙유원 잔치에서 각각 등장하게 한다. 각기 다른 위치와 임무를 부여하여 가문의 질서 속에 배치시키는 것이다. 더욱이 가 인물들 누구도 갈등이나 불화를 일으키지 않는다. 각기 엄격한 위계 속에 안주하며 조화로운 한 가문의 질서를 구성하게 된다. 이는 소설의 허구성을 활용한 작자 김만중의 願望이 투영된 결과이고, 엄연한 당대 현실을 무시한 관념의 조작에 기반한 것이며, 이런 애정 행위의 내면에는 한미한 양반자제의 가문 창달에 대한 욕구가 상당한 무게로 자리하고 있다.[25] 결국 양소유의 삶은 완벽한 조화와 질서를 보여주는 셈이다.[26]

---

25) 정출헌, 앞의 글, 141~149면 참조.

이 양소유의 삶이 주는 의미는 무엇인가? 주지하다시피 17세기 봉건체제의 동요 속에서 당대 벌열층의 이상이 집약된 것이다. 물론 현실적으로는 불가능한 일이다. 그러니 '꿈'으로나마 실현시킨 것이다. 金萬重은 西人 문벌 가문의 대표격인 광산 김씨 집안의 유복자로 출생하여 곤궁한 삶을 살았다고 하나 벌열의 일원으로서 그 지위가 손상되지는 않았다. 29세 되던 1665년 정시 문과에 장원급제하여 예조좌랑을 시작으로 동부승지, 공조판서, 대사헌을 거쳐 50세가 되던 1686년에는 대제학에 이르게 된다. 봉건시대 사대부들에게 가장 명예로운 직이었던 文衡을 맡게 되면서 봉건관료로서 김만중의 삶도 최고 지점에 도달한다. 하지만 이 해를 기점으로 이후의 삶은 고난의 연속이었다. 51세 되던 1687년에는 숙종이 趙師錫을 재상으로 임명하려 하자 후궁 장씨의 어미가 조사석과 친하기 때문에 의정 벼슬을 받는다는 소문을 전한 죄로 선천으로 유배되었으며, 53세 되던 1689년에 장씨 소생을 원자로 정하는 문제에 반대하다 己巳換局에 연루되어 남해로 다시 유배된다. 이 무렵 형인 광성부원군 김만기가 죽고, 숙부인 김익훈이 옥중에서 운명했으며 이들과 조카가 진도와 제주, 거제에 유배되고, 54세 되던 1690년에는 어머니 윤씨마저 별세하는 등 번성했던 가문이 몰락의 나락으로 곤두박질 치기에 이른다. 〈九雲夢〉이 이 무렵 선천유배시에 지어졌다고 본다면 이렇게 풍비박산한 집안의 운명과 완벽한 양소유의 삶은 극과 극으로 어긋나 있는 셈이다. 그러기에 김만중은 자신의 꿈을 거기에 투영한 것이다. 집요하리만치 욕망추구의 요소들을 구체화시키고 배치해 놓았던 것이다.

---

26) 같은 글 참조 ; 엄기주, 앞의 글, 225면에서 "양소유의 삶을 한 마디로 요약한다면 修身 · 齊家 · 治國 · 平天下에 이르는 세속적 삶의 완성"이라고 했다.

그러면 성진의 삶으로 드러나는 각몽세계는 무엇인가? 꿈을 깨는
부분을 보자.

스스로 제 몸을 보니 일빅여덟낫 염쥐 손목의 걸녓고 머리롤 몬디니
갓 짝근 마리털이 가즐ᄒ야시니 완연이 쇼화상의 몸이오 다시 대승상
의 위의 아니니 정신이 활홀ᄒ야 오란 후의 비로서 제 몸이 연화도댱
셩진 힝재인 줄 알고 싱각ᄒ니 처음의 스싱의게 슈칙ᄒ야 풍도로 가고
인셰예 환도ᄒ야 양가의 아돌되여 장원급졔 한님흑ᄉᄒ고 츌당입샹ᄒ
야 공명신퇴ᄒ고 냥공쥬와 뉵낭ᄌ로 더브러 즐기던 거시 다 ᄒ로밤 꿈
이라 ᄆ옴의 이 필연 스뷔 나의 념녀롤 그릇ᄒᄆᆯ 알고 날노 ᄒ여곰
이 꿈을 ᄭ어 인간 부귀와 남녀 졍욕이 다 허신줄 알게 ᄒ미로다27)

집요하게 추구했던 세속적 욕망의 극대치가 졸지에 '하룻밤 꿈'으로
전락한다. 인생의 온갖 부귀영화를 누리고 깨달은 것이 기껏해야 一
場春夢인 셈이다. 대개 일장춘몽이란 말은 지난하고 신산스러운 인생
살이에 비유된다. 〈南柯一夢〉이 그렇고 〈調信夢生〉이 그렇다. 꿈속
에서 온갖 부귀영화를 맛보지만 또한 역경과 고통이 주어지고 꿈을 깨
어남은 그 고통으로부터의 해탈을 의미한다. 꿈속에서 이미 꿈을 깨기

---

27) 서울대本. 자료는 김병국 역주, 『구운몽』(시인사, 1984), 252면.
　　한편 '노존본'의 원문은 다음과 같다.
　　"而自顧其身 則獨在小庵中蒲團上 火消香爐 日在西峰 自撫其頭 則頭髮新剃 餘
根鬆鬆 百八顆念珠已垂項前 眞是小和尙形模 非復大丞相威儀 神精惚惚 胸膈憧憧
矣 旣久忽覺 其身是蓮花道場性眞小和尙也"
　　자료는 정규복·진경환 역주, 『구운몽』(고대 민족문화연구소, 1996), 325~326면.
앞으로 〈九雲夢〉은 국문본으로 인용하여 괄호 속에 면수를 밝히고 주를 통해 한문
본의 원문을 밝히도록 한다.

위한 계기가 주어지는 것이다.

하지만 〈九雲夢〉의 꿈은 깰만한 필연적 계기가 마련되지 않았다. 오랜 회의와 번민의 과정을 거친 것도 아니고 삶의 무상감을 느낄만한 필연적 계기도 제시되지 않는다.[28] 세속적 욕망추구의 극대치에서 무엇하러 꿈을 깨려고 하겠는가. 양소유가 여덟 여자와 누대에 올라 "우리 빅년 후 눕흔 듸 믄허디고 고븐 모시 임의 며이고 가무ᄒ던 싸히 임의 변ᄒ야 거춘 뫼와 쇠흔 플이 되엿ᄂᆞ듸 초부와 목동이 오ᄅᆞ닉리며 탄식ᄒ야 글ᄋ듸 '이거시 양승상의 졔낭ᄌᆞ로 더브러 노던 곳이라. 승샹의 부귀 풍뉴와 졔 낭ᄌᆞ의 옥용화틱 이제 어듸 갓ᄂᆞ뇨, ᄒ리니 어이 인싱이 덧업디 아니리오."[29](248면)하는 정도가 각몽의 계기에 해당한다. 그렇다면 꿈을 깨고 도달한 세계가 정답이 아니라 일종의 위장이라는 것이다. 즉 인생의 부귀영화가 일장춘몽이라는 말은 세속적 욕망을 다 충족한 자 만이 표현할 수 있는 위장된 제스처로 보인다. 마치 온갖 영화를 다 누린 솔로몬왕이 모든 것이 헛되다고 했던 것처럼 말이다. 이 때문에 정출헌은 몽중세계와 각몽세계의 부단한 교섭에 주목, 각몽이 세속에서의 자신의 삶을 부정하는 차원이라기보다 그것만으로 충족치 못한 것을 마저 채우는 행위로 해석하여 〈九雲夢〉을 세속적 부귀공명의 추구와 유한한 현세적 삶의 초월이라는 두 가지 욕망을 체험토록 하는 완결된 의미망을 견고하게 갖춘 것으로 보았다.[30]

---

28) 김일렬도 「구운몽 新考」, 『한국고소설연구』(이우출판사, 1983), 375~376면에서 幻에서 覺으로 넘어가는 과정에 내면적 필연성이 충분하지 못하다고 지적했다.

29) 노존본 『구운몽』, 322면. "我百年之後 高坮已頹 曲池已塡 歌舞之地 變爲衰草荒烟 而樵夫牧童 上下而嘆曰 '此楊丞相興諸娘子所遊之處也 丞相之富貴風流 諸娘子玉容花態 而今安往'云 則人生豈不蹩然乎"

30) 정출헌, 앞의 글, 176면.

하지만 이렇게 볼 수 있기 위해서는 몽중세계가 '꿈'이 아닌 당대 조선의 현실에서 실현 가능하고 또 실현된 것이어야 한다. 양소유의 삶은 상층사대부의 조화롭고 이상적인 삶의 극대치를 제시한 것이지 실제로는 현실 불가능한 것이다. 그 속에 김만중의 이상과 이념이 내장되어 있기는 하나 그야말로 '꿈'인 것이다. 혹은 각몽세계가 현실이 아닌 꿈의 연장선상에 있다면 현실의 알레고리로 그것이 가능할 수도 있다. 그렇지만 양소유의 삶/성진의 삶, 몽중세계/각몽세계, 꿈/현실은 비록 상호교섭을 인정하더라도 각자 영역을 견고하게 구축하고 있어 동일한 위상에서 논의하기는 어렵다.

꿈을 깬 성진이 "인간 부귀를 디내니 과연 엇더ᄒ더뇨"[31](254면)라는 육관대사의 말에 "스뷔 ᄌ비ᄒ샤 ᄒ로밤 숨으로 뎨ᄌ의 ᄆ음 씨둣게"[32](254면)했다 하자 육관대사는 다음과 같이 말한다.

> 네 승흥ᄒ야 갓다가 흥진ᄒ야 도라와시니 내 므슨 간녜ᄒ미이시리오. 네 쏘 니ᄅ더 인셰의 눈회홀 거슬 숨을 ᄭᅮ다ᄒ니 이ᄂ 인셰의 꿈을 다리다 ᄒ미니 에 오히려 꿈을 치 씨디 못ᄒ엿도다. 댱쥐 꿈의 나뷔 되여다가 나뷔 댱쥐되니 어니 거즛 것시오 어니 진짓 거신 줄 분변티 못ᄒᄂ니 어제 셩진과 소유ᅵ 어니ᄂ 진짓 꿈이오 업ᄂ[어니ᄂ] 꿈이 아니뇨(254면)[33]

---

31) 노존본 『구운몽』, 326면. "人門滋味果如何也"
32) 같은 책, 327면. "而師傳喚起一夜夢 能悟性眞之心"
33) 같은 책, 327~328면. "汝乘興而去 興盡而來 我有何于與之事乎 且汝曰 弟子夢人間輪回之事 此汝以夢與人世 分而二之也 汝夢猶未覺 莊周夢爲蝴蝶 蝴蝶又變爲莊周 蝴蝶之夢爲莊周耶 莊周之夢爲蝴蝶耶 終不能卞之 孰知何事之爲夢 何事之爲眞 今汝以性眞爲汝身 以夢爲汝身之夢 則汝亦身與夢爲非一物也 性眞少遊 孰是夢也 孰非夢耶"

육관대사의 이 말은 세속적 욕망을 부정한 성진의 말에 대한 재부정이다. 성진은 애초 연화봉의 세계를 부정하고 세속적 욕망을 따랐다. 그리고 실컷 부귀영화를 누리다가 꿈을 깨고 나서 다시 이를 부정했다. 육관대사의 말처럼 乘興하여 갔다가 興盡하여 돌아온 것이다. 하지만 육관대사는 모두를 문제삼았다. 세속적 욕망을 적극적으로 추구하는 것도 이를 거부하고 道에 귀의하는 것도 모두 긍정한 것이다.

엄기주는 〈九雲夢〉의 꿈이 여타의 환몽구조 작품에서 보이는 득죄한 댓가의 꿈이 아님을 주목하고 '乘興而去 興盡而來'라는 육관대사의 말처럼 마음이 가고자 하는대로 이루어졌다고 하여 人心/道心의 통합적 관계로 설명했다. 『西浦漫筆』의

> 道心과 人心이 어찌 두 마음이 있으랴? 이를 임금에 비유한다면 道心은 임금이 조정회의를 보거나 강론을 하고 있을 때와 같다면, 人心은 연회를 열거나 한가롭게 놀 때와 같다. 그것은 사실 한 사람의 몸인 것이다. …… 대저 사람의 한 몸 안에는 마치 두 마음이 있는 것 같은 때가 있다.[34]

는 언술을 통하여 성진과 양소유로 표상된 유가로서의 道心的 側面과 人心的 側面 즉 산림처사로서, 현직고관으로서의 양면의 완성을 통한 天人合一의 경지야말로 김만중이 궁극적으로 지향한 바로 보았다.[35] 양소유의 삶인 몽중세계와 성진의 삶인 각몽세계, 그 內話와 外話의

---

34) 홍인표 역주, 『西浦漫筆』(일지사, 1987), 129~130면.
   "則道心人心 豈有二心 譬之人主 則道心如人主之視朝開講時 人心如燕開遊行時 其實一人之身 …… 大抵人之一身之內 有若有二心時"
35) 엄기주, 앞의 글, 236면.

관계나 통합적 이해는 〈九雲夢〉의 연구에서 보다 깊이있게 논의되어
야 할 중요성을 지니는 바, 세속적 부귀공명과 유한한 현세적 삶의 초
월이라는 두 가지 욕망을 드러냈다는 정출헌의 논의나 人心/道心을
天人合一의 경지로 끌어올렸다는 엄기주의 주장은 결국 양소유와 성
진을 동일한 선상에 놓고 그 통합을 모색하고 있는 셈이다.

하지만 세속적 욕망을 부정해야 했던 성진의 입장은 분명 간과하고
있다. 육관대사의 목소리에 묻혀 미미할 뿐더러 육관대사의 설법에도
구체적인 계기가 없다. "금강경의 큰 법을 닐러 너의 ᄆᆞ음을 ᄡᅵᆺᄃᆞᆺ
게"36)(254면)하겠다지만 그 구체적 내용은 없다. 더욱이 성진이 몽중
세계를 동일하게 인식하고 있다는 증거는 어디에도 없고 연화도량의
후계자로 불도에 매진할 뿐이다. 이렇게 본다면 양소유와 성진은 화해
로운 조화가 아닌 분명 갈등을 겪고 있는 셈이다. 곧 몽중세계와 각몽
세계가 상호 침투하기도 하지만 서로 갈등을 겪으며 문제를 드러내는
것이다.

17세기 봉건적 동요 속에서 보다 강화된 봉건적 덕목, 곧 禮學이 위
력을 발휘했던 바, 서인 벌열층의 일원이었던 김만중으로서는 풍비박
산한 당시의 처지로 세속적 욕망을 향해 질주하면서도 道의 회복을 염
원할 수밖에 없는 묘한 입장이 바로 〈九雲夢〉의 환몽구조를 택하게
된 것이다. 즉 세상의 욕망을 받아들이면서도 이를 거절해야 하는 그
리고 다시 그 모두를 긍정해야 하는 갈등과 충돌이 바로 〈九雲夢〉의
실상인 셈이다. 몽중세계와 각몽세계는 조화를 이루었다기보다도 서
로 갈등하면서 문제를 드러내고 해결해 나간 것이다.37) 무너진 세계

---

36) 노존본 『구운몽』, 328면. "我當說金剛經大法 以悟汝心"

37) 남해 유배시 지었다는 〈謝氏南征記〉 역시 사씨, 교씨의 갈등양상을 통해 '욕망의

속에서 분명한 전망을 세울 수 없는 김만중의 고민과 갈등이 〈九雲夢〉을 통해 드러난 것이다.[38]

　그러면 〈구운몽〉은 과연 '꿈'을 통하여 무슨 문제를 제기하고 해결하려 했던가? 양소유의 삶으로 형상화된 몽중세계는 앞서 논의했던 것처럼 세속적 욕망의 최대치다. 완벽하리만치 욕망의 모든 요소들이 조화를 이루고 있다. 그리고 거기엔 김만중의 소망과 이념이 내장되어 있다. 그런데 왜 이를 부정해야 하는가? 그것이 실현 불가능한 것이고 현실을 인정하지 않을 수밖에 없기 때문이다. 그것이 비록 道心의 세계이든, 풍비박산한 가문의 몰락을 지켜보며 아무 손도 쓸 수 없었던 유배지에서의 처지이든 현실은 현실인 것이다. 하지만 '대승상의 위의'와 '소화상의 몸' 사이에는 엄청난 격차가 있다. 불가능한 꿈이 화려하면 화려할수록 현실은 점점 더 비참해지는 것이다. 그래서 다시 재부정이 이루어지고 그 모두를 긍정하기에 이른다. 양소유의 삶과 성진의 삶을 다 인정할 수밖에 없는 것이다. 꿈과 현실을 인정하고 그 갈등과 거리를 통해 인간의 삶을 이해하게 되는 것이다. 꿈과 현실의 갈등이 심할수록 그 거리가 멀수록 현실의 삶은 더 비참해지는 것이지만, 이루어질 수 없는 꿈일지라도 그것이 있음으로 해서 '위안' 혹은 '구원'이 가능하게 된다. 소설이야말로 현실을 그려나가지만 한편으로는 현실을 초극하는 몽상의 소산이 아니겠는가?

추구'와 '道의 회복'이라는 동일한 문제의식을 지닌 것으로 볼 수 있다.

38) 최원식, 「한국문학의 근대성을 다시 생각한다」, 『생산적 대화를 위하여』(창작과비평사, 1997), 22면에서 '계급적 위기'를 언급한 것이나 김현양, 「소설시대를 열어간 중세 지성−서포 김만중」, 『한국고전문학작가론』(소명출판사, 1998), 378면에서 "유가적 삶의 방식이 궁극적인 삶의 형식일 수 없다는 회의와 부정을 드러내고 있"다는 언술은 여러모로 시사적이나 보다 자세한 고찰이 요구된다.

여기서 흔히 김만중이 어머니를 위로하기 위해 지었다는 창작동기를 재음미해 볼 필요를 느낀다. 『서포연보』에 보면

> 또 글을 지어 부쳐서 [윤부인의] 소일거리를 삼게 하였는데, 그 글의 요지는 '일체의 부귀영화가 모두 夢幻이라'는 것이었으니, 또한 슬픔을 달래기 위한 것이었다.[39)]

고 한다. 여기서 '슬픔을 달래기(慰其悲)'위한 것이었다는 언술은 바로 '위안' 혹은 '구원'으로서의 의미를 담고 있다. 풍비박산한 가문의 몰락 앞에서 부서진 현실과 이상적 삶의 극대치인 꿈의 세계를 모두 인정해야만 했다. 비록 현실의 비참함이 확인되더라도 꿈의 세계를 인정함으로써 자신을 확인하고 살아나갈 수 있는 것이다. 꿈이 있음으로 현실이 확인되고 또 현실이 비참할수록 꿈은 삶의 위안 혹은 구원으로 의미를 갖게 되는 것이다. 즉 현실의 비참한 속에서 인간이 어떻게 살아갈 수 있는가에 대한 문제제기와 해결의 방법으로 꿈이 등장한 것이다. 현실은 꿈을 통해서 영혼을 찾고, 꿈은 현실을 근거로 육신을 얻게 되는 것이다. 〈九雲夢〉은 우리들 삶에서 '꿈' 혹은 '몽상'이 왜 필요한가에 대한 해답인 것이다.

국어교재 〈九雲夢〉 부분의 〈학습활동〉을 보면 "문학 작품은 상상을 통해 인간의 희망을 보여 준다는 점을 이 작품을 통하여 설명해 보자."(67면)나 "'성진'이 꿈꾼 바와 같이 물질적 풍요나 부귀영화를 마음속으로 그려 본 적이 있는가?"라고 현실을 초극하는 욕구의 실현으로

---

39) 김병국 외 역, 『서포연보』(서울대 출판부, 1992), 227면.
　　"又著書寄途 伸作逍遺之資 其旨 以爲一切 富貴繁華 都是夢幻 而慰其悲也"

서 문제제기를 하고 있음을 볼 수 있다. 하지만 정작 그 해결에 있어서는 "'양소유'는 불교에 귀의함으로써 문제를 해결했지만, 이러한 해결 방법이 모든 사람에게 공통되는 것은 아니다."고 한다. 과연 '양소유'는 '성진'으로 돌아와 불교에 귀의함으로써 세속적 욕망의 문제를 해결했는가? 그것이 아님을 이미 앞에서 확인했다. 이렇게 문제가 해결된다면 현실과 꿈 혹은 '성진'과 '양소유' 모두를 인정해야 한다는 육관대사의 설법을 아무 의미가 없게 된다.

문제는 대부분 학교 교육에서 〈九雲夢〉의 주제를 천편일률적으로 '인생무상'이라 가르친다는 점이다. 초기 〈九雲夢〉 연구자들의 입장이 수정없이 수용된 셈이다. 이렇게 된다면 〈九雲夢〉의 꿈은 아무런 의미없이 깨달음에 이르기 위한 보조장치로만 기능하게 된다. 정작 '꿈'이 왜 필요한가에 대한 문학 교육적 고찰과는 정반대로 꿈을 꾸지 말라고 가르치는 것이다. 인간은 꿈을 통해 불가능한 욕망을 실현하고 그것이 삶에서 얼마나 소중한 것인가를 〈九雲夢〉을 통해 가르칠 수 있어야 한다. 이것이 〈九雲夢〉 교육의 핵심과제다.

2) '사랑'의 힘 – 〈春香傳〉

중등학교 국어교과서에 단 한 편의 고전만 실을 수 있다면 어떤 작품을 실어야 할까? 아마도 대부분 〈春香傳〉을 선택하는 데 주저하지 않을 것이다. 수많은 이본을 파생시켰을 뿐만 아니라 작품에 대한 연구업적만도 200편이 넘는다. 판소리 12마당 중 가장 인기가 있었던 작품이었으며, 1923년 처음 영화화된 후 무려 21번이나 영화로 제작되었다. 더구나 근대문학이 개진된 1920년대에도 대중적 인기에서는 〈春

香傳〉이 단연 베스트셀러였다. 당시의 기록을 보면 "지금 조선서 가장
많이 팔리는 책이 무엇이냐 하면 春香傳이나 沈淸傳이라고 한다. 이
春香傳과 沈淸傳의 애독자는 만히 중류 이상 가정부인이다."[40]고 한
다. 이런 〈春香傳〉의 인기 때문에 1920년대 말 KAPF의 논객이었던
金基鎭에 의해 당시 소설을 춘향전식으로 쓰자는 '大衆小說論'이 제기
될 정도였다.[41]

무엇이 이토록 〈春香傳〉을 널리 수용할 수 있게 만들었을까? 범박
하게 얘기하자면 작품의 질 때문이지만 신분이 다른 젊은 남녀의 사랑
을 택하여 그것을 단순히 풍속담에 머무르게 하지 않고 '신분해방'이
라는 당대 민중들의 염원을 형상화시킨 데 있다.[42]

〈春香傳〉의 핵심은 '사랑'이다. 천기의 딸인 춘향과 남원부사의 아
들인 이몽룡의 사랑이 쉽사리 이루어지지 않을 것은 분명하다. 이 험
난한 사랑의 여정이 사람들에게 감동을 주었을 뿐 아니라 그 과정에서
사회적이고 역사적인 의미들이 드러난다고 많은 연구에서 밝혔다.[43]
〈春香傳〉의 내용을 이런 입장에서 단순화시키면 이렇다. 춘향이라는
기생 신분의 여자가 양반 자제인 이몽룡을 만나 사랑에 빠져 온갖 고

---

40) H·K生, 「가정과 구소설」, 『동아일보』 1929.4.2.
41) 八峰, 「大衆小說論」, 『동아일보』 1929.4.14~4.20.
42) 박희병, 「春香傳의 歷史的 性格 分析」, 『전환기의 동아시아문학』, 창작과비평사,
   1985 참조.
43) 金台俊의 『朝鮮小說史』, 학예사, 1931 이래 조동일, 「갈등에서 본 춘향전의 주제」,
   『계명논총』7, 계명대학교, 1970 ; 박희병, 위의 글 ; 정출헌, 「춘향전의 인물형상과
   작중역할의 현실주의적 성격」, 『판소리연구』4집, 판소리학회, 1993. 등이 주목된
   다. 특히 박희병의 논의는 두 남녀의 사랑이 어떻게 '신분해방'이라는 주제를 드러냈
   는지를 명쾌하게 밝혀 이 글을 쓰는 데 많은 도움이 됐다. 실상 이 글은 이런 논의의
   토대 위에서 이루어졌다.

난을 겪어야 했지만 결국 부부(첩이 아닌)가 됐다. 얼핏 보면 기생 신분인 여자가 명문대가의 부녀가 됐다는 점에서 '신분상승'의 의미로 해석될 여지도 있지만 기생 신분을 벗어나 평범한 지어미로서 한 가정을 꾸리고 행복하게 살고 싶다는 욕망은 신분상승보다는 자기 신분에 부과된 봉건적 제약과 구속으로부터의 해방을 의미한다.

왜 춘향이 죽을 각오를 하면서까지 변학도의 수청을 거부했을까? 사건의 진행 과정을 보면 춘향이 매를 맞아 거의 죽을 지경에 이르렀고, 거지꼴로 내려온 이몽룡을 보고 살아날 희망을 포기하고 사후처리까지 부탁한다. 독하게 마음 먹고 여러 유혹도 뿌리친다. 양반의 노리개가 아닌 한 인격체로서 존엄성을 찾겠다는 것이다. 인간의 존엄성을 포기하고 사느니 차라리 당당하게 죽겠다는 것이 춘향의 의지다. 이 수난의 긴 터널을 통과하면서 비로소 천민인 기생도 한 인격체로서 살아가야 한다는 신분해방의 의지가 현실화된 것이다.

흔히 〈春香傳〉의 연구사에서 작품의 주제를 사랑/저항으로 분리하여 개별 논의들을 이 틀에 맞추는 경우를 본다.[44] 하지만 사랑과 저항 혹은 신분해방은 二元的으로 파악할 수 있는 것이 아니다. 그 험난하고 고난에 찬 사랑의 성취과정에서 저항을 통하여 신분해방이 실현되는 것이다. 사랑의 외연으로 그런 역사적이고 사회적인 의미가 획득되는 셈이다. 그 자세한 고찰은 이미 여러 연구를 통해 확인된 바다.

여기서는 〈春香傳〉을 어떻게 가르쳐야 하는가의 측면에서 삶의 기제로서 '사랑'의 의미를 다루고자 하는 것이다. 〈春香傳〉은 신분이 다른 두 남녀의 사랑을 통하여 신분의 문제를 제기하고 해결해 나갔다.

---

44) 대표적인 경우가 정하영, 「춘향전의 주제」, 『한국문학사의 쟁점』(집문당, 1986) ; 윤용식, 「춘향전」, 『한국고전소설작품론』(집문당, 1990) 등이다.

즉 사랑의 성취를 통하여 신분해방을 이루어 나갔다 하겠는데, 그렇게 나아갈 수 있는 힘의 動因이 과연 무엇인가에 주목하고자 한다. 어떻게 해서 사랑이 한 인간을 그렇게 강하게 만들 수 있느냐는 것이다.

변학도의 수청을 단호히 거부하고 항변하는 춘향이의 모습을 보자.

당초의 이수지 만날 쩍의 틱산 셔희 구든 마음 소첩의 일심경졀 밍분갓턴 용밍인들 쎄여니지 못할터요 소진 장의 구변인들 첩의 마음 옴계 가지 못할터요 공명션싱 놉푼 지조 동남풍은 비러씨되 일편단심 소여 마음 굴복지 못하리다[45]

춘향이가 강변하는 것은 봉건적 덕목인 烈인 것 같지만 실제에 있어서는 그와 반대다. 박희병의 분석처럼 ① 순전히 자유의지에 의해 초래되고 있고, ② 봉건적 신분 관계의 부정을 뜻하며, ③ 양반적 통치질서를 부정하기 위해 요청되었고, ④ 맹목적인 것이 아니라 사랑과 신의, 인간으로서의 존엄을 지키기 위한 합목적적인 성격을 지니며, ⑤ 일방적인 것이 아니라 약속의 이해, 신의의 관철로서 쌍방의 상호 관계에 입각해 있다는 것이다.[46] 말하자면 자유의지에 의해 선택한 사랑하는 남성을 위해 수청을 거부하겠다는 것이다. 당시의 봉건적 덕목을 이용한 것이지만 춘향이 강조하는 烈은 한 인격체로서의 권리, 인간의 존엄성을 지키기 위한 외피의 역할을 한다.

하지만 그 이상의 격렬한 감정이 분명 자리하고 있다. 이몽룡에 대

---

45) 84장본 〈열녀춘향수절가〉, 설성경 역주, 『춘향전』(고대 민족문화연구소, 1995), 138면.
　　앞으로 이 자료는 괄호 속에 면수만 표시하고 이본인 경우 명칭을 밝힌다.
46) 박희병, 앞의 글, 105~106면.

한 사랑이다. '죽도록 사랑한다.'는 말이 실감날 정도로 자신의 온 존재를 던져 사랑을 지키고자 하는 것이다. 그 사랑의 힘이 죽음을 각오하고 변학도에게 항거하게 했던 것이다. 물론 인간의 존엄성을 지키기 위한 것이지만 그 힘을 이끌어 내는 것은 바로 이몽룡에 대한 사랑이다. '십장가' 대목에 빈번하게 등장하는 '우리 낭군 못 잊겠소'나 '이도령은 못 잊겠소'라는 구절은 단순히 의례적인 표현이 아님을 명심할 필요가 있다. 매를 맞아 생사를 오가는 그 절박한 순간에도 간절한 사랑의 염원을 노래하는 것이다. 무엇이 춘향이를 이토록 절실하게 만들었던가. 사랑의 진행과정을 따라가 보자.

주목할 부분은 첫날밤 대목이다. 애초 광한루에서 만나 첫 눈에 知人知鑑의 상대로 알고 반했던 터였다. 나비가 꽃을 찾듯 서로에게 탐닉하며 온갖 행위로 밤을 지샌다. 작품에서도 "온갖 작난을 다 ㅎ고 보니 이런 장관이 또 잇시랴 이팔이팔 두리 맛나 밋친 마음 셰월 가는 줄 모르던가 부더라"(94면)고 한다. '미친 마음'이라는 표현이 적절할 정도로 '광란의 사랑'을 연출한다.

여기서 우리는 조선후기 시정문화의 전형적 모습인 '에로티시즘의 팽창'을 목도한다. 이는 시정문화의 꽃이라 할 가악예술, 특히 사설시조에도 빈번히 등장하는 바, '개성해방'이라는 면과 다양한 층위로 결부되어 중세적 베일을 뚫고 나오는 현실의 무기가 될 뿐 아니라 변혁을 바라는 전 집단의 집결점의 한 부분이기도 했다. 따라서 '중세사회를 해체하려는 움직임'과 호흡이 닿아 있음을 보여준다.[47]

〈春香傳〉의 첫날밤 대목 역시 성을 매개로 자유로운 개성의 발현으

---

47) 고미숙, 「사설시조의 역사적 성격과 그 계급적 기반 분석」, 『어문논집』 30집(고려대 국어국문학연구회, 1991), 55면 참조.

로서 의미를 갖는다. 외설스럽다기보다 발랄하고 생동감 넘치는 성의 구현으로 읽혀지게 된다. 한편 사설시조의 경우 쾌락적 욕구 그 자체에 매몰되는 무정향적 속성이 크게 자리하고 있다 한다.[48] 하지만 〈春香傳〉은 삶의 진실성, 곧 영혼의 교감이 이루어지는 진정한 사랑의 행위를 보여준다. '사랑가' 대목 중에 다음과 같은 부분이 있다.

> 너는 죽어 경쥬 인경도 될나 말고, 전주 인경도 될나 말고, 송도 인경도 될나 말고, 장안 종노 인경 되고, 나는 죽어 인경 마치 되야, 삼십 삼천 이십 팔숙을 응하여 질마지 봉화 세자루 쩌지고, 남산 봉화 두 자루 쩌지면, 인경 첫마듸 치난 소리 그저 뎅뎅 칠 쩍 마닥 마닥 다른 사람 듯기여는 인경 소리로만 알어도 우리 속으로는 춘향 뎅 도련님 뎅이라 맛나 보자구나.(80면)

정말 미치도록 상대방을 사랑한다면 어떻게 할 것인가? 세상의 모든 것들이 사랑의 磁場안으로 흡입되는 그런 경지일 것이다. 여기서 영혼이 어떻게 육신과 결합하는지를 알 수 있게 된다. 즉 〈春香傳〉의 성은 자유로운 개성의 발현 이상으로 영혼과 육신이 통일되는 그런 아름다운 진경을 보여주는 것이다. 이런 사랑이기에 변학도의 수청 요구에 당당히 맞설 수 있었던 것이 아닐까.

한편 모진 매질을 당하고 투옥된 춘향이의 모습도 생각해 볼 필요가 있다. 실날같은 희망을 품은 채 내일이면 죽을지도 모를 불안과 고통 속에서 밤을 보내야 하는 춘향에게 이몽룡과의 사랑은 어떤 의미로 다가올까? '장탄가' 한 대목을 보자.

---

48) 같은 글, 56면.

사라 이리 기루난이 아조 죽어 잇고지거 차라리 이 몸 죽어 공산의 뒤견이 되야 이화월빅 삼경야의 실피 우러 낭군 귀의 들이고져 청강의 원앙되야 짝을 불너 단이면셔 다정코 유정하물 임으 눈의 보이고져 삼춘의 호졉되야 힝기무인 두 나리로 춘광을 자랑ᄒ어 낭군 오스 붓고지거 청천의 명월되야 밤 당하면 도다올나 명명이 발근 빗셜 임으 얼골 빗치고져 이 ᄂᆞ 간장 셕난 피로 임으 화상 기러니여 방문 압푸 족자 삼아 거러두고 들며 나며 보고지고(152~154면)

'님의 부재'에 대한 원망이 죽음으로 귀결되지만, 그 죽음은 님과의 단절이 아닌 님과의 재회를 의미한다. 그래서 님에게 자신이 얼마나 사랑하고 있는가를 확인시켜 주자는 것이다. '죽음을 초극하는 사랑'을 보여준다고 할까. 그런 처절한 심정을 드러낸 것이다. 특히 "이내 간장 썩는 피로 님의 화상 그려내어 방문 앞에 족자 삼아 걸어두고 들며나며 보"겠다는 말은 그 표현의 강도 이상으로 절박한 사랑을 보여주고 있다. 실상 옥에 갇힌 춘향이에게 가장 절실한 문제는 이몽룡을 만나는 것이다. 물론 이몽룡을 자신을 구원해줄 대상으로 여기는 면도 있겠지만 그보다는 사랑을 확인하고자 하는 욕구가 훨씬 강하다. '옥중탄식'의 대부분은 바로 이 님에 대한 원망과 그리움으로 채색되어 있다. 그러기에 거지꼴로 내려온 이몽룡과 재회하고 나서 주저없이 죽음에 대비한다. 심지어 그 과정에서도 사랑을 확인하는 유언을 남기기도 한다.

이리 빗틀 져리 빗틀 드러가서 장피하여 죽거들난 삭군인체 달여드러 둘너업고 우리 두리 쳐음 만나 노던 부용당의 격막하고 요젹한 듸

뉘여노코 셔방임 손조 염습ᄒ되 니의 혼빅 위로하여 입은 옷 벽기지
말고 양지 씃터 무더싸가 셔방임 귀히 되야 청운의 올의거던 일시도
둘니말고 육진장표 기렴ᄒ야 조출한 상예 우의 덩글럿케 실은 후의
북망산쳔 차져갈 졔 압 남산 다 바리고 한양으로 올여다가 선산 발치
의 무더주고 비문의 시기기를 '슈졀원사 춘향지묘'라 야달자만 시겨주
오 망부석이 안니될가(198면)

사후처리까지 이몽룡에게 부탁함으로써 집요하리만치 사랑의 인연
을 이어가려 한다. 죽음조차 갈라놓지 못하는 사랑에 대한 집착을 보
여주는 것이다. 여기에는 신분상의 격차 같은 외적인 요소가 개입할
여지가 없다. '선산 발치'에 묻어달라는 유언이 양반으로의 편입을 의
미하는 것으로 읽혀질 수는 없다. 죽어서도 사랑하는 님과 같이 있겠
다는 의미다. 죽어서까지 '망부석'이 되겠다는 것은 현세에서 이어갈
수 없는 사랑에 대한 發願이다.

왜 이렇게 사랑만 얘기하는가? 〈春香傳〉은 사랑의 얘기고, 사랑을
통해 문제를 던지고 있기 때문이다. 신분이 다른 두 남녀의 사랑이 신
분해방이나 탐관오리에 대한 항거로 확대됨은 주지의 사실이다. 여기
서 〈春香傳〉의 주제는 '사랑'이라고 주장하려는 것이 아니다. '신분해
방'을 이루어 나가는 내적 동인으로 '사랑'에 주목하여 사랑이 서로를
어떻게 변화시키고 단련시키는가를 따져보고자 한 것이다. 춘향은 물
론이지만 이몽룡 역시 힘든 사랑을 성취해 나가는 과정에서 엄청난 변
화를 겪는다. 한량이나 난봉꾼의 모습에서 민중들의 구원자 혹은 연대
자로서 바뀌게 됨을 쉽사리 목격한다.[49]

---

49) 이에 대한 자세한 고찰은 박희병, 앞의 글과 정출헌, 앞의 글 등이 있어 참고가

이 글은 〈春香傳〉의 새로운 면모를 밝히자는 것이 아닐 뿐더러 그
럴만한 충분한 자료와 시각도 확보하지 못했다. 다만 기존 연구의 토
대 위에서 그 동안 간과하였던 '사랑'의 의미를 짚어보고자 하는 것이
다. 문학교육의 측면에서 삶의 기제로 사랑의 의미를 다루고자 했기
때문이다. 흔히 말하듯이 사랑이 지고지순한 형태로 현실과 무관하게
고유한 영역으로 존재한다고는 믿지 않는다. 오히려 당대 현실의 복잡
한 메커니즘 속에 자리하고 있다. 그러기에 사랑은 역사적 구체성에
따라, 인물의 성격에 따라 다양한 형태로 나타나고 의미 지어지게 된
다. 이런 점에서 〈春香傳〉은 사랑이 구현할 수 있는 최상의 지점을 보
여주는 작품이다. 〈春香傳〉을 통해 가르쳐야 되는 것은 바로 이 '사랑
의 힘'이다. 그것이 오늘날 학생들에게 유용한 삶의 기제로 활용될 수
있기 때문이다.

여느 작품과 달리 〈春香傳〉은 문학 교육적 측면에서의 연구도 많이
이루어졌다.50) 특히 김종철, 류수열의 논의는 다양한 이본의 형성에
주목하여 이본의 파생을 창작 교육의 한 측면으로서 이해할 뿐 아니라
현재 진행형의 형태로 다양한 교육 방법을 제시하고 있어 주목된다.
즉 '장황한 수사 새로 쓰기', '놀이와 창조의 즐거움'으로 〈십장가〉 다
시 쓰기, '서사의 빈틈 채우기' 등이 그것인데,51) 이 논의들은 판소리
의 특질에 근거하여 교육 방법을 확장해 본 것이다. 실상 『국어』 교과

된다.

50) 최근 논의만 보더라도 정병헌, 「춘향전 교육의 몇 가지 전제」, 『고전문학 어떻게
가르칠 것인가』(집문당, 1998) ; 김종철, 「춘향전 교육의 시각(1)」, 『고전문학과 교
육』 1집(청관고전문학회, 1999) ; 류수열, 「춘향가를 가르치는 몇 가지 풍경」, 『문학
과 교육』 14호(문학과교육연구회, 2000) 등이 있다.

51) 류수열, 같은 글 참조.

서의 경우도 〈작자, 작품, 독자〉라는 단원에 포함되어 있을 뿐 아니라 '단원의 길잡이'에도 "작가와 독자가 작품의 창작과 이해·감상에 어떤 작용을 하게 되는가를 아는 것이 이 단원의 목표"(212면)라고 명시되어 있어 작품에 대응하는 독자(혹은 창자)들의 다양한 반응을 살피도록 하고 있다.

　이 시각을 확대하면 결국 개방성을 특징으로 하는 판소리의 숱한 이본들은 삶의 다양한 대안을 모색하는 과정을 보여준다고 할 수 있다. 그리하여 각 이본들을 통해 그 대안을 확인하는 방법이 있겠고, 새로이 써 보는 경우도 있을 수 있다. 필자 역시 옥중에 갇힌 춘향이의 입장이 되어 삶의 기제로서 사랑의 문제를 '옥중서한' 혹은 '유서'로 써 보는 작업을 하기도 했다. 물론 작품에는 없는 것이지만 이런 작업을 통해 멀고도 험난한 사랑의 여정에 동참시켰다. 어떤 학생은 막막한 자신의 운명에 진저리를 치기도 하고, 어떤 학생은 양심수의 옥중서한처럼 투사적 면모를 보이기도 하며, 또 어떤 학생은 살고 싶다는 욕망에 두려워 떨기도 했다. 그 모두의 핵심에는 '사랑'이 있다. 그 하나를 보자.

　　뼈가 으스러지도록, 살이 찢기도록 나를 고통스럽게 하는 고문이 서러운 것이 아닙니다. 태형 맞아 부은 다리 옷 위로 배어나오는 끈끈한 핏방울이 서러운 것이 아닙니다. (중략) 그대여, 당신을 본 것이 죄라면, 그토록 아름다운 당신을 만난 것이 죄라면 그동안의 아픔으로 그 벌을 다 하겠습니다. 그대와 내가 사랑한 것이 죄라면 나는 기꺼이 그대를 보내지요. 그리고 평생에 사무치도록 그리워하면서 살겠어요. (중략) 저의 모든 부분을 생이 다하는 순간까지 기억해 주신다면 내일

그가 저를 내친다 해도, 소리 한 번 지르지 못하고 이 숨이 잦아진다
해도, 의식이 희미해져 당신의 얼굴이 사라지는 순간까지 당신을 사랑
하기 위한 나의 선택을 절대로 후회하지 않겠어요.[52]

여기서 바로 사랑이 한 인간을 어떻게 변모시키는가를 확인할 수 있
다. 사랑은 그 외연이 다양한 역사적 계기들과 접목되어 여러 모습으
로 나타나기도 하지만 이를 추동해내는 동인으로 내포 또한 소중하다.
더욱이 춘향의 시대와 다른 오늘날에 삶의 유용한 기제로서 〈春香傳〉
을 가르치고자 할 때, 그 사랑이 당대에 어떤 의미가 있는가도 중요하
지만 그것이 오늘날 우리들의 삶의 문제로 어떻게 환치되는가도 생각
해 보아야 한다. 말하자면 진정한 사랑이 무엇인가를 확인할 수 있다
는 것이다. 과연 사랑이라는 것이 단순한 감정의 분출인가 혹은 그 이
상의 인간적 결합인가를 따져볼 수 있게 된다. 이런 점에서 〈春香傳〉
은 시대를 뛰어넘어 오늘의 우리들에게 가장 의미있는 텍스트로 다가
올 수 있는 것이다.

3) '돈'과 '윤리'의 문제 – 〈興夫傳〉

이 타락한 황금만능의 시대에 〈興夫傳〉을 가르친다는 것은 쉬운 일
이 아니다. 세상의 논리에 흠뻑 젖어 있는 학생들에게 그 정반대의 것
을 설득시켜야 되기 때문이다. 〈興夫傳〉을 현실의 기제로 활용하고자
할 때 쉽게 생각할 수 있는 것이 바로 '가난'의 문제다. 교과서의 〈학습
활동〉에도 '흥보의 가난'과 '보은박'에 대해 "이 이야기의 의미를 자신

---

52) 서도영, 「춘향이의 옥중서한」, 『우리소설 토론해 봅시다(고전소설편)』, 88~91면
참조.

이 생각한 대로 설명해 보자."(하권, 108면)고 되어있다. 곧 〈興夫傳〉
은 가난의 문제가 어떻게 제기되고 해결되는가의 이야기로 접근할 수
있다. 흥부의 가난은 놀부가 부모의 유산을 독차지하고 흥부를 빈 손
으로 쫓아낸 데서 비롯된다. 일종의 강탈인 셈이다. 즉 마땅히 나누어
받아야 할 재산을 형인 놀부에게 빼앗긴 데서 연유한다. 그런데 가난
의 실상이 구체적으로 묘사된 점을 주목할 필요가 있다. 놀부에게 빈
손으로 쫓겨나 건넛 산 밑에 수숫대 반 짐으로 집을 짓고 통곡하는 흥
부 아내를 보자.

> 이고 답답 셟운지고 엇던 스룹 팔즈 조화 디광보국슝녹디부 삼티뉴
> 경 되여느셔 고디광실 조혼 집의 부귀공명 누리면서 호의호식 지니는
> 고 니 팔즈 무숨일노 말만흔 오막집의 셩소광어공졍ᄒ니 집웅 말니
> 별이 뵈고 쳥텬한운셰우시의 우디량이 방듕이라 문밧긔 셰우오면 방
> 안의 큰 비 오고 폐셕초갈 찬 방의 헌 즈리 벼룩 빈디 등의 피롤 샌라
> 먹고 압문의는 살만 남고 뒷벽의는 외만 나무 동지 셧달 한 풍이 살
> 쏘듯 드러오고 어린 즈식 졋 달ᄂ고 즈란 즈식 밥 둘ᄂ니 참ᄋ 셜위
> 못 살깃닉[53]

가난은 '가난하다'고 하는 추상적 개념이 문제가 아니라 그 구체적
실상이 중요하다. 현실에서 직접 겪어야 되는 것이기 때문이다. 흥부
는 말만한 오막살이를 짓고 비가 새고 찬 바람이 들어오는 상황에서
배고파 우는 자식들의 참상을 지켜봐야 하는 처지에 놓여 있다. 총체

---

53) 경판 25장본, 자료는 김태준 역주, 『흥부전/변강쇠가』(고대 민족문화연구소, 1995),
  18면. 앞으로 이 자료는 괄호 속에 인용 면수만 표시한다.

적 상황에서 생존의 문제에 직면해 있는 것이다. 그러기에 살아나가기 위해 짚신 장사, 품팔이 노동을 했으며 심지어는 매품까지 팔아보려고 했지만 그 처지를 벗어날 수는 없었다.

흥부에게 보이는 가난은 농촌계층분화 과정에서 발생한 빈농의 그 것이다. 토지로부터 유리된 흥부는 소작의 기회마저도 얻지 못하고 모든 생산수단을 상실하여 품팔이 꾼의 신세로 전락되어졌던 것이다.[54] 온갖 방법을 다 써가며 살아보려 하지만 강고한 현실이 그를 용납하지 않는다. 그러기에 흥부의 가난이 타고난 것이라거나 게으르고 소극적이기 때문에 당연한 결과라는 주장은 설득력이 약하다. 형에게 모든 것을 다 뺏기고 냉혹한 현실에 내던져져 그 가난의 굴레를 벗어날 수 없게 된 것이다.

이 문제를 어떻게 해결해 나갈 것인가? 현실적인 방법으로는 해결이 불가능하다. 그러기에 낭만적 방식으로 '보은박'이 등장한 것이다. 이 보은박은 민담적 수법임에는 틀림없지만 적어도 두 가지 이유에서 현실감을 느끼게 한다. 하나는 보은박에서 나온 물건들이 당대 현실에서 유용한 것이며, 다른 하나는 민중들이 소망하는 풍요로운 세상의 모습을 구체적으로 제시했다는 점이다. 흥부의 보은박은 따뜻한 인간성과 착한 성품에 대한 보상인 것이다. 또 이에 대한 당대 서민층의 지지이기도 하다. 흥부는 따뜻한 인간성을 지키며 가난을 극복하려는 서민상을 대표하고 있다. 이런 이유로 당대인들의 지지를 받는다. 그가 정말 게으르고 무능력한 사람이라면 어째서 지지를 받을 수 있겠는가?

그런데 경판본 〈興夫傳〉을 보면 흥부는 4통으로 부자가 되는데 비

---

54) 임형택, 「흥부전의 歷史的 現實性」, 『韓國文學史의 視角』(창작과 비평사, 1984), 191~198면 참조. 작품의 주요 논지는 주로 이 글에 근거한다.

해 놀부는 무려 13통의 박을 타면서 망해간다. 흥부가 부자가 되는 과
정보다 놀부가 망해가는 과정에 전체의 반이 넘는 분량을 할애하고 있
음을 본다. 왜 놀부가 문제 되는가?

놀부는 흥부와 정반대의 위치에 있는 인물이다. 농사를 지었다지만
대단한 부자로 그려져 있다. 서민부농층 혹은 요호부민의 일원55)이었
을 것으로 추정된다. 박에서 나온 수많은 사람들에게 3만냥이 넘는 거
액을 빼앗기는 것을 보면 농촌사회에서 제법 풍족하게 살았던 인물임
을 알 수 있다. 어떻게 해서 그렇게 부자가 되었을까? 그 축재의 과정
이 자세하게 드러나지는 않지만 부모의 유산을 송두리째 차지한데다
'빚 값에 계집 뺏기'라는 대목을 보아 고리대금입을 통한 부의 축적이
가능하지 않았을까 싶다.56)

놀부라는 인물을 정리해 보면 이렇다. 중요한 사실은 놀부가 극단
적으로 탐욕스런 인물이라는 점이다. '세창서관본'을 보면 부모의 제
사에 논을 쓰기 싫어 代錢으로 상을 차리는 장면이 등장한다. 게다가
곤궁한 처지에 도움을 청하러 온 동생 흥부를 몽둥이로 두들겨 패 내
쫓을 정도다. 富가 위력을 갖게 된 시대에 이익을 추구하는 것은 당연
한 현상인데 놀부의 행위는 왜 비난을 받을까? 놀부의 이윤추구는 이
기적인 탐욕에 근거하고 있기 때문이다. 남의 희생의 대가 위에 놀부
의 富는 존재한다. 놀부에게는 부모도 형제도 중요하지 않다. 재물에
대한 이기적인 탐욕만이 존재한다. 그러기에 놀부는 철저히 반도덕적
이고 반사회적인 것이다.57)

---

55) '서민부농층'이라는 입장은 임형택, 같은 글 참조. '요호부민층의 일원'이라는 견해
　　는 김종철, 「興夫傳」, 『고전소설연구』(일지사, 1993), 553면 참조.
56) 임형택, 같은 글, 174면.

생산력의 발전으로 인한 富의 증대는 낡은 봉건 체제를 무너뜨리는 역할을 했지만, 동시에 모든 인간관계에서 적나라한 이기심과 냉혹한 배금 풍조를 찌꺼기로 남겨 놓았다. 역사 발전의 측면에서 부의 축적에 따르는 긍정적 모습을 〈穢德先生傳〉의 엄행수를 통해 확인할 수 있거니와 그 부정적 형태를 놀부에게서 발견할 수 있다. 결국 놀부는 자신이 그토록 추구했던 탐욕스런 이익 추구열 때문에 망한다. 石崇과 같이 큰 부자가 되겠다고 장담했지만 박에서 나온 여러 인물들이 강제로 돈을 빼앗아가는 데는 어쩔 도리가 없었다. 박에서 나온 인간 군상들이 놀부가 그토록 추구했던 '현금 계산 방식'을 통해 놀부를 망하게 했다는 점도 흥미롭다. 마지막 박에서는 똥이 나와 모든 것을 덮어 버린다. 그야말로 철저한 패망이다.

어찌보면 〈興夫傳〉(특히 경판본의 경우)은 흥부가 어떻게 부자가 되는가 보다 놀부가 어떻게 망해가는가에 그 핵심이 있는 것처럼 보인다. 놀부의 패망이 바로 반윤리적인 이윤추구와 탐욕스런 이기주의의 패배이기 때문이다. 그러기에 놀부의 패망에 그토록 많은 부분을 할애하고 치밀하게 사건을 진행시켰던 것이다. 즉 흥부에 대한 동정보다 놀부에 대한 분노가 더 크게 자리하고 있음을 보여준다. 이는 무엇을 말함인가? 〈興夫傳〉의 문제가 단순히 흥부의 가난을 제기하고 해결하고자 함이 아니라는 것이다. 오히려 그보다는 흥부와 놀부의 대립을 통해 '빈부갈등'을 문제 삼고자 함이다. 즉 흥부라는 인물은 피나는 노력에도 굶주려야 되는 반면에 놀부라는 인물은 악질적인 행위에도 부자로 잘 살고 있는 현실의 모순,[58] 여기에 대한 문제제기인 것이다.

---

57) 같은 글, 176면.
58) 같은 글, 185면 참조.

그런데 후대로 갈수록 '놀부 박타는 대목'이 축소되거나 아예 사라
지고 있다. 놀부 박까지 완창하는 경우는 박봉술과 그 제자 송순섭 뿐
이라고 한다.[59] 말하자면 흥부와 놀부의 대립을 통한 빈부갈등의 문
제의식이 사라져가는 셈이다. 그러면 흥부의 가난과 그 해결에만 치우
치게 되고 결국 문제는 단순화 된다. 놀부가 없는 흥부는 존재할 수
없으며, 놀부의 패망이 없는 흥부의 보은은 아무 의미가 없다. 서로가
충돌하면서 갈등하는 것이야말로 온당한 현실의 모습이기 때문이다.

이제 문학교육의 측면에서 삶의 기제로 〈興夫傳〉의 문제를 살펴보
자. 〈興夫傳〉은 '빈부갈등'을 통해 당대 사회의 모순을 지적했지만 그
해결의 진망은 불투명한 채로 남겨두고 있다.[60] 냉혹한 현실이 쉽사
리 바뀌지 않기 때문이다. '보은박'이나 '복수박'에 의해 문제가 해결됐
지만 그렇다고 현실이 바뀐 것은 아니다. 민중들의 열망이 거기에 표
출된 것이다. 구체적으로는 경제적 평등에의 지향, 사회 구성원 전체
의 균등한 행복에의 지향이 그것이다.[61] 지금의 문제도 마찬가지다.
오늘날 유용한 삶의 기제로 〈興夫傳〉의 문제를 단순화 시킨다면 '돈'
과 '윤리의식' 혹은 '심성'의 문제가 된다. 즉 이 타락한 황금만능 시대
에 과연 어떻게 살아야 할 것인가의 문제를 우리에게 던져주고 있는
것이다. 이런 점에서 그 문제의식은 명쾌히 드러난다. "흥부냐, 놀부
냐?" 혹은 "가난하지만 바르게 살 것인가?" 아니면 "악하더라도 부유

---

59) 김종철, 앞의 글, 559면 참조.
60) 조동일, 「흥부전의 양면성」, 『한국고전소설연구』(새문사, 1983), 552면에 "표면적
　　주제는 문제의 제기인 동시에 해결이며, 오히려 해결 쪽에 더 역점이 주어져 있다.
　　그러나, 이면적 주제는 문제를 문제로서 제기하는 데 그치고, 그러니 어떻게 해야
　　한다는 해결은 내포하지 않고 있다."고 했다.
61) 김종철, 앞의 글, 555면 참조.

하게 살 것인가?"로 문제를 단순화 시켜볼 수도 있다.

하지만 현실은 분명 놀부에게 유리하다. 이런 질문을 던지면 많은 학생들이 놀부를 지지한다. 착하지만 '대책없는' 흥부보다는 이기적이고 탐욕스럽지만 '능력있는' 놀부가 이 험난한 자본주의 사회를 살아가기에 훨씬 유리하다고 느끼기 때문이다. "개처럼 벌어 정승처럼 쓰라."는 말이 있다. 탐욕과 악행의 시궁창 위에 황금탑을 쌓으면 모든 것이 정당화 된다는 말이다. 이런 현실의 구조 속에서 〈興夫傳〉의 문제를 온전하게 제기하고 해결해 나가기는 쉽지 않다. 결국 '돈'과 '윤리 의식'의 관계 속에서 문제를 제기하고 해결해 나갈 수밖에 없다. 곧 '돈이면 무엇이든 다 된다.'가 아니라 거기에는 마땅히 '윤리'의 문제가 포함돼야 한다는 것이다. 〈興夫傳〉에서 그토록 철저하게 놀부를 패망하게 했던 것도 그가 반사회적이고 반윤리적이기 때문이다. 즉 긍정적 형상을 통한 대안 마련보다 부정적 형상에 대한 비판을 통하여 어떻게 살아야 할 것인가를 알려준 셈이다.

『국어(하)』 교과서에는 〈평가 중점〉사항으로 "작품에 형상화된 바를 자신의 삶에 비추어 해석할 수 있는가?"(109면)라는 항목이 있다. 하지만 동질화시키기는 쉽지 않다. '보은박'을 타는 흥부의 모습에서 어떻게 오늘을 사는 학생들이 동질감을 느낄 수 있겠는가? 그 간극을 메우기 위해서는 적어도 구체적 계기들이 제시되고 여기에 대한 현재화 작업이 뒤따라야 한다. '돈'과 관련된 '어떻게 살아야 할 것인가'의 문제도 그렇다. 삶에 있어서의 구체적 문제들이 제기되고 이를 어떻게 해결할 것인가로 나아가야 된다. 즉 돈에 관계된 여러가지 현실적 계기들을 제시하고 이를 통하여 삶의 지향을 확인해야 한다는 것이다. 그럼으로써 자본의 광포함에 맞서는 윤리적 대안들을 마련하게 된다.

하지만 현실이 자본의 지배로부터 자유로울 수 없기에 그 작업은 만만
치 않게 보인다.

　필자는 학생들에게 흥부/놀부에 대한 현대적 해석을 요구했는데,
다음과 같은 '놀부 옹호론'은 '돈'의 위력을 감지하여 주목된다.

　　'흥부옹호론'이냐, '놀부옹호론'이냐를 묻는 말은 곧 관점이 중세 보
　수주의적이냐, 신자본주의냐와 같다. 중세 보수주의적인 흥부는 자신
　이 스스로 미래를 개척할 수 없다. 근면하게 일을 했다고는 하나 그건
　자신의 끼니나 간신히 이어갈 정도의 일이었다. 그는 더 이상 이런한
　허드레 노동으로는 살아갈 수 없는 자본주의 사회를 파악하지 못했다.
　노동이 돈을 부르는 것이 아닌, 돈이 돈을 부르는 사회를 말이다.62)

　현재의 사회에서 신 자본주의 방식이 아니고서는 살아갈 수 없음을
설파하고 오히려 〈興夫傳〉의 수용층이 가졌던 놀부의 악마적 이미지
를 걷어내자고 했다. 분명 오늘날 사회는 흥부의 방식으로는 도저히
살아갈 수 없는 냉혹함과 속도감이 있다. 또한 흥부의 선한 마음을 감
싸는 외피 중에는 분명 주저하고 머뭇거리는 답답한 구석이 있기도 하
다. 하지만 그것이 삶의 본질이 아니라는 것이다. 외형이 아닌 따스한
인간성을 지닌 삶의 본질에 주목했을 때 흥부의 가치는 더욱 빛날 수
있다. 자본이 점점 그 위력을 강화하고 있는 것이 오늘의 현실이다.
그러기에 자본의 위력에 맞서는 삶의 윤리적 대안을 마련하는 것은 필
요하고도 소중하다. 〈興夫傳〉은 이 타락한 시대에 어떻게 살아야 할
것인가의 대안을 마련하는 근거로 손색이 없어 보인다.

---

62) 정선진, 「흥부? 〈 놀부?」, 『우리소설 토론해 봅시다』, 142~143면.

5. 맺음말

이제까지 장황하게 고등학교 6차 개정 국어교과서에 게재된 〈九雲夢〉·〈春香傳〉·〈興夫傳〉을 통해 삶의 기제로 유용하게 활용할 수 있는 고소설 교육의 방법을 모색해 보았다. 즉 작품 속에서 어떤 문제를 제기하고 어떻게 해결해 나갔는가에 주목하여 이를 오늘의 문제와 소통케 한 것이다. 그럼으로써 고소설을 오늘 우리들의 삶을 풍요롭게 하는 현실의 기제로 활용하고자 했다.

〈九雲夢〉에서는 '꿈'을 주목했다. 현실에서는 이룰 수 없는 것이지만 그 꿈으로 인해 자신의 삶을 확인하고 위안이나 구원을 받을 수 있음을 살펴보았다. 이는 결국 우리에게 왜 꿈이 필요한가를 증거하는 것이다. 현실은 비참하지만 그럴수록 인간이 꿈을 통해 욕망을 실현하고 그것이 삶에서 얼마나 소중한 것인가를 〈九雲夢〉을 통해 가르칠 수 있어야 한다.

〈春香傳〉에서는 '사랑'의 문제를 주목했다. 주지하다시피 〈春香傳〉은 두 젊은 남녀의 사랑을 통해 '신분해방'이라는 주제를 실현해 나간다. 여기서는 그 내적 동인으로 '사랑의 힘'에 주목하여 그것이 인간을 어떻게 변모시키고 단련시키는 지를 살펴보았다. 그럼으로써 오늘날 학생들에게 유용한 삶의 기제로 활용토록 했다. 즉 사랑이 어떤 현실적 계기를 만났을 때 그 외연을 어떻게 확장해 나가는지 염두에 둔 것이다. 이런 점에서 〈春香傳〉은 시대를 뛰어넘어 오늘의 학생들에게 가장 의미 있는 텍스트로 다가올 수 있는 작품이다.

〈興夫傳〉은 '가난'을 문제삼아 '빈부갈등'을 드러낸 작품이다. 작품에서는 흥부가 부자가 되는 것보다 놀부가 어떻게 망해가는가를 흥미

있게 다루고 있다. 오늘날의 문제로 환치한다면 '돈'과 '윤리'의 문제를 통해 이 타락한 자본주의 시대에 어떻게 살 것인가를 제시하고 있는 셈이다. 현실은 분명히 놀부 편이지만 광포한 자본의 위력 앞에서 인간성을 지켜 나가는 것이 얼마나 소중한 것인가를 알려주는 자료로 삼을 수 있다.

실상 이 작업은 작품에 드러난 문제와 그 해결을 통해 오늘날 고전소설이 우리에게 어떻게 삶의 기제로 작용되는지를 따져 봄으로써 고소설 교육의 지향과 방법을 마련해 본 것에 불과하다. 말하자면 '문학 생활화'와 결부하여 고소설 교육의 큰 틀을 구상해 본 것이다. 특히 '어떻게 가르칠 것인가'의 문제는 말 그대로 '제기'만 했지 '해결'을 보지는 못했다. 고등학교 국어교육을 대상으로 하고 있는 만큼 현장론적 점검이 필요하기 때문이다. 이 점 분명 필자에게 한계일 수밖에 없다.

고소설 교육의 범주를 고등학교 과정에 한정한 것은 그것이 대학 전공 교육에 비해 일반화될 수 있는 통로가 넓기 때문이다. 곧 일반인이 알고 있는 고소설의 실상이 여기서 규정되게 된다. 하지만 작품에 대한 제대로 된 이해나 감상은 고사하고 '성장에 의미 있는 요소로 체험'한다는 것은 상상할 수도 없는 것이 고소설 교육의 현실이다. 교사들은 '입시'와 '진도' 때문이라 하지만 문학교육의 대안을 구체적으로 마련하지 못한 데 그 원인이 있다. 이 글은 그 대안을 마련하기 위한 시론의 성격이 짙다. 문제제기로 끝나지 않기 위해서는 구체적인 작업이 뒤따라야 할 줄 안다.

대학 고전소설 교육의 지향과 방법

1. 문제의 제기

중등교육과정 6년 동안 주요 고전소설 작품인 〈홍길동전〉, 〈박씨전〉, 〈구운몽〉, 〈춘향전〉, 〈심청전〉, 〈흥부전〉, 〈토끼전〉, 〈허생전〉 등은 국정교과서에 실려있어 반드시 접한다.[1] 게다가 심화선택과정에서 20편이 넘는 작품을 배우기도 한다.[2] 상당수의 고전소설을 필수적으로 대면하는 셈이다. 하지만 학습목표라던가 수업시수, 단원의 체계를 따라야 하기에 일정 부분 제한을 받는다. 중·고등학교에서 고전소설을 자유롭게 가르치지 못하는 이유도 여기에 있다.

하지만 대학은 이와는 반대로 자유롭게 가르칠 수 있는 틀은 얼마든지 가능하지만 접할 수 있는 교과목이 제한되어 있다. 고전소설 관련 전공과목을 보면 대부분 필수가 아닌 선택이며 그나마 1~2과목에 불과하다. 국문학과가 있는 전국 90개 대학의 고전소설 관련 교과목 개

---

[1] 1차 개정 교과서부터 현행 7차 개정에 이르기까지 중등 『국어』에 실려있는 고전소설은 대략 5~7편 정도다. 그 자세한 목록은 〈부록〉으로 제시한다.

[2] 현행 7차 개정 『문학』 교과서에 실려있는 고전소설은 모두 27편으로 자세한 목록은 〈부록〉으로 제시한다.

설 현황을 보면 1과목만 개설한 대학이 51개교, 2과목을 개설한 대학은 25개교, 3과목을 개설한 대학은 1개교이며, 6개 대학에서는 고전소설 관련과목을 개설하지 않았다 한다.[3] 대부분이 〈고전소설론〉 1과목이고, 〈고전소설강독〉이 개설된 곳은 그 반에 불과하다.

한 두 과목 밖에 없는 가운데 고전소설 교육의 대안을 모색한다는 것은 한편으론 난감하지만 중요한 일이 아닐 수 없다. 더욱이 학생수 격감으로 인한 구조조정의 격랑 속에서 국문학과 자체의 존립도 위협받고 있는 처지에 고전소설을 포함한 고전문학 전체의 교육은 침체될 수밖에 없고, 그러기에 전략적 대안이 필요한 것이다. 한쪽에선 인문학의 위기를 거론하기도 하며 취업위주의 인기대학, 인기학과, 인기교과목으로 편중되어 이른바 양극화 현상이 일어나는 절박한 상황에 몰려있다. 어떻게 할 것인가? 고전소설 교육의 획기적인 대안을 마련해서 이 난국을 돌파해야 하는 어려운 시점에 와 있다. 그 대안을 모색해 본다.

2. 대학 교육환경의 변화와 고전소설 교육의 지향

어찌해서 학문의 전당이어야 할 대학이 이 지경에 이르게 됐을까? 우선은 신자유주의 시장논리가 대학에도 적용되어 학부제가 전면 시행된 것을 들 수 있다. 이에 따라 학과별로 전공이수 학점이 '35학점 이상'으로 대폭 줄어들어 이른바 '선택과 집중'이라는 적자생존의 법칙

---

3) 김기형, 「대학 고전소설 교육의 현황과 전망」, 『고전소설교육의 과제와 방향』, 월인, 2005, 411~412면 참조.

이 횡행하게 됐다는 점이다. 12과목만 들으면 전공과정을 이수하게 되니 인기 있는 과목으로 몰리는 건 당연한 일이다.

국문학과의 전공을 관례대로 국어학/고전문학/현대문학(이 틀도 사실 재고할 여지가 있다.) 분야로 나누어 본다면 한 분야에 기껏 4과목 정도만 이수하면 졸업에 지장이 없다. 고전문학분야의 경우 일반적으로 개설된 교과목은 〈국문학개론〉, 〈국문학사〉, 〈구비문학론〉, 〈고전시가론〉, 〈고전소설론〉, 〈고전작가론〉, 〈고전문학강독〉, 〈한국한문학강독〉 등이다. 이들 과목간에도 시장의 점포처럼 손님을 끌기 위한 경쟁을 치러야 되니 학문의 정체성이나 깊이 있는 논의는 생각할 수도 없게 되어 버렸다. 그저 재미있고, 쉽게 학점을 이수할 수 있는 현대문학 쪽으로 학생들이 몰리고 케케묵은 고전문학은 아예 뒷전일 수밖에 없다.

다음은 2004학년도부터 고교졸업생수의 격감으로 대학들이 정원을 못 채우게 되고[4], 이에 따라 학과가 없어지거나 통합되는 구조조정의 진통을 겪게 되었다는 점이다. 이는 학부제의 전면시행보다 더 심각한 문제로 상대적으로 인기가 적은 국문학과의 존립자체를 위태롭게 했다. 문·사·철 중에서 사학과나 철학과는 없어지는 추세에 있고, 국문학과도 아슬아슬하게 버텨나가고 있는 실정이다. 이미 학생수가 부족한 영·호남의 대학들은 국문학과를 아예 '어문콘텐츠학과'나 '문화콘텐츠학과', '영상문학과'로 바꾸어 버렸다.[5] 이렇게 집안이 풍비박

---

4) 2004학년도부터 급작스레 고교졸업생수가 격감하여 대학이 정원을 못 채우게 됐는데, 그 해에 4년제 대학이 35,681명(입학정원의 9.8%), 전문대학이 50,172명(입학정원의 17.6%)으로 모두 85,853을 못 채웠다.(대학 교육협의회 자료)

5) 권순긍, 「지방대학 '국어국문학과'의 개편과 전망」, 『고전문학연구』 25집, 한국고전문학회, 2004, 44~48면 참조.

산날 지경인데 어떻게 살림도구인 고전소설을 챙기겠는가.

이런 대학 교육 환경 변화는 분명 대학교육의 틀을 바꾸도록 요구하고 있다. 바뀌지 않으면 생존할 수 없는 처지에 놓이게 된 것이다. 자본의 탐욕이 지식을 집어삼키고 대학을 벼랑 끝으로 몰고 가고 있다. 그 결과 대학도 서울과 수도권 중심으로만 몰리는 양극화 현상을 보이지만 학과나 학문분야도 마찬가지다. 국문학과나 고전문학 분야는 분명 잘 안되는 쪽이다.

사정이 이렇기 때문에 기존의 고전소설 교육의 틀로는 이 난관을 돌파하기 어렵다. 예전엔 〈고전소설론〉이 대부분 필수과목이거나 전공이수학점이 많아 선택의 어지없이 들어야 하는 과목이었다. 수업시간에 무엇을 가르치건 그건 학생들이 선택하거나 불평할 일이 아니었다. 담당교수의 관심분야에 따라 일반론을 다루거나, 작품분석에 치중하거나, 심지어 작품 한편을 그냥 강독하기만 해도 문제될 것이 없었다. 하지만 지금은 그렇게 했다산 낭상 폐상되거나 상의병가에서 낙제섬을 받는다. 더 중요하게는 인문학 특히 고전문학의 돌파구를 마련하기 위해 새로운 틀의 대안이 필요한 것이다.

우선 전공에만 한정되어 있는 고전소설 관련 수업을 과감하게 교양쪽으로 확대 개설할 필요가 있다. 전공은 고전소설의 전반적인 내용을 체계적으로 가르쳐야 된다는 부담감이 있지만 교양은 얼마든지 자유롭다.

그 대안 중의 하나로 〈고전소설과 디지털서사〉 같은 과목을 통해 게임이나 판타지 소설들을 고전서사와 연결시킬 수 있다. 고전소설은 분명 근대소설의 서사문법으로 보면 규칙에 맞지 않지만 합리성의 감옥에 갇힌 소설의 운명을 구제할 수 있는 가능성을 보여준다. 그러기에 고전소설에 빈번히 등장하는 환상성이나 비현실성을 적극적으로 해석할 필요가 있다. 생각해 보라. 인당수에 몸을 던진 심청이가 어떻게 살아나올 수 있겠는가. 죽을 수밖에 없는 것이 현실이지만 한편 환생하여 행복한 삶을 보상받는 것이 민중들의 꿈인 것이다. 고전소설에 들어있는 환상성은 적어도 근대적 이성의 제약을 받지 않는다. 그래서 현대소설에서는 불가능한 무한한 상상력의 확장을 체험할 수 있다. 이 부분을 강조하여 현대의 디지털서사와 연결시키면 아주 흥미롭고도 확대재생산이 가능한 수업을 진행시킬 수 있다.

세속적 욕망을 이루고자 꿈속으로 들어온 한 명의 남자와 8명의 여자가 서로 얽혀 만나고 인연을 맺는 〈구운몽〉을 생각해보자. 이런 기막힌 인연이 어디 있는가. 어머니 헌수연에서 기생 계섬월과 적경홍이 나타나 자리를 빛내주고, 낙유원 잔치에서 심요연과 백능파가 찾아와 월궁을 제압하는, 그 기막힌 만남과 적절한 등장은 더할 나위 없이 충실한 판타지의 요건을 보여준다. 더욱이 이처럼 화려한 내화와 썰렁하기 그지없는 외화가 어느 것이 꿈이고, 어느 것이 꿈이 아니냐고 물음을 던지는 데서 〈구운몽〉의 판타지는 완성된다. 영화 〈매트릭스〉처럼 몇 겹의 이야기 속에 인간의 욕망과 삶의 가치에 대한 철학적 문제를 제기하고 이를 해결하고자 한 것이다.

〈구운몽〉을 확대한 〈옥루몽〉은 이미 콘텐츠화되어 애니메이션으로 제작되고 있다.[6] 이런 정황들을 참고하여 고전소설을 다양한 디지털서사나 문화콘텐츠와 비교하고 새로운 방향도 모색해 볼 수 있을 것이

---

6) 〈옥루몽〉의 애니메이션 제작 사례는 한국고전문학회 2006년 하계학술대회에서 발표됐다. 김상민, 「고전문학의 재발견, 애니메이션 콘텐츠」, 『매체환경의 변화와 고전 텍스트』(발표집), 한국고전문학회, 2006년 6월 30일 참조.

다. 물론 본말이 전도되어 고전소설보다는 디지털서사나 문화콘텐츠가 더 중심이 될 수 도 있다. 하지만 어쩌랴, 다양한 문화콘텐츠의 마르지 않는 원천으로 존재하는 것만으로도 고전의 가치를 입증한 셈이되니, 여기에 만족할 수밖에 없지 않은가.

또 다른 길은 현대 대중문화의 꽃인 영화와 관련하여 과목을 개설하는 것이다. 〈소설과 영화〉 혹은 〈고전소설과 영화〉, 〈고전소설과 영상문화〉 등의 강좌가 가능하다. 고전소설이 영화화된 자료를 확보하여 수업을 진행시키는 것이다. 현재 우리 고전소설은 모두 42편이 영화화됐다. 이를 빈도수에 따라 정리하면 다음과 같다.[7]

> 〈춘향전〉 : 22편
> 〈장화홍련전〉 : 7편
> 〈심청전〉 : 4편
> 〈홍길동전〉 : 4편
> 〈흥부전〉 : 3편
> 〈숙영낭자전〉 : 2편
> 〈콩쥐팥쥐전〉 : 2편
> 〈운영전〉 : 1편

각 작품과 그것이 영화화된 영상자료를 통하여 그 자체의 비교분석도 가능하지만 어떻게 만들면 더 좋을지의 대안을 모색해 보는 것도 필요할 것이다. 〈춘향전〉의 경우 2000년에 만들어진 임권택 감독의

---

7) 자료목록은 이윤경, 「고전의 영화적 재해석」, 『돈암어문학』 17집, 돈암어문학회, 2004, 122~124면 참조. 〈춘향전〉의 경우 이윤경은 18편을 제시했는데 여기에 언급되지 않은 4편을 보탰다.

〈춘향뎐〉을 통해 원작이었던 조상현 창본 〈춘향가〉와 비교하면서 매체의 전환에 따른 영화화의 실상과 문제점 그리고 각자의 대안을 모색해 본다면 고전소설 수업을 넘어서 문화 전반의 문제로 확장시킬 수 있다.

그 외에도 고전소설을 통해 당시의 역사적 실상을 살펴보는 〈고전소설과 역사여행〉 혹은 근대소설까지 포함해서 〈소설과 역사여행〉이란 강좌도 괜찮은 편이다. 고전소설을 읽으면서 그 속에 나타난 당대의 실상을 파악하고 이를 역사자료와 같이 살펴보는 것이다. 〈춘향전〉을 통해서는 당시의 기생제도나 관아의 실태들을 살펴보는 것이 필요하고, 〈흥부전〉을 통해서는 당시 농촌의 실상과 임금노동자들의 실태를 알아보는 것이다. 물론 이 강의를 위해서는 구체적인 자료확보가 우선돼야 한다.[8]

하지만 전공도 그냥 막연히 〈고전소설론〉으로 해서는 문제가 있다. 국문학과의 경우 졸업생들의 진로를 고려해보면 여기에 대한 반성이 필요함을 절실히 느낄 수 있다. 국문학과를 졸업하고 현재의 전공지식을 살려 먹고 살 수 있는 사람이 몇 명이나 될까? 예전에는 국어교육학과가 별로 없어 졸업생의 많은 수가 국어교사로 나갔기에 전문적인 전공지식을 필요로 했다. 하지만 지금은 설립된 지 오래된 대학의 상위 10%학생들에게만 국어교사자격증을 주고 그나마 앞으로는 교사수급계획에 따라 폐지될 처지에 있다. 더군다나 교사자격증을 땄다고 모든 게 해결되는 것도 아니다. '교육고시'라고 할 임용고사가 기다리고 있다. 수십 대 일의 경쟁률을 뚫고 여기에 합격해야 교사로 나가 전문

---

8) 이를 참고하기 좋은 책은 다음과 같다. 신병주·노대환, 『고전소설 속 역사여행』, 돌베개, 2002. 사계절 편집부, 『역사신문』, 사계절, 1995~1997.

적인 지식을 써먹을 수 있는 것이다.

국어교사로 나가는 것도 이렇게 어려우니 전문연구직이나 교수로 나가는 길은 아예 엄두도 못 낸다. 일단 대학원에 진학해서 공부를 하지만 국문학과가 인기가 없어서인지 교수를 채용하는 일은 거의 없다시피 한다. 그러다보니 대학원은 서울의 주요대학과 지방 국립대를 제외하고는 개점휴업상태다.

수요자인 학생들을 중심에 놓고 전공수업을 생각한다면 전공수업 역시도 틀을 바꿀 필요가 있다. 고전소설 〈춘향전〉을 가르치면서 이들이 이 작품을 배워 도대체 무엇에 써먹을까 고민한 적이 한 두 번이 아니다. 마치 연암의 〈양반선〉에 등장하는 "한 푼의 값어치도 없는(不直一錢)" 정선양반의 처지와 무엇이 다르겠는가.

대학교육은 원칙론적 입장에서 본다면 직업교육과는 무관하다. 하지만 직업에 대한 정보와 소양을 갖추도록 배려해야 한다. 국문학과는 사실 너무 막연하다. 무엇이나 할 수 있고 아무것도 아닐 수 있다. 예전에는 언론계도 진출하고, 교사도 되고, 작가가 되기도 했다. 하지만 지금은 신문방송학과, 국어교육학과, 문예창작과가 있어 그 일을 담당한다. 무언가 분명한 지향과 정합성이 있어야 한다는 말이다.

이렇게 했을 때 국문학과가 그 정체성을 보존하면서 생존할 수 있는 방식은 교육산업이나 문화산업과 결합하는 것이다. 물론 국어교육은 국어교육학과가 있지 않느냐고 반문할지 모른다. 하지만 중등교육 과정에 입각하여 교사를 양성하고자 하는 것이 아니라 국어국문학의 지식들을 교육적 차원으로 확대해 프로그램을 만들고 시행해 보자는 것이다. 논술교육, 문학교육, 독서교육, 말하기교육, 한자교육 등 다양한 방식의 확산이 가능하다.

최근에는 2006년부터 문화관광부에서 주관하는 '외국어로서의 한
국어교육'이 시행되어 국문학과의 진로에 희망을 주기도 했다. 이는 외
국인들에게 한국어를 가르치는 한국어교사 양성 프로그램으로 4년 동
안 문광부가 요구하는 35학점만 이수하면 2급 자격증을 주는 것이다.

문화산업과 결합하는 방식은 국어국문학의 지식이 문화산업의 콘텐
츠가 되는 것이다. 영상물이나 애니메이션, 게임, 캐릭터 산업등과 국
문학이 결합하여 고부가가치 상품을 만들어내는 분야다. 이 문화콘텐
츠산업은 아직 시작 단계에 불과하지만 국문학이 뿌리를 내릴 수 있는
무한한 자양분을 지니고 있다.[9]

현재 국문학과의 실태가 이러하니 예전 필수과목시절의 틀을 고집
하는 건 무리다. 교육산업이나 문화산업과 결합할 수 있는 새로운 틀
이 필요한 것이다. 그 틀은 적어도 교양과 전공을 넘나들 수 있어야
하고, 문학과 문화의 경계도 허물어야 한다. 그 구체적 방법을 생각해
보자.

3. 고전소설 교육의 방법

1) 고전소설 교육의 사례

대학 교육 환경의 변화에 따라 고전소설 교육의 틀을 새롭게 모색하
고자 할 때 가장 중요하게 선택해야 할 것이 우선 작품이다. 〈홍길동
전〉이나 〈춘향전〉과 같은 구체적인 작품을 통해 논의를 만들어가고
확대시켜야 한다. 하지만 대학에서 이루어지는 고전소설 교육은 아직

---

9) 권순긍, 앞의 글, 47면 참조.

도 일반론의 틀을 그대로 따르는 경우가 많다. 가장 대표적인 경우가 한국고소설학회에서 편찬한『한국고소설론』의 방식이다.[10] 그 목차를 보면

1. 고소설의 개념
2. 고소설의 발달사
3. 고소설의 작가와 독자
4. 고소설과 판소리
5. 고소설과 주변문예양식
6. 배경론
7. 주제론
8. 소재론
9. 인물론
10. 구성론
11. 유형론
12. 고소설과 중국소설
13. 고소설의 유통구조
14. 고소설의 연구사 개관

으로 16주 수업에 맞추어 〈고전소설론〉 수업을 할 수 있게 되어있고, 실제로 수업에 많이 활용됐다. 필자도 처음 이 책으로 〈고전소설론〉 수업을 진행했었다. 그런데 수업을 하면서 이렇게 많은 고전소설의 지식들을 다 가르칠 필요가 있을까를 끊임없이 회의했다. 흥미도 없을

---

10) 한국고소설학회편,『한국고소설론』, 아세아문화사, 1991.
   이 책은 모두 3부로 구성되어있는데 편의상 일련번호를 붙였다.

뿐더러 이런 추상적인 지식이 학생들에게 무슨 의미가 있을까 하는 것이었다. 문제는 작품을 통하여 구체성이 확보되지 않는 추상적 논의는 공허하다는 것이었다. 하여 차라리 작품을 읽고 논의를 만들어 보자는 쪽으로 방향을 바꾸었다.

우선 6편의 대상작품을 선정하고 이를 학생들과 꼼꼼히 강독했다. 중등교육과정에서 학생들이 고전소설은 많이 접했지만 한 편을 온전히 읽은 것은 거의 없다. 선정된 텍스트를 제대로 읽는 것이야말로 고전소설 교육의 출발이자 든든한 기초가 된다. 그것을 제대로 읽어 소화하는 것으로도 고전소설 교육의 1차적인 목표는 달성된 셈이라고 여겼다.

텍스트는 주로 방각본이고 필사본도 있어 처음 욕심에는 고전소설의 진면목을 보여주고 싶어 원본을 복사해서 했으나, 너무 시간이 걸리는데다가 학생들이 글자를 해독하기 힘들어해 활자화된 주석본으로 바꿨다. 주석이 잘못되거나 불완전한 곳은 바로 잡아가며 강독을 했다. 고전의 읽는 맛을 느끼고 세세한 수사적 표현과 그것이 주는 정서적 감흥을 체득하기 위해서다. 학생들 혼자서는 불가능하지만 강독을 통해서는 가능한 일이었다. 강독을 해야하다보니 길이가 비교적 짧고 작품성이 있는 작품을 선정할 수밖에 없어, 이 작품들의 강독과 논의를 만드는 것으로 수업계획을 세웠다.

1. 고전소설의 전반적 성격
2. <홍길동전>(경판본) 강독
3. 봉건체제에 대한 저항(논의의 생산)
4. <춘향전>(완판 84장본) 강독 - 첫날밤과 수난부분만 강독
5. 신분해방의 의지(논의의 생산)

  6. <흥부전>(경판) 강독

  7. 조선후기 경제 동향과 빈부 갈등(논의의 생산)

  8. <토끼전>(신재효본) 강독

  9. 봉건모순에 대한 풍자(논의의 생산)

 10. <양반전> 강독

 11. 봉건사회의 붕괴와 새로운 시대의 예감(논의의 생산)

 12. <이춘풍전>(장덕순본) 강독

 13. 가부장적 권위에 대한 풍자(논의의 생산)

 14. 고전소설의 소설사적 구도

　처음에는 〈구운몽〉이 길이 뺏지만 각 인물들의 개성이 잘 형상화되어 있을 뿐 아니라 기막힌 판타지로도 확대될 수 있어 〈홍길동전〉이나 〈이춘풍전〉과 바꾸어 하기도 했다. 〈심청전〉도 뒤에 추가했다.

　작품강독을 하고 나서 다음 차시는 작품에 대한 논의를 만들어 보도록 했다. 대개 조별로 발표를 시키면 기존의 논문을 요약하는 것으로 그친다. 하여 기존의 논문을 참고하지 말고 강독한 것을 바탕으로 논의를 만들어 보도록 했다. 그냥 되는 대로 놔둘 수도 없어서 어느 정도로 틀을 만들어주고 거기서부터 논의를 출발하도록 했다. 사실 학생들의 수준이나 열의에 따라 이는 얼마든지 조정이 가능하다.

　작품을 꼼꼼히 강독했고, 이를 토대로 새로운 논의도 해 보았지만 무언가 아쉬움이 남았다. 그것은 도대체 이것을 해서 무엇하려느냐는 것이다. 그때는 1990년대 초반기이니 '문화콘텐츠'라는 개념조차 없을 무렵이다. 막연하게나마 고전소설을 현대적으로 재창조해보자는 생각이 들었다. 고전 텍스트에 구애되지 말고 텍스트를 확장시켜 새로운

시도를 해 보았다. 이른바 '텍스트의 확장' 또는 '서사의 빈틈 채우기'
라 할 수 있는데, 이론적 논의가 아닌 형상적 언어로 고전소설을 재창
조하는 작업이다. 학생들에게 자신이 강독하고 작품에 대해 아래 과제
를 써오고 발표케 했다.11)

> <홍길동전> : 홍길동의 가출일기
> <구운몽> : 8선녀 중 어느 한사람의 입장에서 양소유 평가
> <춘향전> : 춘향의 옥중서한
> <심청전> : 심청의 유서
> <흥부전> : 흥부옹호론 혹은 놀부옹호론
> <토끼전> : 토끼의 용궁기행기
> <양반전> : 천부의 양반 거부 이유서
> <이춘풍전> : 이춘풍의 참회록

다소 엉뚱할지 모르나 이런 과제는 작품의 핵심을 제대로 이해할 때
작성될 수 있다. 중요한 것은 작품의 디테일을 이론적 논리가 아닌 형
상적 언어로 제시해 보는 것이다. 작중 인물의 입장이 되어 작품의 세
계 속으로 들어가도록 했다.

〈춘향의 옥중서한〉은 옥에 갇혀 내일이면 죽게 되는 춘향의 입장이
되어 써보라 했다. 물론 〈춘향전〉의 어떤 이본에도 없는 부분이지만
이렇게 함으로써 춘향이의 처지를 어떤 관점에서 볼 것인가를 논의케
했다. 어떤 학생은 막막한 자신의 운명에 진저리를 치고(청순가련형),
어떤 학생은 양심수의 옥중서한처럼 투사적 면모를 보이는가 하면(투

---

11) 이 자료를 모아 『우리소설 토론해 봅시다.(고전소설편)』, 새날, 1997.을 펴내기도
했다. 〈구운몽〉과 〈심청전〉은 나중에 추가해서 책에 수록하지 못했다.

사형), 어떤 학생은 그 마지막 순간까지 이몽룡의 사랑을 갈구하기도 (애정추구형)했다. 사실 춘향은 그 모든 모습을 다 가지고 있다. 놀랍게도 학생들은 흔히 주제라 말하는 신분해방보다는 애정추구 쪽으로 관심을 많이 보였다.

고전소설은 분명 텍스트가 열려있을 때 무한히 확장될 수 있는 잠재력을 보여주었다. 어떤 학생은 〈토끼의 용궁기행〉을 시나리오로 제출하기도 했고, 〈심청전〉의 과제를 음악으로 만들어 제출한 학생도 있다. 이른바 고전을 콘텐츠로 하여 다양한 장르로 재창작을 시도해 본 것이다. 바로 여기서 고전소설 교육의 대안을 찾을 수 있었다. 그것은 텍스트의 확장과 다양한 장르 혹은 매체로의 현대적 전환이었다. 이제 수업사례를 토대로 구체적인 방법을 모색해 본다.

2) 고전소설 교육의 방법 모색

(1) 수업의 틀을 새로 짜자

일단 고전소설 교육의 틀을 새로 짜야 한다. 교양쪽의 강의 개설은 물론이고 전공강의도 고전소설에 관한 모든 것을 다 가르쳐야 한다는 강박관념에서 벗어나야 한다. 수요자의 입장을 고려하여 그들이 요구하는 것을 강의에 반영해야 한다. 김기형 교수가 조사한 고전소설 교육에 대한 학생들의 요구사항을 보면 ① 작품해석(66명) ② 원전강독(50명) ③ 현대적 재창조(28명)이다.[12] 작품을 중심으로 원전을 강독하여 내용을 제대로 이해하고 이에 대한 새로운 해석과 현대적 재창조를 원했다.

---

12) 김기형, 앞의 글, 419면 참조.

이에 따라 교양과목은 물론이거니와 전공과목의 경우도 〈고전소설론〉이라 규범적으로 정할 게 아니라 〈고전소설 다시 읽기〉라던가 〈고전소설 찾아가기〉나 〈다매체 시대의 고전소설〉 등으로 바꾸어 아예 수업의 틀을 개방하는 것도 필요하다. 내용이 중요하다 하겠지만 형식이 바뀌면 내용 또한 새로워지는 법이다. 일단 교양과 전공으로 나누어 가능한 강의들을 정리해 보자.

> 교양강의 : 〈고전소설과 디지털서사〉, 〈고전소설과 문화콘텐츠〉, 〈고전소설과 영화〉, 〈고전소설과 영상문화〉, 〈고전소설과 문화예술〉, 〈고전소설과 역사기행〉
>
> 전공강의 : 〈고전소설 다시 읽기〉, 〈고전소설 찾아가기〉, 〈다매체 시대의 고전소설〉

이들 강의는 충분히 넘나들 수 있어야 한다. 〈고전소설과 문화콘텐츠〉나 〈고전소설과 영화〉가 전공으로 와서 〈고전소설론〉 강좌를 대신해도 좋다. 충분한 자료를 갖추고 있다면 그렇게 하는 게 더 이상적이다.

(2) 작품을 제대로 읽자

고전소설 교육에서 가장 우선시해야 되는 일은 그 기초가 되는 작품을 제대로 읽는 것이다. 작품에 대한 논문을 수없이 읽는 것보다 작품 한 편을 제대로 읽는 것이 무엇보다도 소중하다. 논문을 우선하다보면 작품에 대한 자유로운 해석이 막히고, 남이 전개한 논리의 구도에 따라 텍스트가 읽히게 된다. 따라서 텍스트에 대한 창의적이고 생산적인 해석이 불가능해진다. 작품을 많이 접해보지 않은 학생들에게는 더욱 중요한 일이다.

고전소설 원전을 읽히는 것도 좋지만 너무 많은 시간이 소요되기에 현대활자로 된 주석본이 적합하다. 활자만 현대활자로 바꾸고 표기는 그대로 둔 것과 아예 현대어로 번역한 것이 있는데, 수업시간에 같이 강독하기에는 전자가, 학생들이 혼자 읽어보기에는 후자가 적합하다. 작품강독시에는 강독하는 팀을 미리 정해서 읽어 오도록 하여 수업시간에 대표강독을 시키면 훨씬 시간이 절약된다. 방각본 30장본을 기준으로 3시간 정도 소요되니, 3시간 한 차시에 한 작품 정도 강독할 수 있다. 작품에 대하여 논의하는 시간을 한 차시 정도 할애한다면 한 학기에 6~7작품정도 강독과 논의가 가능해진다. 4~5작품정도 강독을 줄이고 논의과정을 늘이거나 다양한 매체와의 관련양상을 살펴볼 수도 있다. 학생들에게 현대어역 작품을 미리 읽어 오게 하고 중요한 부분을 발췌해서 강독하는 방법도 있다.

무슨 작품을 강독할 것인가의 문제도 중요하다. 일단 소설사에서 중요한 작품들이 읽기에 익숙하고 연구도 많이 됐기에 적당하겠지만, 꼭 그런 것만도 아니다. 수업의 틀을 어디에 맞추는 가에 따라 작품선정은 달라질 수 있다. 이를테면 〈고전소설과 영화〉로 강의구도를 맞추면 영화화가 많이 된 〈춘향전〉, 〈장화홍련전〉, 〈심청전〉, 〈홍길동전〉, 〈흥부전〉, 〈숙영낭자전〉, 〈콩쥐팥쥐전〉이 적당할 것이며, 〈고전소설과 디지털서사〉 쪽으로 방향을 잡으면 〈구운몽〉, 〈옥루몽〉, 〈임화정연〉 같은 다양한 인물들이 만나는 대하소설이나 〈조웅전〉, 〈유충렬전〉, 〈정수경전〉 같은 영웅소설이 적당할 것이다.

가장 일반적인 경우는 중·고등학교 때부터 익숙하게 접했고 소설사에서도 중요하게 거론되는 〈홍길동전〉, 〈구운몽〉, 〈춘향전〉, 〈심청전〉, 〈흥부전〉, 〈토끼전〉, 〈허생전〉을 선정해서 강독하는 것이다. 이 경우에는 작품을 이미 부분적이라도 접했기 때문에 이야기 구조에는 익숙하지만 신선함은 떨어진다.

학생들이 어떤 작품을 가장 흥미있어 할까? 김기형 교수의 조사에 의하면 〈구운몽〉(70명), 〈금오신화〉(47명), 〈흥길동전〉(42명), 〈춘향 전〉(36명), 〈사씨남정기〉(23명), 〈허생전〉(14명), 〈박씨전〉(11명) 순이 다.[13] 환상성이 두드러지거나 파란만장한 삶의 모습이 전개되기에 흥 미를 느껴 기억에 가장 많이 남는 작품으로 꼽았던 것 같다. 이런 자료 를 참고해 학생들에게 가장 읽어보고 싶어하는 목록을 받아 대상작품 으로 선정할 수도 있겠다.

(3) 작품에 대한 유용하고 새로운 논의를 만들자

작품에 대한 논의는 쉽게 생각하면 주요 논문 몇 편 요약하면 되지 않겠느냐 하지만 그거야말로 답습이다. 더군다나 기존 논문을 중심으 로 하면 필자의 논리를 따라가야 되니 창의적인 발상이 차단된다. 하 여 작품강독을 바탕으로 새로운 논의를 만들어 보는 것이 중요하다. 공부를 한다는 것이 무엇인가? 바로 이런 생산적인 논의를 만들자는 것이 아닌가.

하지만 실제 해보면 학생들의 논의는 미숙하거나 모순투성이다. 교 수가 어느 정도 틀을 만들어 주는 것이 필요하다. 예를 들어 〈춘향전〉 의 경우 그 핵심이라 할 수 있는 '인간(신분)해방'과 '사랑'이란 문제에 관하여 집중적으로 논의하게 한다. 작품의 각 부분들이 사랑이나 인간

---

13) 같은 글, 421~422면 참조.

해방의 측면에서 어떻게 해석될 수 있는가? 각 인물들은 어떻게 배치되어 있는가? 세부묘사는 어떤가? 이런 문제들을 검토하고 논의하게 한다.

〈흥부전〉의 경우는 흥부와 놀부의 인물분석을 위주로 하는 것이 좋다. 즉 "흥부와 놀부 중에서 누가 더 좋으냐?" 같은 단순한 질문을 던져 흥부는 어떤 사람이고, 놀부는 어떤 사람인가를 작품에서 찾아 논리를 만들어가는 것이다. 이런 과정을 통해 기존 연구에 구애받지 않고 학생들 스스로 해답을 찾아가게 하는 것이다. 학생들의 논의가 예상치 못한 데로 가기도 하지만 그거야말로 바람직한 일이다. 그럼으로써 새로운 논의를 만들어갈 수 있는 것이다.

〈흥부전〉의 논의과정에서 어떤 학생이 "놀부는 그렇게 나쁜 놈인데, 왜 놀부부내찌세가 있느냐?"는 문제를 제기해 흥미로웠던 적이 있다. 그렇다. 대부분의 작품이나 연구에서는 놀부를 비판하지만 이 사회에서는 당당히 살아남아 '(주)놀부'로 위세를 떨치고 있다. 이 놀부 주식회사는 '놀부보쌈'으로 시작해서 '놀부 부대찌개', '놀부집', '놀부명가', '놀부 항아리갈비' 등 7개의 사업체를 거느린 거대한 외식 업체로 성장했다. 연매출은 본사만 685억 원에 이른다고 한다.[14] 아마도 우리사회에서 부정적인 캐릭터로 상호를 삼은 것은 놀부가 유일한 것 같다. '변학도 부동산'이나 '팥쥐식당', '뺑덕어미 마트'를 들어본 적이 있는가. 그럼에도 그 못된 놀부가 힘을 발휘할 수 있었던 것은 돈이 많기 때문일 것이다. 돈이면 무엇이든지 다 되는 이 사회의 논리가 놀부를 그렇게 만들었다고 설명했지만 개운치가 않다.

---

14) 「사업하는덴 흥부보다 놀부」, 『중앙일보』 2006년 9월 19일자 참조.

흔히 문학교육을 통해서 "인간의 삶을 총체적으로 이해하게 한다."
고 규정한다.[15] 하지만 소설이 삶의 문제를 아우른다면 총체적으로
이해만 할 것이 아니라 삶을 고양시키고, 풍요롭게 함으로써 창조적인
데까지 나아가야 할 것이다. 학교에서 배우는 문학작품이 삶을 위해서
아무런 소용이 되지 않는다면 도대체 무슨 필요가 있는가. 이런 입장
에서 놀부를 보면 영 편치가 않다. 작품 속에서는 비난받고 망하지만
이 사회에서는 여전히 살아남아 위력을 발휘하고 있기 때문이다.

여기에는 시각의 확장이나 전환도 필수적으로 요구된다. 이를 테면
여성주의의 시각에 본다면 〈이춘풍전〉은 전혀 새롭게 해석될 수 있다.
허랑방탕한 이춘풍의 이야기가 아니라 당차고 야무진 근대적 여성상
으로 이춘풍의 처를 주목하게 되는 것이다. 형편없는 남편에게서 떠나
는 소극적 대처가 아니라 삶의 자세를 바꾸도록 하여 동반자적 관계를
유지하는 적극적 방식의 부부관계를 보여주어 주목된다.

이처럼 새로운 논의를 만들어 가는 것이 학생 스스로 해답을 찾아가
는 학습주도형 수업이기에 중요하기도 하지만 고전소설 문제를 어떻
게 현재의 삶의 문제로 환치시키느냐가 더 필요한 것이다. 이는 다음
단계 현대적 재창조의 문제와 결부시켰을 때 필수적으로 요구되는 사
항이다. 작품 속에서 현재적 의미를 찾을 수 없다면 그 작품은 케케묵
은 유물로만 존재할 뿐이다. 지금, 여기서 우리에게 어떤 의미가 있느
냐를 물어야 되고 그 대답이 작품에 대한 논의여야 한다. 이는 곧 메마
른 고증학과 지식주의의 압도로부터 벗어나게 하는 것, 그러면서도 고
전문학의 역사성이 학습자의 문학이해와 성장에 의미있는 요소로서

---

15) 고등학교 국어과 문학교육의 목표는 1988년 개정고시(문교부 고시 제 88-5호)된
    5차 교육과정부터 현재 7차 교육과정에 이르기까지 이렇게 규정되었다.

체험하도록 하는 것 - 이 두 가지 사이에 소통과 대화를 하는 '역사적 이해의 원근법'인 것이다.[16]

(4) 현대적 재창조의 통로를 만들자

대부분의 고전소설 수업은 작품을 강독하고, 그 작품에 대해 논의하는 것으로 그친다. 필자도 처음엔 그랬는데 뭔가 미진한 게 있었다. 그건 현대의 다양한 문화에 대한 요구를 고전소설 수업이 충족시켜주지 못한다는 것이었다. 20편이 넘는 〈춘향전〉의 영화와는 별도로 〈춘향전〉의 수업은 진행됐다. 왜 소설을 이런데 영화는 다를까에서부터 의문이 제기되었고, 수업에 영화를 끌어들이자 훨씬 반응이 좋았다.

사실 국문학과의 진로도 교육사업이나 문화사업 쪽으로 열려있는 터에 이쪽으로 보다 수력할 필요가 있다. 문제는 수업자료를 확보하고 프로그램을 만드는 일이 쉽지 않다는 것이다. 그만큼 교수들의 노력과 학생들의 적극적인 참여가 요구된다. 여기서는 필자의 사례를 중심으로 고전소설 수업에서 가능한 현대적 재창조의 통로를 찾아본다.

가. 텍스트의 확장 ; 서사의 빈틈 채우기에서 패러디 소설까지

이 방법은 앞서 소개한 수업사례에서 자세히 밝혔다. 자신이 작품 속에 들어가 주인공이 되어 심경을 드러내는 방식이다. 사실 고전소설은 내면묘사가 현대소설처럼 치밀하지 못하다. 그러기에 그 빈틈을 채워보는 것이다.

이를 확대하면 아예 고전소설을 현대소설로 전환시킨 패러디 소설

---

16) 김흥규, 「고전문학 교육과 역사적 이해의 원근법」, 『현대비평과 이론』, 1992년 봄호, 한신문화사, 1992, 43면 참조.

까지 가능해진다. 물론 수업시간을 통해 그 작업을 다 할 수는 없을
것이다. 그럴 수 있는 통로를 개척해보는 것이 중요하다. 그러기 위해
서 고전소설과 패러디한 현대소설을 비교하여 어떻게 변용시켰는가를
따져보는 것도 필요하다.

〈춘향전〉을 보자. 이를 다시 쓴 패러디소설로는 이광수의 〈일설 춘
향전〉을 비롯하여 안수길의 〈이런 춘향〉, 최인훈의 〈춘향뎐〉, 김주영
의 〈외설 춘향전〉, 이청준의 〈춘향이를 누가 말려〉, 임철우의 〈옥중
가〉, 김연수의 〈'남원고사'에 관한 세 개의 이야기와 한 개의 주석〉,
김중식의 〈불멸의 춘향전〉 등 무려 8편에 이르며, 유치진의 희곡 〈춘
향전〉과 김용옥의 시나리오 〈새춘향뎐〉도 있다.[17) 내용도 다양하고
편폭도 넓다.

최인훈의 〈춘향뎐〉(1967)은 멸문지화를 당한 이몽룡과 춘향이 도망
하여 소백산 기슭에 숨어지내는 내용으로, 5·16 군사쿠데타로 암울
했던 60년대 현실을 얘기하고 있으며, 임철우의 〈옥중가〉(1990)에서
는 이몽룡이 변판서와 뒷거래하여 과거에 급제하고, 춘향이는 변학도
의 애첩으로 들어가는 상황을 통해 1990년 3당 통합이라는 보수대연
합의 답답한 정치상황을 풍자하고 있는 것이다. 이처럼 고전소설 원전
에 구애받지 않고 다양한 이야기로 확대하여 재생산의 통로를 개척해
볼 수 있는 것이다.

나. 고전소설과 영화

소설과 영화는 전혀 다른 매체이지만, 그 속에 들어있는 서사적 구조

---

17) 신선희, 『우리 고전 다시 쓰기』, 삼영사, 2005, 253~294면 참조.

는 동일하여 소설에서 영화로 쉽게 전환된다. 즉 "이야기는 그것을 전달하는 기술로부터 독립적이다. 그것은 그 본질적인 특성들을 상실하지 않은 채 한 매체로부터 다른 매체로 번역될 수 있다."[18]고 한다. 그러기에 고전소설과 연결하여 가르칠 수 있는 가장 매력적인 장르는 영화다. 물론 TV 드라마도 가능하지만 완성도 면에서 뒤떨어지기에 영화가 더 적합하다. 애니메이션은 가능하지만 현재 고전소설이 소재가 된 것은 신동우 화백의 그림에 신동헌 감독이 제작한 〈홍길동전〉(1967)과 남북 합작 애니메이션 〈왕후 심청〉(2006) 뿐이다. 이런 점에서 자료도 풍부하고 완성도도 높은 영화가 가장 적합할 것이다.

현재 영화화된 고전소설은 앞서 예로든 것처럼 〈춘향전〉, 〈장화홍련전〉, 〈심청전〉, 〈홍길동전〉, 〈흥부전〉, 〈숙영낭자전〉, 〈콩쥐팥쥐전〉, 〈운영전〉 등 모두 8편이다. 각 작품별로 소설의 내용과 영화를 비교하며 수업을 진행하면 되지만, 자료 확보가 쉽지 않다. 유독 20편이 넘게 영화화된 작품인 〈춘향전〉만은 여러 작품을 비교할 수도 있을 정도로 자료가 풍부하다.

수업은 한 차시(3시간)는 소설 작품을 강독하고, 다음 차시는 영화(상영시간이 대부분 2시간 정도 된다.)를 보면서 비교분석하면 충분하다. 한 학기 동안 6~7편 정도 자료를 확보하여 수업을 진행하면 되겠지만 그 자료들을 어떻게 확보하느냐가 문제다.

필자는 임권택 감독의 〈춘향뎐〉(2000)으로 수업을 했는데, 이 영화는 20편이 넘는 〈춘향전〉 영화 중에서 비교적 현대적 감각으로 만들어진 영화다. 기존의 영화들이 소설 〈춘향전〉을 원전으로 했다면 이 영

---

18) 시모어 채트먼, 김경수 역, 『영화와 소설의 서사구조』, 민음사, 1990, 22면 참조.

화는 조상현 창본 〈춘향가〉를 원전으로 하여 판소리의 가락을 영화로 구현하려했다. 처음과 중간 중간, 그리고 끝 부분에 조상현의 판소리 공연 실황을 넣어 서사적 구조 자체를 판소리와 일치시키고자 했다.

춘향의 인물 현상도 적극적으로 그려 첫날밤 장면도 비교적 자세히 그렸고, 이별시에도 발악을 하는 장면을 넣는가 하면 암행어사 출도 후에도 이몽룡을 원망하는 부분을 넣어 주체적인 여성상을 보여주었 다. 변학도 역시 단순한 호색한이 아니라 엄격하고 냉철한 보수관료의 모습을 보여주며 이몽룡과의 팽팽한 대결을 통해 비록 영화는 양심세 력의 승리로 끌고 가지만 그 세력이 만만치 않음을 보여준다.

춘향이가 이몽룡이 암행어사라는 걸 확인하고 혼절한 다음 원망하 는 모습이나 변학도의 형상은 분명 기존 〈춘향전〉에는 없는 부분이다. 춘향이의 이런 모습은 이해조의 〈옥중화〉에서 차용했으리라 보여지는 데 변학도의 형상은 어느 이본에도 없다. 즉 영화만의 특색이라고 하 겠는데 왜 그렇게 영화는 다르며 작가(감독)는 무엇을 얘기하려 했는가 를 따져볼 수 있는 것이다. 소설의 문법과 영화의 문법을 비교하여 어 떻게 하면 고전소설을 현대적 감각으로 살려낼 수 있을까를 다 같이 고민해 볼 수 있는 계기가 된다. 영화자료가 많으면 많을수록 보다 많 은 성과를 거둘 수 있다. 필요하다면 시나리오의 스토리라인을 만들어 보는 일까지 확대할 수도 있다. 〈구운몽〉처럼 기막힌 작품이 왜 아직 한편도 영화로 만들어지지 않는가도 생각해 볼 과제다.

다. 고전소설과 디지털서사

고전소설은 그 환상성이나 방대한 스케일로 인해 게임의 서사로 차 용되는 바, 그 시초는 아마도 1990년대 초 일본 코에이(Koei)사가 개발

한 전략시뮬레이션 게임 〈삼국지〉일 것이다. 가장 인기있는 게임 중
의 하나로 현재 11편까지 나와 있는데, 삼국지의 이야기 속에 들어있
는 인물과 그들의 관계, 물자 등의 조건을 선택해 전략게임을 벌이는
데 결과는 〈삼국지〉의 이야기 전개와 관계없다. 이른바 '상호작용
(interactivity)'을 특징으로 하는 것이다.

〈삼국지〉를 개발한 코에이사에서 나온 〈수호전〉, 〈봉신연의〉가 있고,
코나미(Konami)사에서 출시한 〈환상수호전〉도 있다. 우리의 서사문학
게임으로는 〈거상〉, 〈충무공전〉, 〈태조왕건〉, 〈천년의 신화〉, 〈장보고
전〉, 〈바람의 나라〉 등이었는데, 대부분 전략시뮬레이션 게임이다.[19]

고전소설 게임으로는 에이 플러스사에서 1995년 개발한 〈홍길동
전〉이 있고, 같은 해 미리내소프트사에서 개발한 〈망국전기〉가 있다.
〈망국전기〉는 〈홍길동전〉의 속편으로 율도국이 망한 이후 홍길동의
손자 홍세영에 의해서 전개되는 이야기로 고전소설 〈홍길동전〉과는
무관하다.

한편 (주)세모로직에서 2008년에 개봉할 목표로 〈구운몽〉을 애니
메이션으로 제작하고 있으며, 이를 컴퓨터게임으로 개발할 계획이 있
다고 한다. 〈옥루몽〉은 (주)위드프로젝트에서 이미 애니메이션 제작
에 돌입했으며 게임화도 고려하고 있다. 애니메이션으로 제작되면 캐
릭터가 확정되게 되니 풍부한 내용을 바탕으로 대부분 게임으로 만들
어지는 추세에 있다.

이렇게 본다면 현재 우리 고전소설이 게임으로 만들어진 것은 〈홍
길동전〉뿐이고 〈구운몽〉은 현재 제작 단계에 있다. 수업으로 활용하

---

19) 신선희, 「고전서사문학과 게임시나리오」, 『고소설연구』 17집, 한국고소설학회,
   2004, 89~93면 참조.

기는 자료가 충분치 않다. 〈삼국지〉와 〈수호지〉, 〈환상 수호전〉, 〈봉신연의〉 등의 자료를 활용한다면 〈고전소설과 디지털서사〉 혹은 〈고전소설과 게임서사〉 같은 강의가 가능해진다.

라. 고전소설과 문화예술

우선 쉽게 생각할 수 있는 것이 음악매체로의 전환이다. 판소리계 소설은 그 자체가 판소리와 깊은 관련이 있어 판소리와 비교하면서 그 차이점을 살펴볼 수도 있고, 판소리를 무대화한 창극과 비교할 수도 있다. 판소리는 분명 문학이라는 기본 성격 외에도 음악과 연극적 성격을 동시에 지니고 있다. 그러기에 수업에서는 판소리계 소설과 판소리 그리고 창극(직접 무대에 가면 더 좋겠지만 비디오로 만들어진 것도 가능하다.) 이 세 장르를 비교하면서 매체의 차이에 따라 표현이 어떻게 달라질 수 있나를 비교하면 〈고전소설과 음악〉 혹은 〈고전소설과 판소리〉의 수업이 가능해진다.

이를 통해 확장적인 문체로 이루어진 판소리 사설의 특징을 파악할 수도 있고 그 장황한 수사를 새로 써 볼 수도 있는 것이다.[20) 1972년 8월 1일 독일 뮌헨 올림픽 문화축전에서 초연된 윤이상의 오페라 〈심청〉(하랄트 쿤츠 대본)이나 박용구의 뮤지컬 〈제비오는 날〉도 고전소설과 음악을 비교하는 자료로 손색이 없다.

〈고전소설과 미술〉이라는 강좌는 소설의 내용을 시각화 혹은 이미지화 한 것을 살펴보자는 것이다. 이미 김현주에 의해 판소리와 풍속화의 세계를 여러 측면에서 비교한 작업이 있었다.[21) 즉 "판소리가 청

---

20) 이런 관점의 교육방법은 류수열, 『판소리와 매체언어의 국어교과학』, 역락, 2001. 에 잘 드러나 있다.

각 예술이자 언어예술이라면, 풍속화는 시각예술이다. 이와 같이 전달매체가 전혀 다름에도 불구하고 일들이 매우 흡사한 것은 특별한 현상이다. 이들은 서로가 서로를 꿈꾸고, 서로를 닮아가려는 것처럼 보이기도 한다.……그래서 판소리에서 회화적 상상력이 강하게 발동되고, 풍속화에서 삶을 진솔하게 표현하는 판소리적 감흥을 진하게 느낄 수"[22]있다고 한다. 김현주의 작업을 토대로 〈춘향전〉, 〈심청전〉, 〈흥부전〉, 〈토끼전〉 등의 강의가 가능하다. 더욱이 소설의 내용을 그대로 옮긴 〈춘향전도〉나 〈심청전도〉, 〈토끼전도〉도 있어 강의에 활용하기가 좋다.[23] 〈토끼전〉은 비슷한 풍자적 소재의 민화도 많이 있는 편이다.

고전소설의 내용이 그림으로 그려진 것 중에는 〈구운몽〉이 가장 많다. 민화 중에 유독 〈구운몽도〉가 눈에 많이 띈다. 16회로 이루어진 각 회의 장면마다 해당되는 그림이 있다고 한다.[24] 이렇게 본다면 적어도 〈구운몽〉, 〈춘향전〉, 〈심청전〉, 〈흥부전〉, 〈토끼전〉은 소설과 그것을 이미지화한 풍속화 혹은 민화 간의 비교 고찰이 가능해 수업으로서 활용할 수 있다. 문제는 자료의 확보와 문화예술작품을 비교분석할 수 있는 안목이 필요하다는 것이다. 그냥 학생들에게 던져놓고 알아서 보라고 해서는 안되고, 면밀하게 분석하여 어떤 답을 얻을 수 있어야 한다. 즉 고전소설이 어떻게 문화예술의 다른 매체로 전환될 수 있는

---

21) 김현주, 『판소리와 풍속화 그 닮은 예술세계』, 효형출판, 2000. 참조.
22) 같은 책, 15면.
23) 윤열수, 『민화 이야기』, 디자인 하우스, 1995, 255면 참조.
24) 이에 관한 연구로는 김종철, 「그림으로 읽는 구운몽」, 『문학과 교육』 18집, 문학과 교육연구회, 2001.과 정병설, 「구운몽도 연구」, 『고전문학연구』 30집, 한국고전문학회, 2006.이 있어 참고가 된다.

지, 그 방식은 어떤 것인지를 알아야만 한다. 그것은 현대적 재창조의 통로를 개척하는 일이고 앞으로 계속 이루어져야만 하기 때문이다.

4. 맺음말

이제까지 장황하게 대학 고전소설 교육의 지향과 그 구체적 방법들을 살펴보았다. 학부제나 학생격감에 따른 구조조정 등으로 대학은 안팎으로 시련을 겪고 있으며 국문학과는 그 영향에서 자유롭지 못한 편이다. 변하지 않으면 살아남을 수 없는 대학 교육 환경의 격랑 속에서 고전소설 교육은 어떻게 해야 할 것인가를 모색해 보았다.

우선 과감하게 전공의 틀에 안주하지 말고 다양한 방식으로 교양 강의를 개발해야 하며, 전공 역시도 교육산업이나 문화산업 쪽으로 국문과의 진로가 열려있는 점을 고려해 낡은 <고전소설론>을 고집하지 말고 새롭게 탈바꿈해야 한다. 그 가능한 과목들을 찾아보면 이렇다.

> 교양강의 : <고전소설과 디지털서사>, <고전소설과 문화콘텐츠>,
> <고전소설과 영화>, <고전소설과 영상문화>, <고전
> 소설과 문화예술>, <고전소설과 역사기행>
> 전공강의 : <고전소설 다시 읽기>, <고전소설 찾아가기>, <다매
> 체 시대의 고전소설>

물론 이 과목들이 전공과 교양으로 양분되는 것은 아니라 얼마든지 넘나들 수 있어야 한다.

그러면 실제 수업을 어떻게 해야 하는가를 세 단계로 나누어 보았

다. 첫째 단계는 작품을 제대로 읽는 것이며, 교수와 학생들이 강독하는 것이 가장 바람직하다. 둘째 단계는 이를 바탕으로 작품에 대한 생산적인 논의를 만들어 보는 것이다. 셋째 단계는 여기서 더 나아가 현대적 재창조의 통로를 만드는 것으로 설정해 보았다.

현대적 재창조의 방법으로는 ① 텍스트 확장하기 ② 영화와의 관계 속에서 길 찾기 ③ 게임 같은 디지털서사와 고전소설 비교하기 ④ 음악, 미술 등 문화예술 장르와 고전소설 비교하기 등이다. 이런 다양한 방법을 통해 우리의 고전소설이 현대의 다양한 장르로 재창작될 수 있는 길을 모색하고자 하는 것이다. 하지만 가장 큰 문제는 수업에 필요한 사료의 확보와 교수의 전문성이다. 활용할 수 있는 자료들은 제대로 정리되지 않았거나 쉽게 접할 수 없을 뿐더러, 관련분야의 전문적 지식은 당연히 많은 시간과 노력을 필요로 한다.

이렇게까지 해서 인기(?)를 얻을 필요가 있는가라고 반문하기도 한다. 분명한 건, 세상은 빠르게 변하고 있고, 대학이나 학문영역 역시 그렇다는 것이다. 고전소설에 대한 깊이 있는 연구는 언제나 필요한 것이지만 '고전소설 교육'은 다른 차원의 문제다. 철저하게 수요자 중심으로 가야만 하고 그것이 대학이나 국문학과나 고전소설 교육에서 요구되는 것이다.

이 글은 필자의 강의 경험을 바탕으로 한 것이지만 아직 필자의 역량부족으로 시도해 보지 못한 것도 많다. 그러기에 논리가 불충분하고 추상적 대안으로 그칠 위험도 안고 있다. 하지만 분명한 건 그것이 실패하건 성공하건 누군가의 새로운 시도를 통해 늘 새로운 방법이 개척된다는 것이다. 길은 원래 있는 것이 아니라 사람들이 다니며 만들어 가는 것이 아니겠는가.

〈부록〉　① 국정교과서(국어) 고전소설 수록 목록

	1차 개정	2차 개정	3차 개정	4차 개정	5차 개정	6차 개정	7차 개정
홍길동전	우리의 고전문학 (고Ⅱ)	고전산문의 의미 (고Ⅱ)	고전의 세계 (고Ⅱ)	소설 (고Ⅰ)	(중3-2)	소설의 주체 (중3-2)	문학과 사회 (중1-1)
박씨전			고전의 세계 (중3-2)				고전문학의 감상 (중3-2)
구운몽				소설 (고Ⅱ)		문학의 즐거움 (고·상)	능동적인 의사소통 (고·상)
춘향전	우리의 고전문학 (고Ⅲ)	고전문학의 감상 (고Ⅲ)	고전의 세계 (고Ⅲ)	소설 (고Ⅲ)	노래와 삶 (고·하)	작가·작품·독자 (고·상)	전통과 창조 (고·하)
심청전	우리의 고전문학 (중3-1)	고전문학의 감상 (중3-2)	고전의 세계 (중2-1)	소설 (중1-2)	(중1-1)	소설의 인물 (중1-2)	
흥부전						언어와 문학 (고·하)	
토끼전	우리의 고전문학 (고·Ⅰ)	고전문학의 이해 (고·Ⅰ)	고전의 세계 (고·Ⅰ)	소설 (중2-1)	(중2-3)	소설의 배경 (중2-2)	우리 고전의 맛과 멋 (중2-1)
許生傳					소설과 사회 (고·상)	문학과 현실 (고·상)	정보의 조직과 활용 (고·하)

② 2종교과서(문학) 고전소설 수록 목록(조선 전기 / 후기, 가나다순)

작품(작가)	본 문	본문 외
만복사저포기 (김시습)	민중하116	중앙하79 교학하148 두산상345
이생규장전 (김시습)	중앙하105 교학하145 금성하141 디딤돌상261 블랙하126 천재상215 케이스하112	두산하136
광문자전 (박지원)	금성상228	금성상29 · 234 · 235
구운몽 (김만중)		중앙하68 교학상05 디딤돌하69 민중하125
명주보월빙		천재하130
민옹전 (박지원)		금성하22 · 149
박씨전	블랙상187 상문하252 천재상184	교학상114 두산하31
사씨남정기 (김만중)	두산하113 디딤돌하105 천재상130	중앙상196
서동지전	천재하101	
숙영낭자전		천재하129
심청전		중앙상192 케이스하165
양반전 (박지원)	교학하108 문원하117 블랙하147 케이스상180	두산하33
예덕선생전 (박지원)	상문하101	
운영전	두산상135	
유충렬전	중앙상204 두산하120 케이스하143	금성상234 천재하129
임경업전		중앙하119
임진록		금성하365 민중상376
장끼전	두산하127 상문하181	금성하175 천재하132
전우치전		민중하19

조웅전		중앙상181
춘향전	블랙하152 천재상161	중앙상181 두산상41 상문상47 상문하36 케이스상279 케이스상120
콩쥐팥쥐전		중앙하334 교학하302
토끼전	중앙하140	교학상111
허생전 (박지원)	교학상234	금성상234 금성하352 디딤돌상32
호질 (박지원)	중앙하134 민중하132	
홍길동전 (허균)	금성하151 두산상207	중앙상33 교학하278 금성상31 민중하37 천재상26 케이스하314
흥부전		교학상92 디딤돌하89 문원하132

고전소설, 어떤 작품을 읽을 것인가

1. 왜 고전소설을 읽어야 하는가

왜 고전을 읽어야 할까? 다음 중 이유가 아닌 것은? ① 학교에서 가르치니까 ② 시험에 나오니까 ③ 읽으라고 숙제로 내주니까 ④ 논술시험에 보탬이 되니까 ⑤ 재미있어서. 당연히 정답은 ⑤이다. 청소년들이 늘 접하는 인터넷 세상에 들어가 보라. 재미있는 것이 무궁무진한 이 첨단 정보화 시대에 고전을 읽으라고 하는 것이 얼마나 황당한 일인 지를 쉽게 짐작할 수 있다. 그러기에 '교과서'라는 진열장 속에 유폐된 지도 모른다. 재미있는 현대소설도 읽지 않는데 고전소설이라니! 하지만 길이 없는 것은 아니다. 관점을 바꿔보면 고전소설에 쉽게 접근할 수 있는 길이 보인다. 쉽게 〈삼국지〉를 생각해보라. 그 옛날 명나라 때 완성된 작품이 지금도 인기있는 작품으로 읽힐 뿐 아니라 만화, 영화, 게임 등으로 무궁하게 확산되고 있지 않은가.

첫째는 환상성 혹은 판타지의 부분이다. 고전소설에서는 흔히 비현실적이고 환상적인 장면들이 자주 등장한다. 주인공이 천상계 인물이라거나, 도술을 부리거나, 바다에 빠져 죽어도 다시 살아난다. 근대 합리성의 기준에서 보면 리얼리즘의 원칙에 위배되지만 상상력을 무한대로 늘일 수 있는 장점이 있다. 현대소설에서는 꿈도 꾸지 못할 무한한 상상의 세계가 펼쳐지고, 바로 이 지점에서 이른바 '판타지 소설'과 만나게 된다. 판타지 소설을 읽히자는 얘기가 아니라 이미 청소년 독서의 주류가 돼버린 판타지 소설의 코드를 고전소설과 맞추자는 것이다. 그럴 때 고전소설은 새롭게 다가올 수 있는 것이다.

근대 합리성의 입장에서는 평가절하 됐지만 지금 오히려 새롭게 부각되는 환상성에 의하면 고전소설은 전혀 다른 텍스트로 다가올 수 있다는 8명의 여자와 서로 얽혀 만남을 거듭하면서 〈구운몽〉을 생각해 보라. 양소유의 화려한 삶을 성진의 구도적 삶이 감싸면서 이야기가 전개되지만 어느 것이 꿈이고 어느 것이 현실이냐고 질문을 던지고 있듯이 현실과 꿈의 경계가 모호한 가운데 환상성이 두드러진다.

둘째는 상호소통성의 측면이다. 활자로 인쇄된 현대소설은 하나의 고정된 텍스트이며, 독자를 향해 던지는 작가의 메시지인 것이다. 하지만 고전소설은 모두가 작가이며 독자이다. 수많은 이본(異本)들이 이를 증거 한다. 필사를 하면서 내용을 바꾸거나 새로운 사건을 추가할 수도 있고 결말을 다르게 쓸 수도 있다. 그러기에 게임처럼 상호소통 텍스트인 것이다.

『고등국어(상)』의 〈구운몽〉은 「능동적인 의사소통」이라는 단원 속에서 '문학적 의사소통 행위'를 파악하기 위해 배치됐거니와 『중학국어 2-1』의 〈토끼전〉이야말로 고전소설의 상호소통성을 잘 보여주는 작품이다.

여느 고전소설과는 다르게 〈토끼전〉은 이본에 따라 결말이 각기 다르다. 자라가 장렬하게 죽거나(경판본), 수궁으로 돌아가지 못하고 소상강에 망명해 살거나(가람본), 토끼 똥을 받아가 용왕을 살리거나(신재효본), 명의 화타에게 선약을 받아가 용왕을 살리는(신구서림본) 등 결말이 참으로 다양하다. 이는 봉건체제를 어떻게 바라보느냐에 따라 편차를 보인 것이다. 교과서는 자라의 충성을 드높이고 봉건체제를 미화하는 경판본 〈토생전〉을 본문으로 하고 이런 경향이 더 강화된 신구서림본 〈별주부전〉과 봉건체제를 풍자하는 가람본 〈별토가〉를 「학습활동」으로 제시하여 "우리 조상들의 바람이 각 작품에 어떻게 다르게 나타났는지 생각"(124쪽)해 보도록 하고 있다. 당시의 독자들뿐만 아니라 오늘의 청소년들에게도 상호소통의 길을 열어주고 있는 셈이다.

이처럼 고전소설은 환상성이니 상호소통성의 측면에서 지금도 유용한 텍스트로 읽혀질 수 있으며 더욱이 그것이 다양한 매체와 결합하면 훨씬 흥미롭게 재창조 될 수 있다. 판타지 소설은 물론이고 애니메이션이나 영화, 게임 같은 매체와 얼마든지 결합할 수 있다. 〈반지의 제왕〉은 북구신화와 기독교 신화를 재해석한 것이고, 〈스타워즈〉는 최첨단 시대의 기사전설, 로망스(Romance)인 것이다. 〈삼국지〉·〈수호지〉·〈서유기〉는 영화, 만화, 게임으로 끝없이 확장되고 있다. 우리 주변을 둘러봐도 〈춘향전〉은 무려 22번이나 영화화 됐으며, 〈홍길동전〉은 우리나라 최초의 애니메이션으로, 〈심청전〉은 오페라나 애니메이션으로 각각 텍스트를 확장하였다. 최근에는 장편 가문소설 〈옥루몽〉도 애니메이션으로 제작되고 있다고 한다.

필자도 왜 〈구운몽〉 같은 작품이 아직도 영화화되지 않았을까 의문이 든다. 어쩌면 애니메이션이나 게임으로도 가능하다. 각기 개성이 강한 9명의 인물들이 서로 얽히고 인연을 맺는 구구절절한 사건들을 생각해보라. 현숙한 정경패, 자존심 강한 이소화, 발랄한 가춘운, 청순가련 진채봉, 적극적인 계섬월, 진취적인 적경홍, 야성적인 심요연,

순진무구한 백능파……그리고 이들과 각기 다양한 방식으로 만나는 양소유, 이 얼마나 기막힌 장면들인가.

고전소설을 읽어야 하는 이유도 여기에 있다. 우선 정체성의 확인으로서 민족적 사고의 원형을 찾는 데 의미가 있고, 또한 이를 다양하게 확장, 발전시키기 위한 이른바 민족문화 콘텐츠로서 또 다른 의미가 있다. 우리의 고전소설은 위대한 문화유산이지만 박물관에 보관하는 것이 아니라 수없이 읽혀져야 되고 다양하게 확장돼야 한다.

문제는 그것을 보여줄 수 있는 1차 텍스트가 부족하다는 것이다. 뒤에서 다루겠지만 제대로 읽을 수 있는 텍스트가 드물다는 것이 문제다. 대부분이 동화책이고 원본과 대조한 전문가용이 몇 종 있지만 청소년들이 읽기는 벅차다. 청소년들이 제대로 읽을 수 있는 것은 현암사판과 나라말판 두 종 밖에 없다. 일반인용으로는(잘 읽지도 않겠지만) 민음사에서 펴낸 세계문학전집 중 〈구운몽〉, 〈춘향전〉이 있고, 최근 그린비에서 출판된 〈옥루몽〉(5권)이 그나마 알려진 텍스트다.

사정이 이렇다 보니 방학숙제를 낸다고 〈홍길동전〉, 〈춘향전〉, 〈심청전〉 등을 읽어오라고 하면 대부분 동화책(그것도 그림책)을 본다. 단양중학교 2학년 150명을 대상으로 고전소설 읽기를 조사했더니(2005년 4월 1일), 동화류가 765건이고, 만화류는 218건, 소설류는 96건에 불과했다. 동화와 만화가 소설의 10배가 넘는다. 이래서 어떻게 위대한 고전의 세계를 보여줄 수 있겠는가?

고전소설 교육의 최우선 과제는 우선 제대로 된 텍스트를 읽는 것이다. 그 다음에 작품의 의미를 따져보고 더 나아가서는 다양한 매체로의 텍스트 확장도 가능하게 되는 것이다. 그래서 고전소설이야말로 교사의 읽기지도가 절실히 요구된다. 그러면 청소년들이 읽을 만한 고전소설의 작품은 어떤 것이 있으며, 그것을 어떻게 출판하고 있는가를 알아본다.

2. 무엇을 읽을 것인가

고전소설은 현대소설과는 달리 다양한 형태의 텍스트로 존재해 왔다. 필사본(筆寫本), 방각본(坊刻本), 구활자본(舊活字本)이 그것이다. 필사본은 손으로 직접 베낀 것으로 수많은 각 편이 존재하며 약 700종가량 된다. 고전소설의 가장 일반적인 존재방식이다. 방각본은 판각본 중에서 상업출판을 한 것으로, 고전소설로 본다면 최초의 인쇄된 텍스트인 것이다. 경판(서울), 안성판(안성), 완판(전주)의 세 종류가 있는데 모두 60종 정도 밖에는 없다. 당시 인기 있던 작품을 골라 내용을 축약하여 출판했다. 구활자본은 근대 인쇄술이 도입된 1912년부터 출판된 대중상업출판물로 표지가 아이들의 딱지처럼 울긋불긋해 '딱지본'이라 불리기도 했으며, 당시 근대소설보다 훨씬 많이 읽혔으며 약 300종 가량 출판됐다. 필사본, 방각본, 구활자본 모두를 합하여 지금까지 확인된 고전소설은 모두 858종이다.(조희웅, 『고전소설 이본목록』)

이 중에서 청소년들에게 읽힐 만한 작품이 어떤 것이 있을까? 문학사에서의 평가도 중요하지만 청소년들이 흥미롭게 읽을 수 있는 것이어야 한다. 이런 기준에 의해 소설 유형별로 작품을 골라보면 다음과 같다.

◉ 이 목록의 작성은 필자의 판단에 근거한다. 같은 작품으로 명칭이 다른 것은 ( ) 속에 표시한다.

(1) 전기(傳奇)소설 ※ 애정전기 포함
금오신화, 금방울전(금령전), 주생전, 최척전, 운영전, 영영전(상사동기)

(2) 영웅(군담)소설 ※ 역사군담, 창작군담
홍길동전, 전우치전, 임진록, 박씨전, 임경업전
유충렬전, 조웅전, 정수경전(여장군전), 홍계월전, 신유복전

(3) 가정(규방)소설 ※ 쟁총형, 계모박해형
구운몽, 사씨남정기, 창선감의록, 장화홍련전, 콩쥐팥쥐전, 김인향전

(4) 대하(가문)소설
옥루몽(64회), 임화정연(사성기봉, 97회/50책)

(5) 애정소설
숙향전, 숙영낭자전, 옥단춘전, 윤지경전, 채봉감별곡

(6) 세태소설
배비장전, 오유란전, 이춘풍전, 옹고집전, 김학공전

(7) 우화소설 ※쟁년형, 송사형
두껍전(섬동지전), 서대주전, 장끼전

(8) 판소리계 소설

　　춘향전(춘향가), 심청전(심청가), 흥부전(흥보가),

　　토끼전(별주부전, 수궁가), 화용도(적벽가)

(9) 한문소설(한문단편)

　　연암소설 : 방경각외전(양반전, 예덕선생전, 민옹전, 광문자전 등)

　　　　　　　　허생전(옥갑야화), 호질(관내정사)

　　이옥소설 : 이홍전, 심생전

　선정 작품은 대략 50편으로 수많은 연구를 통해서 그 실상이 밝혀
졌으며 문학사에서도 검증되었고 청소년들에게도 흥미를 줄 수 있는
것들이다. 각 작품들의 특징을 간략히 소개한다.

　(1) 우선 진기소설을 보자. 환상적이고 낭만적인 선기의 특성이 두
드러진 작품은 〈금오신화〉와 〈금방울전〉이다. 〈주생전〉·〈최척전〉은
만나고 헤어지는 기구한 사연과 애정이 결합된 방식이며, 〈운영전〉,
〈영영전〉은 궁녀와 선비의 금지된 사랑을 다루고 있어 주목된다. 〈운
영전〉은 그 사랑을 이루지 못하고 죽는 비극적 결말로 〈영영전〉은 사
랑을 이루는 행복한 결말로 처리되어 있다. 인간의 개성을 억압하는
제도에 맞서 싸워나가는 궁녀들의 모습이 돋보인다. 드라마적인 기복
이 많아 현대에도 충분히 흥미롭게 읽힐 수 있는 작품들이다.

　(2) 영웅소설 혹은 군담소설은 당시 방각본으로 주로 인쇄된 상업통
속소설이다. 당시 남성 독자들에게 가장 많이 읽혔을 것이다. 〈홍길동
전〉은 이론의 여지가 없는 최고의 영웅소설이며 사회소설이다. 비슷

한 작품이 〈전우치전〉이지만 질은 좀 떨어진다. 임·병양란을 배경으로 다룬 역사군담 중에 최고의 작품은 〈박씨전〉이다. 허구성이 강조된 것도 그렇고 여성영웅을 형상화한 점에서 중요한 의미가 있다. 당시 하찮게 여기는 아낙네가 나서서 온 나라를 유린했던 청나라 대군을 꼼짝 못하게 했으니 소외된 여성들의 목소리를 느끼게 하는 작품이다.

〈유충렬전〉·〈조웅전〉은 영웅소설의 전형적인 작품으로 일찍부터 많이 읽혀왔다. 그 인기에 힘입어 새로운 내용들이 나타났는데, 주인공을 여자로 바꾼 작품이 〈정수경전〉, 〈홍계월전〉이다. 여자가 장수가 되어 동정서벌하고 공을 세우다 보니 능력이 뒤떨어지는 남편과 여러 가지 충돌을 벌이게 되고 이를 흥미롭게 그렸다. 〈신유복전〉은 국내를 배경으로 하여 위기에 빠진 중국을 도와주는 해외원정 군담소설이어서 특이하다. 어느 정도는 민족의식을 드러내 보여준다.

(3) 가정소설 혹은 규방소설은 주로 사대부 부녀자 층에서 애독했던 작품들이다. 고전소설이 출현한 17세기에 이미 하나의 굳건한 장르로 자리 잡았다. 상층사대부 곧 벌열(閥閱)들의 가문의식을 잘 보여주는 작품이다. 〈구운몽〉은 따로 설명이 필요 없겠고, 〈사씨남정기〉와 〈창선감의록〉은 가문을 중심으로 처첩간의 갈등을 다루고 있어 '쟁총형 가정소설'로 불린다. 이는 곧 가문의 질서를 어떻게 세우냐의 문제로 귀결된다. 임·병양란이 끝나고 봉건체제가 위기를 맞이했던 시대, 가문의식의 회복을 염두에 두고 지어진 작품들이다. 간악한 첩들을 통해 인간의 욕망이 어디까지 갈 수 있나를 잘 보여주며, 한국형 '팜므파탈(요부)'의 원형으로 자리하여 흥미롭게 읽힌다.

〈장화홍련전〉, 〈콩쥐팥쥐전〉, 〈김인향전〉은 이른바 '계모박해형 가정소설'이다. 시골의 양반집(대개 좌수의 지위)을 무대로 여주인공이 계모와 그의 자식에 의해 박해 당하다 결국 죽게 되는데, 다시 환생하여 복수를 하는 내용이다. 〈장화홍련전〉은 아버지와의 관계가, 〈김인향전〉은 정혼자와의 관계가 중시된다. 〈콩쥐팥쥐전〉은 콩쥐 스스로 환생하여 팥쥐를 제거한다. 계모박해라는 민담적 요소와 그 복수담 때문에 동화에도 널리 수용되었고, 공포영화의 소재로 많이 활용되었다. 현대에도 널리 수용되고 공감될 수 있는 요소를 많이 지니고 있다.

(4) 대하소설 혹은 가문소설은 엄청난 분량의 작품이다. 가정소설이 확대되어 여러 가문의 얘기가 얽히거나(〈임화정연〉), 한 집안의 3대에 걸친 이야기(〈유씨삼대록〉 등)가 전개된다. 대하드라마의 내용처럼 혼인과 보은, 원한관계, 입신양면 등이 겹쳐지면서 다소 지루하게 이야기가 진행된다. 그 중 〈옥루몽〉은 여러모로 탁월한 작품이다. 〈구운몽〉을 확대시키고 흥미롭게 通俗化 시켰다고 보면 된다. 남주인공 양창곡과 5명의 처첩들이 얽히는 이야기다. 분량이 64회이니 16회짜리 〈구운몽〉의 4배가 된다. 특히 기녀인 강남홍과 벽성선의 적극적이고 개성적인 모습이 두드러져 〈강남홍전〉과 〈벽성선전〉이 따로 있을 정도다.

〈임화정연〉은 남주인공 임규를 중심으로 화소저, 정소저, 연소저 등 4집안의 이야기다. 97회나 되니 〈구운몽〉의 6배 분량이 되는 셈이다. 특히 주인공들이 개성적으로 그려져 있으며 생동하는 현실을 사실적으로 묘사해 가문소설 중 작품성이 뛰어나다.

(5) 애정소설은 남녀의 애정문제를 중심에 놓고 다룬 작품들이다. 그 진행과정은 ① 결연과정 ② 수난과정 ③ 극복과정으로 나눌 수 있는데 애정수난(혼사장애)을 어떻게 극복하고 혼인에 이르게 되는가가 작품의 핵심이다. 〈숙향전〉은 이선과 숙향이 기막힌 일들을 겪고 나

서 결국 결혼하게 되는 이야기로 봉건적 인습을 거부하고 서로가 사랑을 이루어나가는 험난한 과정을 담고 있다. 〈숙영낭자전〉은 공안(公案)적 요소가 강한 작품으로 사랑을 성취해나가는 과정보다 죽은 아내 숙영낭자의 살해 진상을 알아내고 환생시키는데 역점을 두고 있다. 국내를 배경으로 사건을 해결해 나가는 과정이 흥미를 끈다.

〈옥단춘전〉은 〈춘향전〉의 모방작이다. 내용은 비슷하게 설정하였으나, 무대를 평양으로, 방해자인 평양감사를 남주인공의 친구로 설정한 것이 다르다. 〈윤지경전〉은 온갖 박해, 심지어는 임금의 명도 거스르며 사랑을 지켜나가는 윤지경과 연화의 이야기를 다루고 있다. 신작 고소설인 〈채봉감별곡〉은 부패한 봉건관리와 세도가의 첩으로 딸을 주려는 아버지의 그릇된 욕심에 맞서 자신의 사랑을 지켜나가는 당찬 채봉이의 이야기를 그리고 있는 작품으로 여주인공의 적극성이 돋보인다. 스스로 기생이 되어 정인을 만나 사랑의 약속을 지키는 등 채봉의 근대적 성격이 두드러지는 작품으로 현대에도 충분히 수용될 수 있는 여지가 많다.

(6) 세태소설은 조선후기의 시정세태와 풍속을 잘 보여 주는 작품으로 주로 풍자적 성격이 두드러진다. 〈오유란전〉, 〈배비장전〉은 여자를 가까이 하지 않는다고 하는 인물의 위선과 호색적 성격을 폭로하는 작품이다. 특히 〈배비장전〉은 단순히 호색적 성격의 폭로 뿐만 아니라 양반들의 위선과 권위를 신랄하게 풍자하고 있어 주목된다. 〈이춘풍전〉은 그의 아내를 통해 알량한 가부장권을 풍자하고 있는 작품이다. 허랑방탕한 인물 이춘풍은 아내의 말을 무시하고 가장의 지위를 내세워 온갖 못된 짓을 일삼는다. 여기에 가해지는 아내의 공격과 풍자는 고전소설 수준에서는 지나칠 정도로 강도가 높다. 분명 흥미로운

요소임에 틀림없다.

〈옹고집전〉은 지방토호들의 탐욕을 풍자한 작품으로 그 민담적 구조 때문에 동화로 널리 알려져 있다. 〈김학공전〉은 조선후기에 많이 일어났던 추노(推奴)에 얽힌 이야기를 소설화한 작품으로 당시 시정세태를 잘 그렸다. 한문단편에 이와 유사한 내용이 많아 이를 소설화 했으리라 보여진다.

(7) 동물의 행태를 통해 인간세계의 모습을 보여주는 우화소설은 조선후기 향촌사회의 모습을 잘 반영한 작품이다. '쟁년형 우화소설'인 〈두껍전〉은 요호부민의 성장에 따라 점차 영향력이 약화되는 재지사족의 현실적 처지를 상좌다툼이라는 사건을 통해 우의적으로 표출하고 있다. 그래서 상좌에 앉은 두꺼비를 신랄한 희화와 풍자의 대상으로 만들어 버린다. '송사형 우화소설'인 〈서대주전〉은 상당한 재물을 소유한 요호부민 서대주가 다람쥐의 식량을 강탈하고도 무죄로 방면되는 조선후기 향촌사회의 부패를 풍자하고 있는 작품이다. 판소리계 우화소설인 〈장끼전〉은 까투리의 개가를 통해 비극적인 삶에 직면해서도 건강한 생명력을 잃지 않고 꿋꿋하게 살아가려는 하층 유랑민들의 건강한 삶을 보여주고 있는 작품으로 주목된다.

(8) 판소리계 소설은 그 작품성이 워낙 뛰어나 별다른 설명이 필요 없을 것이다. 간단히 정리하면 〈춘향전〉은 신분해방을, 〈심청전〉은 육친에 대한 사랑을, 〈흥부전〉은 빈부의 모순을, 〈토끼전〉은 봉건체제와 이념에 대한 풍자를 다루는 등 만만치 않은 문제의식을 작품으로 탁월하게 형상화하여 많은 사람들에게 인기가 있었다. 작품의 질로나 문학사적인 평가로나 독자(혹은 청자)수용의 측면에서나 완벽하게 조화를 이룬 작품들이다. 다만 상대적으로 〈화용도〉는 많은 교재와 도

서목록에서 제외됐는데, 〈삼국지연의〉의 '적벽대전' 부분을 패러디하여 아주 흥미롭게 이야기를 엮어갔다. 조조와 정욱을 등장시켜 정욱을 통해 조조를 풍자하게 했으며, 적벽대전에서 죽어가는 수많은 병사들의 입을 통해 민초들의 소중함을 일깨워주고 있다.

(9) 한문소설은 단편 중 뛰어난 연암 박지원(燕巖 朴趾源 : 1737~1805)과 문무자 이옥(文無子 李鈺 : 1760~1813)의 작품이 주목된다. 세상에 대한 불평불만이 많았던 박지원이 젊은 시절에 쓴 9개의 전(2개는 연암이 뒤에 없앴다.)이 들어있는 『방경각외전』에서는 사대부 계층에 대한 풍자가 두드러지는데, 특히 〈양반전〉, 〈예덕선생전〉, 〈민옹전〉, 〈광문자전〉 등이 이야기를 엮어가는 방식과 주제를 형상화하는 수법에서 흥미롭다. 양반계층이 아닌 천부(賤富), 천인역부나 이야기꾼, 거지 등을 주인공으로 내세워 양반의 허위의식과 실상을 신랄하게 풍자하고 있다. 『열하일기』에 실려 있는 〈허생전〉과 〈호질〉도 이런 연장선상에 있다. 〈허생전〉은 북벌론으로 대변되는 사대부들의 정치적 허위성이나 가식적 태도를 비판·풍자했으며, 〈호질〉은 만주족의 압제에 곡학아세(曲學阿世)로 적응해가는 선비층을 비판했다.

박지원과 달리 이옥은 시정세태의 움직임을 잘 포착하여 소설로 형상했던 바, 특히 적극적인 여성주인공의 형상이 탁월한 〈심생전〉과 사기꾼의 모습이 잘 그려진 〈이홍전〉이 주목된다. 연암처럼 사회적 담론을 내세운 것은 아니지만 당시 시정의 일상생활을 세밀하게 그려냈다. 그 과정에서 돈, 곧 이익추구에 의해 움직여지는 시정의 인간군상과 세태를 풍자하고 있어 오늘의 세태와도 유사함을 느낀다.

연암이나 이옥의 작품들은 조선후기 시정세태의 한 단면들을 치밀하게 그려내고 풍자하고 있어 현대단편과 견주어도 손색이 없다. 그만큼 묘사가 탁월하고 다루는 주제 또한 깊이가 있다. 단순한 민담에 비해 한문단편들은 현실의 구체적 모습이 잘 형상화되어있어 읽는 맛도 느끼게 한다.

3. 어떻게 읽을 것인가

앞에서 50종 가량의 고전소설들을 골라 작품에 대한 개략적인 설명을 했다. 말하자면 이 작품들이 필자가 생각하기에 읽을 만한 고전소설의 목록이다. 이것을 어떻게 읽힐 것인가. 가장 이상적인 경우는 국가적 사업으로 이들 작품을 출판해 모든 중·고등학교나 도서관에 무상으로 배부하고 부교재처럼 활용하게 하는 것이다.(쓸데없는데 돈 쓰지 않으면 가능힐 덴데, 할 의사가 없어 보인다.)

가능한 것은 출판사에서 공을 들여 고전소설을 펴내는 일이다. 고전 원문의 맛을 살리면서 현대어로 고쳐서 읽기 쉽게 펴내야 한다. 특히 판소리계 소설은 확장 부연된 사설의 묘미도 살리면서 현대어로 고쳐야 되니 작업이 여간 힘든 것이 아니다. 월매의 "서방인지 남방인지 웬 걸인 하나 내려왔다."는 말은 반가움보다도 절망에 가까운 원망과 핀잔이 동시에 녹아있다. 이 말을 "네 서방이 내려왔다."고 해서는 안 된다. 그러기 위해서는 고전소설을 깊이 있게 이해하고 학교 현장감각도 가진 사람들이 필요하다. 영국의 수필가 찰스 램이 셰익스피어의 비극을 청소년에 맞추어 만든 『셰익스피어 이야기』 같은 것이 모범적인 사례가 될 수 있다. 각 출판사에서 출판된 고전소설의 목록을 각기 점검해 보자.

작품		현암사	창작과 비평사	범우사	나라말	교 과 서	일반용
전기 소설	금오신화	조면희		이민수	최성수	문학(12)	
	금방울전		김지우				
	최척전	권혁래			황혜진		
	김영철전	권혁래					
	운영전	이대형			조현설		
영웅 (군담) 소설	홍길동전	김성재	정종목	편집부	류수열	국어(중1-1)/문학(7)	
	전우치진		김남일	편집부		문학(1)	
	임진록			편집부		문학(2)	
	박씨전	장경남	김종광		장재화	국어(중3-2)/문학(5)	
	임경업전					문학(1)	
	유충렬전	김현양				문학(5)	
	조웅전	김현양	이명랑	전규태		문학(1)	
가정 소설	구운몽	김선아		편집부	이상일	국어(고)/문학(4)	민음사(송성욱)
	사씨남정기	송성욱		전규태		문학(4)	
	창선감의록	최기숙					
	장화홍련전	조현설	김별아				
	콩쥐팥쥐전					문학(2)	
가문	옥루몽						그린비(김풍기)
애정 소설	숙향전	최기숙					
	숙영낭자전					문학(1)	
	채봉감별곡				권순긍		
세태	옹고집전		박철	전규태			
	배비장전				권순긍		
판소 리계 소설	춘향전	김선아	정지아	이상보	조현설	국어(고)/문학(8)	민음사(송성욱)
	심청전	김성재	장철문	이상보	정출헌	문학(2)	
	흥부전	김성재	정종목	전규태	신동흔	문학(3)	
	토끼전		이혜숙	전규태	장재화	국어(중2-1)/문학(2)	
우화 소설	서동지전					문학(1)	
	장끼전					문학(4)	

한문 소설	연암소설	조면희	장철문	전규태	김수업	국어(고)/문학(14)	
	한문단편	진재교	이혜숙/ 고운기		진재교 정환국		
	30종	18종	14종	13종	15종	19종	

(2007년 9월 작성)

청소년용으로 출판된 것은 대략 25종 정도이며 교과서에 일부 실린 작품까지 보태면 30종이 된다. 창비는 아동용으로 현역작가들이 어린 이의 눈높이에 맞춰 윤색한 것으로 원본에 충실한 텍스트라 보기는 어렵다. 전래동화로 윤색된 텍스트라 하겠다. 범우사 사루비아 문고는 청소년들을 염두에 두고 출판했지만 대부분 편집부에서 작업한 탓에 작품 원본의 축약이 심하다. 전규태, 이상보가 텍스트를 만드는 데 깊이 관여했다고 보기는 어렵다. 고전소설을 이리저리 재단하여 포장만 한 축약본 텍스트다.

이렇게 보면 청소년용으로 공을 들인 것은 현암사판과 나라말판 뿐이다. 현암사판은 전공자들이 중심이 되어 판본을 고르고 현대어로 바꿨다. 그런데 현장의 목소리가 빠져있다. 전공자들이 공을 들여 판본을 만들었지만 청소년들에게 어떻게 읽혀야 하는가의 고민이 들어있지 않다. 이는 분명 줄판사의 몫일 것이다.

어떤 작품이 학생들에게 무슨 의미로 다가갈 것인가를 고려해야 한다. 즉 문학교육의 목표에도 제시된바 "문학을 통하여 자아를 실현하고 세계를 이해하며, 문학의 가치를 자신의 삶으로 통합하려는 태도를 지닌다."는 문학생활화 내지는 삶을 가꾸는 문학교육의 지향성이 빠진 것이다. 그래서 일반용인지 청소년용인지 아동용인지 작품에 따라 대상이 분명치 않다.

이 점은 분명 나라말판의 장점이다. 전공자들과 현장교사들이 같이 작업하여 아이들의 수준에 맞추고 무슨 의미로 읽힐 것인가의 문학 교육적 배려가 어느 출판사의 작업보다도 뛰어나다. 하지만 문제가 없는 것은 아니다.

우선, 작품선별의 문제다. 작업이 되는 대로 기일에 맞추어 출판하다 보니 무슨 작품이 더 필요한가가 고려되지 않았다. 대표적인 경우가 〈구운몽〉이다. 우리 고전소설 중에서 〈춘향전〉과 더불어 가장 인기 있는 목록이면서 문학사적 비중이 큰 〈구운몽〉이 10권이 나오도록 진행조차 되지 않았다는 것은 문제가 아닐 수 없다. 하여 '기획위원회'라도 만들어 전공자와 현장교사가 머리를 맞대고 아이들에게 가장 필요한 작품이 무엇인가를 먼저 선별한 다음 그 작품을 교주할 수 있는 적당한 필자를 찾아야 한다.

단양중학교 2학년 학생들을 대상으로 고전소설 독서실태를 조사했더니 가장 많이 읽은 책은 놀랍게도 〈콩쥐팥쥐전〉이다.(153건) 그런데 청소년물로 제대로 나온 것은 한 권도 없으니 대부분 동화를 통해 수용했을 것이다. 『문학』교재에도 게재되었는데 아직 출판되지 않았으니 필요한 목록임에는 분명하다. 이외에도 『문학』교재에는 있는데 작품이 출판되지 않는 것이 〈콩쥐팥쥐전〉을 비롯해 〈임경업전〉, 〈숙영낭자전〉, 〈서동지전〉, 〈장끼전〉 등 5종이나 된다.

다음은, 교육현장의 목소리가 더 많이 반영돼야 한다. 그래서 학생들이 필요로 하는 부분들이 무엇인지를 알아야한다. 작품의 판본을 선택하는 데도 어떤 것이 학생들에게 가장 적합한지 배려해야 한다. 필요하다면 학생들에게 의견을 물을 수도 있다. 그 통로를 당연히 교사들이 만들어 주어야 한다.

『함께 여는 국어교육』 72호, 2006. 11. 12.

멀티미디어(multimedia) 시대에 고전소설 가르치기

1. 멀티미디어 시대와 소설의 형식

하나의 문학 형식은 거기에 적합한 시대에 생성되어 발전되며 또한 소멸된다. 시대와 문학의 양식은 서로 유기적인 관련이 있다 하겠다. 자, 이제 오늘의 주제인 고전소설을 보자. 이 첨단 멀티미디어 시대, 온갖 매체가 횡행하는 현란한 시대에 고전소설은 도저히 생존하기가 불가능해 보인다. 그리기에 '교과서'리는 감옥 속에 유폐돼 있는 지도 모른다. 현대소설도 읽혀지거나 가르치기 힘든 시대에 케케묵은 고전소설을 가르치라니! 이 얼마나 황당한 일인가. 하지만 길이 없는 것은 아니다. 그 길을 찾아보자. 비록 "창공에 빛나는 별이 우리가 갈 길을 쓸어주지 않더라도" 조금만 관점을 바꿔보면 가능한 일이다.

필자는 가끔 이런 불순한(?) 상상을 한다. 〈구운몽〉을 영화를 만들면 어떨까? 혹은 왜 아직도 〈구운몽〉 같은 작품이 영화로 안 만들어졌을까? 아니 게임으로도 얼마든지 가능하다. 그렇다면 쓸 데 없이 자구풀이에 매달리지 않고 가르칠 수 있을 텐데. 각기 개성이 독특한 8명의 캐릭터를 생각해 보라.(현숙한 정경패, 질투심 많은 이소화, 발랄한 가춘운, 청순가련형 진채봉, 적극적인 계섬월, 요염한 적경홍, 야성적인 심요연, 순진무구한 백능파) 혹은 〈홍길동전〉을 통하여 마음껏 도술을 부려 탐관 오리들을 징치하는 장면을 생각해보자. 질탕한 사랑의 진경이 펼쳐지 는 〈춘향전〉은 어떤가?

현대소설에서는 불가능한 상상의 확장을 체험할 수 있다. 적어도 근대 이후 소설은 리얼리즘의 원칙 아래 현실의 전형성을 중시하기에 상상의 확장이 불가능했다. 그로부터 소설은 객관적이고 현실적인 장 르로 생명을 유지해왔다. 하지만 톨킨의 〈반지의 제왕〉에 왜 그토록 열광하는지, 스필버그의 영화 〈스타워즈〉가 왜 첨단 테크놀로지로 무 장했는지 생각해볼 필요가 있다. 더군다나 오랜기간 읽혀 왔던 중국의 고전소설 〈삼국지〉, 〈수호지〉, 〈서유기〉가 영화, 만화, 드라마, 게임 으로 왜 끝없이 확장되는지? 그저 놀라울 뿐이다.

〈반지의 제왕〉은 북구 신화와 기독교 신화를 나름대로 재해석한 것 이고, 〈스타워즈〉는 현대판 기사전설, 로망스(Romance)이다. 〈삼국 지〉를 비롯한 작품들은 스토리텔링(storytelling)이 워낙 탁월하기에 이 첨단 멀티미디어 시대에도 유용한 것이다. 아니 살아남았다기보다 멀티미디어 시대가 그런 작품들을 요구한 것이다.

서사문학사의 보편적 발전 과정에 따르면 고대는 서사시의 시대이 고, 중세는 전설 혹은 로망스의 시대다. 그리고 근대는 소설의 시대인 것이다. 소설이야말로 가장 근대적인 문학 장르다. 거기에는 합리성 과 객관성이 자리하고 있다. 헤겔도 소설을 가장 객관적인 장르로 규 정했다. 그렇다면 우리가 살고 있는 이 탈근대에 가장 맞는 시대적 양 식은 무엇인가?

소설은 루카치가 적절히 규명했듯이 근대에 출현한 '부르조아의 서 사시'인 것이다. 마치 고대 서사시의 세계가 그렇듯이 세계의 총체성

을 지향하는 브르조아의 서사시가 곧 소설이다. 세계는 그렇지 못한
데 총체성을 추구하려니 주인공은 '문제적 개인'이 될 수밖에 없다. 그
렇게 소설은 근대의 대표적 문학 장르로 군림해 왔다.

하지만 이제 근대의 합리성은 비판 받고 있다. 이른바 포스트 모던
의 징후들이 곳곳에서 나타나고 있다. 그 복잡한 논리들을 간단히 정
리하면 합리성이라는 미명 아래 근대는 오히려 인간을 억압했다는 것
이 그 핵심이다. 그래서 근대를 벗어나야 한다고 주장한다. 이른바 탈
근대 논의다. 그러면 소설의 운명은 어떻게 되는가?

조심스럽게 신화적 사고의 부활을 점치고 있다. 즉 "탈근대의 기획
은 근대의 전면배제를 통해 이루어지는 것이 아니다. 과학적 사고와
신화적 사고 어느 하나 일그러뜨리지 않으면서 융합할 수 있어야 탈근
대는 근내의 극복일 수 있다."고 한다. 우리가 고전소설을 주목히는
건 바로 이 신화적 사고, 곧 무한한 상상력 혹은 판타지의 부분이다.
합리적 이성이나 현실성을 바탕으로 하는 근대소설(혹은 현대소설)에서
는 꿈도 꾸지 못할 무한한 상상력이 고전소설의 세계에 펼쳐지고 있기
때문이다. 여기서 고전소설이 무한한 상상력을 바탕으로 하여 멀티미
디어와 만날 수 있는 것이다. 생각해보라. 〈반지의 제왕〉이나 〈해리
포터〉 시리즈, 〈스타워즈〉 등은 모두가 중세적 상상력을 바탕으로 하
고 있다. 최원식은 중세의 로망스를 해체하고 로망으로 가는 데서 근
대소설의 길이 열린다고 했는데 오히려 탈근대의 멀티미디어는 로망
스를 복원하는데 공을 들이고 있다.

옹과 맥루한은 매체에 따라 문화사를 정리했다. 이를 간단히 요약
하면 구술시대, 필사시대, 활자시대, 전자매체 혹은 디지털 시대로 나
누고 있다. 구술시대는 서사시가, 필사시대는 로망스가, 활자시대는

소설이, 디지털 시대는 다양한 멀티미디어가 존재하게 된다. 우리 서사문학사에 대입하면 구술시대에는 서사시나 신화가, 필사시대는 고전소설이, 활자시대는 근대적 방식으로 출판된 근대소설이, 디지털시대에는 판타지 소설을 비롯해 만화, 애니메이션, 영화, 게임 등이 존재하게 된다.

판타지 소설은 서사(Narrative)만이 존재하지만 만화는 여기에 이미지(Image)가 추가되고 애니메이션이나 영화는 행동(Action)이 또 추가된다. 게임은 여기에 상호작용(Interactivity)이 더 보태진다. 이처럼 디지털 시대의 서사는 복잡다단한 양상으로 전개되는 것이다.

2. 상호소통 방식으로서 고전소설

멀티미디어 시대의 특징 중 하나는 상호소통성이다. PC 통신이나 핸드폰 문자 메시지를 생각해보면 쉽게 알 수 있다. 더 발전하면 이른바 '하이퍼텍스트(hypertext)'로 나아가게 된다. 거기에는 "꾸며내거나 심어 넣지 않는 이상, 선은 사실상 존재하지 않는다. 시작하는 이들을 위한 어떤 중심점도 어떤 가장자리도 끝도 경계선도 없다." 활자로 인쇄된 근대의 소설은 하나의 고정된 텍스트이며, 독자를 향해 던지는 작가의 메시지인 것이다.

그런데 필사시대의 고전소설은 모두가 작가이며 독자이다. 즉 고전소설은 상호소통성을 전제로 하고 있는 것이다. 고전소설의 수많은 이본들이 이를 증거한다. 수많은 필사자들이 작품을 필사하면서 창작에 참여하고 이본을 만들어내는 것이다. 이 정황을 김탁환은 소설 ≪서러워라, 잊혀진다는 것은≫(동방미디어, 2002)을 써서 재현했다.

『고등 국어(상)』을 보면 '능동적인 의사소통'이라는 단원 속에 고전 소설 〈구운몽〉이 등장한다. 작품을 중심으로 작가와 독자가 상호 소통하는 '문학적 의사소통 행위'를 학습하기 위한 배려다. 그런데 〈구운몽〉을 통해서 독자들이(특히 규방의 여성독자들이) 어떻게 소통구조에 편입되는가?

김종철은 여기에 대해 두 가지로 말하고 있다. 하나는 상당한 정도로 여성들의 독자적 세계를 허용하고 배려한다는 점이다. 애정 실현에서의 여성들의 적극성, 여성들의 독자적인 인간관계의 형성, 여성들의 대사회적 발언 등 여성들이 소설을 자기 이야기를 그려 놓은 것으로 받아들일 수 있게끔 되어있다는 것이다. 또 하나는 소설의 내용 중 상당부분이 여성세계를 드러내는 데 바쳐지고 있는 것이다. 즉 여성들을 중심으로 한 규방의 여러 행적을 드러내고 있다고 한다. 그리하여 소설이 하나의 의사소통의 틀 속에 존재하며, 독자는 수동적인 향유자가 아니라 그러한 틀을 구성하는 하나의 축임을 보여줌으로써 가부장제 사회의 주요한 자기 조절 장치로서의 역할을 했다고 한다.

『중학 국어(2-1)』 '우리 고전의 맛과 멋' 단원에 나오는 〈토끼전〉도 상호소통성의 측면에서 좋은 자료가 된다. 여느 고전소설과 달리 〈토끼전〉은 이본에 따라 결말이 각기 다른 바, 자라가 자결하고 용왕은 왕위를 물려주고 죽거나, 수궁으로 돌아가지 못하고 소상강에 망명해 살거나, 빈손으로 돌아가 공이 없다고 귀양 가거나(모두 용왕이 병이 깊어 죽는다.), 토끼 똥을 받아가 용왕을 살리거나, 명의 화타에게 선약을 받아가 용왕을 살리는 등 참으로 다양하다. 이는 봉건체제에 대해 어느 입장을 가지느냐에 따라 편차를 보이는 것이다.

교과서는 토끼에게 속은 자라가 자결하고 용왕은 왕위를 세자에게

물려주고 죽은 경판본 〈토생전〉을 본문으로 제시하고, 명의 화타에게 선약을 받아가 용왕을 살림으로써 자라의 충성을 드높이는 구활자본 (신구서림) 텍스트와 자라가 소상강으로 망명(일종의 정치적 망명!)하고 용왕은 손도 못써보고 죽는, 그럼으로써 봉건체제를 풍자하는 가람본 〈별토가〉를 학습활동으로 제시했다. 이를 통하여 "우리 조상들의 바람이 각 작품에 어떻게 다르게 나타났는지 생각"(124쪽)해 보도록 하고 있다. 더욱이 세 가지 결말 중에서 어느 것이 가장 마음에 드는지를 이야기해 보도록 하고 있어 당시의 독자들뿐만 아니라 오늘의 독자들에게까지 상호소통의 통로를 열어주고 있어 고전소설 교육의 훌륭한 대안을 제시하고 있다.

멀티미디어 시대 청소년들은 교조적이고 일방적인 통로를 싫어하는 건 분명하다. 실상 이 시대도 그런 단계를 훨씬 지났다. 정보나 지식의 전달에 있어서도 상호소통성을 특징으로 하는 바, 이런 점에서 고전소설은 좋은 대안이 된다. 또는 "독자의 능동적인 수용활동이 필요"(고등국어(상), 216쪽)하다는 지적처럼 새로운 현대판 이본을 만들어 봄으로써 상호소통의 장에 같이 참여할 수도 있을 것이다.

3. 판타지 문학으로서 고전소설

청소년들에게 있어 이제 독서의 주된 경향은 '판타지'로 귀결된다. 품격 높은 명작을 읽지 이게 뭐냐는 식의 말은 효력을 상실한지 이미 오래다. 〈반지의 제왕〉이나 〈해리포터〉시리즈를 들먹거릴 것도 없이 〈드래곤 라자〉를 썼던 이영도는 여느 유명작가 못지 않다. 판타지 장르는 애초 판타지적 요소가 농후한 일본의 만화 및 게임이 유입되면서 하나의 주류로 자리 잡았다고 보여진다. 여기서 청소년들의 독서 경향을 분석하자는 것이 아니다. 이미 돌이킬 수 없는 대세가 되어버린 판타지 문학의 요소 즉 신화적 혹은 중세적 상상력(검과 마법이 부딪히는)을 국어교육의 장으로 끌어들이자는 것이다. 그럴 때 고전소설은 가장 좋은 대안이 된다.

일단 고전소설은 근대소설의 척도에서 볼 때 현실적이지 못하다. 〈금오신화〉나 〈구운몽〉을 생각해보자. 천상계와 지상계가 나뉘고 수많은 도술과 기이한 만남들이 이어지는 고전소설은 근대 합리성의 관점에서 보면 황당하기 그지없다. 하지만 그것이 합리성의 감옥에 갇힌 현대인을 구제한다.

처절한 가난 속에서 몸부림치는 한 여성의 모진 운명을 그린 〈심청전〉조차 환상적인 요소가 다수 등장한다. 천상계 개입은 물론 기자정성, 태몽, 적강 모티프, 용궁 환생, 심봉사 개안 등 일견 판소리의 서사문법과 동떨어져 있는 듯한 많은 환상적 요소가 등장한다. 그런데 이것이 작품의 질을 떨어뜨리지는 않는다. 생각해보라. 세계의 횡포에 유린된 삶이 이런 신이한 도움이나 환상적 장치가 없이 어떻게 해결될 수 있는가. 인당수에 몸을 던진 심청이가 살아날 수 없는 것이 현실이지만 또한 환생하여 행복한 삶을 보상받는 것이 민중들의 꿈인 것이다. 〈흥부전〉의 보은박도 크게 다르지 않다.

근대소설은 현실적 입장을 취함으로써 냉혹한 현실의 모습을 그렸다. 하지만 고전소설은 환상적(혹은 낭만적) 해결을 보여줌으로써 민중들의 꿈과 소망을 그렸다. 여기서 소설의 효용을 따지자는 것은 아니다. 중요한 건 지금도 그렇지만 미래의 소설은 환상을 주요한 주제로 삼을 것임은 분명하다. 이제 소설은 현실의 적나라한 모습을 보여주는 것이 아니라 꿈을 보여주는 데로 나아가고 있다. 그것이 얼마나 풍부하고 정교하느냐가 작품의 질을 결정지을 것이다. 이제 환상은 문학적 금기에 의해 묶인 욕망의 보상으로 제시되고 또 추구되는 측면이 있다. 그러나 그 보다도 더 중요하게는 근대사회의 억압성에 대한 저항이자 전복으로서 환상이 자리한다는 것이다. 그러기에 판타지는 현대인에게 있어 강렬한 코드로 다가오고 있는 것이다.

판타지 소설가인 이영도는 "톨킨은 신화를 만들었고, 하워드는 검과 마법의 세계를 그렸으며, 러브 크래프트는 인간이 버렸다고 주장하지만 아직도 버리지 못한 '인간=만물의 척도'라는 개념을 파괴했다고 할 수 있다. 이것들을 모두 결합시키면 인간만이 세계를 관장하지 않는 신화적 세계 속에서 검과 마법이 부딪히는 이야기"가 나온다고 한다.

이 때문에 합리성의 입장에선 평가절하 됐지만 지금 새롭게 부각되는 환상성에 의해 고전소설의 내용들은 케케묵은 것이 아니라 오히려 신선하게 다가올 수 있다. 1명의 남자와 8명의 여자가 서로 얽혀 만나는 〈구운몽〉을 생각해보자. 꿈과 현식의 경계가 모호한 가운데 육관대사의 설법처럼 어느 것이 거짓이고 어느 것이 진짜인지, 어느 것이 성진이고 어느 것이 양소유인지 잘 구분되지 않는다. 현실과 꿈이 서로 넘나드는 것이다. 이야말로 진짜 판타지인 셈이다.

고전소설은 근대적 코드로는 잡혀지지 않는다. 거기에는 근대소설과 완연히 다른 그 무엇이 있다. 이것이 바로 환상성이다. 이 판타지를 멀티미디어 세대에게 어떻게 접목시킬 것인가가 앞으로의 과제다. 분명한 건 이미 다른 장르를 통해 판타지의 통로가 개척되었다는 것이다.

2005년 경남 · 부산 국어교사 연수

제2부

매 체

교과서의 변천과 문학교육의 방향
- 고등학교 『국어』 교과서를 중심으로

1. 문제의 제기

해방 후 여섯 차례에 걸친 개정에도 불구하고 교과서는 아직도 학교 교육 현장에서 정전(正典) 혹은 '강요된 베스트 셀러'로서 그 위상이 조금도 바뀌지 않았다. 더욱이 수업시간에 교과서만 사용해야 한다는 규정(교사용 도서에 관한 규정 제51조) 때문에 그 위력은 한 번 읽고 마는 일반 도서와는 달리 가공할 만하다. 게다가 교과서는 각종 시험이나 입시와도 직결되어 있어 마치 중세시대의 경전(經典)처럼 인격이 형성되어가는 청소년기에 모든 가치관을 주입하는 통로의 소임을 맡고 있기도 하다. 많은 논의에도 불구하고 교과서가 계속 논의 되어야 하는 이유도 여기에 있다. 더 확대해서 본다면 '국어교재학' 또는 '국어교과학'[1]의 성립이 가능해진다.

여기서는 국어교과 중에서 가장 많은 부분을 차지하는 문학교육에 관한 부분을 다룬다. 곧 교육과정의 변천에 따라 목표와 구성체계, 내용이 어떻게 달라지게 됐으며 그 결과 어떤 문학작품이 선별되어 어떤

---

1) 김대행, 『국어교과학의 지평』, 서울대출판부, 1995.

방식으로 가르치기를 '지도'하게 됐는가 하는 점을 살피고자 한다.

주지하다시피 국어 교과서는 대부분 교육부 혹은 국책연구소의 독점으로 현장 교사들을 배제한 채 은밀하게 제작돼 왔다.[2] 물론 이제는 어느 정도 열려진 공간에서 논의가 가능하지만 적어도 지금까지는 닫힌 구조 속에서 그 작업이 이루어져 왔다. 그렇기 때문에 겉으로 드러난 작품선별 내지는 지도 지침의 내면에는 정치적 이데올로기가 자리잡고 있다는 의혹을 떨치기 어렵다.[3] 국어·국사·국민윤리 등 소위 국책과목을 검인정으로 하지 않고 단일 교과서로 고집하는 이유도 실상 여기에 있을 것이다. 전국민을 대상으로 밑줄 치고, 달달 외우게 하고 게다가 시험까지 봄으로써 효과적으로 정권 담당층의 요구에 응하게 하는 데 이처럼 효과적인 선전 방법이 어디 있겠는가.

문학에 국한시켜 보더라도 '교과서 문학'이라는 상위 장르를 따로 설정해야 할 정도로 문학사나 연구자의 평가와는 동떨어진 작품이 교과서를 차지하고 있어 그것이 암암리에 뛰어난 작품으로 둔갑한다. 이를테면 '현대시조'라는 돌연변이 장르가 그 예에 해당될 것이다. 근대 자유시가 확립된 이후에 '국민문학'이라는 이름으로 태어난 이 시대 착오적인 장르는 한동안 봉건시대의 역할과 동일하게 정치이념을 선전하는 장르로 그 임무를 수행해 왔다.

말하자면 정권 담당층의 정치적 요구가 교과서의 개편을 통해 개별 작품에까지 영향을 미친다 하겠는데 그 실상을 살펴보고, 문학에 대한 관점을 어떻게 재단해 왔는가를 밝히는 것이 이 글의 목표가 된다. 곧

---

2) 1차~3차 개정은 문교부, 4차 개정은 교육개발원, 5차~6차 개정은 서울대학교 사범대학에서 제작했다.

3) 윤구병 편, 『교과서와 이데올로기』, 천지, 1988 참조.

교육과정에 따라 문학 교육의 목표가 어떻게 설정됐으며, 여기에 따라 그 내용이 어떻게 구성됐는가를 살펴보는 것이 구체적 과제가 된다.

2. 1·2차 개정 교과서의 문학교육과 보편주의 문학관

1955년에 제정 고시(문교부령 제46호)된 1차 교육과정이나 1963년 개정고시(문교부령 제121호)된 2차 교육과정은 언어 사용 기능을 강조한 이른바 '**생활중심 교육과정(혹은 경험중심 교육과정)**'이다. 이 시기는 한국전쟁, 4·19혁명과 5·16쿠데타를 거치면서 반공교육과 미국식 생활중심 교육이 뿌리내린 시기다. 1차 교육과정의 국어과 교과 목표를 보면

> 고등학교 국어과 학습의 목표는 사회적인 요구에 적합한 것이어야 하고, 개인적인 언어생활의 기능을 쌓는 것이어야 하며, 중견 국민으로서의 교양을 갖추는 것이 되어야 할 것이다.[4]

고 되어있다. 사회적인 요구란 것은 언어생활을 훌륭하게 수행해야 함이고, 개인적인 언어생활의 기능도 그들이 종사할 직업에 따르는 특수한 언어기술을 체득해야 함이며, 중견국민으로서의 교양도 언어생활에 관한 교양을 말한다. 말하자면 전적으로 언어사용기능을 강조했다고 할 수 있는데 그 중에서도 특히 '말하기'가 중심에 있음을 알 수 있다. 이에 따라 12개 항목의 목표를 제시했는데 이것은 2차 교육과정에

---

4) 교육부, 『고등학교 국어과 교육과정 해설』(1995), 44면. 강조 필자.

서도 그대로 수용됐다.(9번째 항목이 "학생들의 개별적인 소질과 능력의 차이
를 중시한다."에서 "지식이나 정보를 얻기 위하여 책을 읽고, 취미를 기르기 위
하여 독서하는 습관을 가지도록 한다."로 바뀐 것 외에는 11항목이 그대로다.)[5]

　국어교육의 목표가 전적으로 언어생활기능 위주이며 따로 영역들이
구분되지 않는다. 국어교과서의 내용 구성을 보자.

〈1차 개정〉

고등국어 III(1959년 발행)

Ⅰ. 현대생활과 국어
　　1. 토의를 원만하게 진행시키려면(올리버)
　　2. 현대생활과 신문(곽복산)
　　3. 기미독립선언문

Ⅱ. 단편소설
　　1. 단편소설의 특질(최인욱)
　　2. 별(알퐁스 도오데)

Ⅲ. 문학과 인생
　　1. 문학과 인생(최재서)
　　2. 문학과 예술(최재서)
　　3. 문학의 이해와 감상(백철)

Ⅳ. 우리말과 글의 옛 모습
　　1. 훈민정음
　　2. 용비어천가
　　3. 두시언해
　　4. 소학언해

Ⅴ. 국어의 장래
　　1. 국어의 장래(최현배)
　　2. 외래어 표기에 대하여(김선기)

---

5) 같은 책, 45면.

Ⅵ. 우리의 고전문학
  1. 춘향전에서
  2. 태평사(박인로)
  3. 관동별곡(정철)
  4. 상춘곡(정극인)
  5. 정과정(정서)

Ⅶ. 국문학의 전통
  1. 시조 감상 한 수(이희승)
  2. 정송강과 국문학(정인보)
  3. 가시리 평설(양주동)
  4. 은근과 끈기(조윤제)

〈2차 개정〉

국어 Ⅰ(1968년 발행)	국어 Ⅱ(〃)	국어 Ⅲ(〃)
Ⅰ. 헌대문학의 감상	Ⅰ. 시의 세계	Ⅰ. 우리의 국어생활
1. 읽기와 편지(박두진)	1. 근대시(한용운 외 12인)	1. 토의를 원만하게 진행시
2. 현대시조(최남선 외)	2. 시를 쓰려면(김용호)	키려면(올리버)
3. 뽕나무와 아이늘(심훈)	3. 시적 변용에 대하여(박용철)	2. 연구 발표는 어떻게 하나
4. 청춘예찬(민태원)	4. 시인의 사명(이헌구)	(김종서)
Ⅱ. 우리의 국어생활	Ⅱ. 국어의 이해	3. 표현의 기교(박영준)
1. 독서생활(윤영춘)	1. 국어의 구조(허웅)	Ⅱ. 국문학의 전통
2. 학교문법의 성격(이희승)	2. 우리 말이 걸어온 길	1. 시조 감상 한 수(이희승)
Ⅲ. 민족과 사상	(김형규)	2. 가시리 평설(양주동)
1. 사상과 생활(박종홍)	3. 음운의 변천(이숭녕)	3. 은근과 끈기(조윤제)
2. 우리 민족의 풍습(임동권)	4. 우리 말의 어원(남광우)	Ⅲ. 현대문학의 이해
3. 민족의 진로(김기석)	5. 우리 말을 위하여(이응호)	1. 현대문학의 여러가지 모습
Ⅳ. 수필과 기행	Ⅲ. 여정의 표현	(백철)
1. 신록예찬(이양하)	1. 산정무한(정비석)	2. 단편소설의 특질(최인욱)
2. 수필을 쓰려면(조연현)	2. 그랜드 캐년(천관우)	3. 문학과 인생(최재서)
3. 피어린 육백리(이은상)	Ⅳ. 문학과 비평	4. 나라를 사랑하는 마음
4. 기행문을 쓰려면(박종화)	1. 수필(피천득)	(정인보)
Ⅴ. 국어의 이해	2. 현대소설의 특질(백철)	Ⅳ. 현대 생활과 국어
1. 국어의 개념(이희승)	3. 영화 감상(이진섭)	1. 현대 생활과 산문(곽복산)
2. 국어의 특질(강윤호)	Ⅴ. 음성언어의 표현	2. 언어와 사회(이숭녕)
3. 국어의 장래(최현배)	1. 말의 속도와 강약(정태시)	3. 우리의 언어생활(박창해)

분량만을 본다면 아래 표에서 보듯이 전체 서술에서 '문학'관련 부분은 무려 60%에 이른다.

	고등국어 Ⅲ	국어 Ⅰ	국어 Ⅱ	국어 Ⅲ	합 계
문 학	135	125	147	174	581
전 체	206	246	264	262	978
백 분 율	65.5%	50.8%	55.7%	66.4%	59.4

교과서 서술 목차를 보면 문학이 장르상 구별되는 것도 아니고, 주제별로 나뉘는 것도 아니다. 〈시의 세계〉는 장르상 구분이지만, 〈계절의 향기〉는 주제 혹은 미학적 태도를 내세웠고, 〈현대문학의 감상〉이나 고전문학 부분은 기능을 중시했다. 곧 어떤 틀을 갖지 못하다고 할 수 있는데 그 이유는 '문학'(문학에 관한 설명이나 작품)이 언어생활의 하위 단위로 위치하기 때문이다.

〈현대문학의 감상〉(고Ⅰ)이란 단원의 '지도상의 유의점'을 보면 "문학은 각기 그 장르에 따라, 맛과 멋과 빛깔과 모양이 달라진다. 우리는 일기와 편지에서 현대시조와 소설에서, 그리고 수필감상에서 그 차이를 알아, 우리의 정서생활을 더욱 윤기 있게 하고 더욱 값지게 할 수 있도록 하자"6)고 지시하며, 〈계절의 향기〉에서는 "자연을 노래한 시와 수필 들 속에서, 어떻게 보고 느꼈으며 표현했는가를 살펴보고, 자연을 사랑하고 감상함으로써 청신한 생활 감정을 지니도록 하자(118면)"고 한다. 말하자면 문학 작품 감상을 통해 정서생활을 윤기있게 하고, 청신한 생활감정을 갖자는 것이다.

문학의 기능면만 본다면 가능한 일이지만 거기에 이르기까지의 중간과정이 생략됐다. 즉 문학(작품)은 어떻게 이루어져 있으며 그것을

---

6) 국어Ⅰ(문교부, 1968), 2면. 앞으로 '국어 교과서'의 인용은 이미 서지를 밝혔기에 괄호 속에 면수만 표시한다.

어떻게 이해할 것인가 하는 점에 대해서는 아무런 배려가 없다. 더욱이 어떻게 가르칠 것인가를 '지도상의 유의점'으로는 짐작하기 어렵다. 물론 문학작품이 어떤 의도에 의해 재단되는 것은 있을 수 없는 일이지만 적어도 도달해야 하는 교육목표는 설정돼 있어야 한다. 문학작품이 교과서에 많이 실리지 않는 점도 교과목표와 무관하지 않다. 시는 모두 15편이, 소설은 〈상록수〉와 〈별〉이, 희곡은 한 편도 없으며 오 헨리의 〈마지막 한 잎〉이 시나리오로 각색돼 실려있다. 대신 시를 어떻게 쓰고, 소설을 어떻게 읽고 등의 설명문만 가득하다.

고전문학의 경우는 더 심각하다. 1학년 과정에서는 "자기를 좀더 인격 있고, 그릇 크고, 줏대 있는 사람으로 키워야 할 것이다."(214면. 〈고전문학의 이해〉)고 하고, 2학년 과정에서는 "변천해 온 말과 표현형식을 알아야 한다."(234면. 〈고대산문의 의미〉, 254면. 〈고대시가의 여운〉)고 하며, 3학년 과정에서는 "작품의 형식과 특색과 문체와 내용 등에 관하여 잘 살펴보도록 하자."(214면. 〈고전문학의 감상〉)고 한다. 현대문학 작품은 그래도 정서적인 환기를 내세웠는데 고전문학에 오면 막연한 인격형성의 덕목만 늘어놓았다. 게다가 2·3학년 과정은 표현형식에만 치중해 근대문학의 전사(前史)로서 고전문학에 대한 문학사적 배려는 어디에도 없다.

이와는 상대적으로 외국문학 혹은 외국문물에 대한 소개가 유난히 많다. 우리 작품과 외국 작품을 같이 다루고(〈현대문학의 감상〉), 우리 금강산을 소개할 때도 미국의 그랜드 캐년을 잊지 않는다. 희곡과 시나리오도 예외가 아니다.

이러한 교과서의 내용 구성은 어디에 기인하는 것일까? 주지하다시피 1·2차 교육과정은 미국교육사절단 및 친미성향의 교육관료들에 의해 주도된 것이기 때문이다. 그들은 미국의 행동주의 심리학에 기반을 둔 생활중심 교육과정을 도입하여 교과를 편성했다. 하지만 그것이 당시 피폐한 우리 현실에 적용되기는 불가능했다. 한국전쟁으로 경제는 폐허가 되었고, 그나마 남아 있던 토착 중소기업의 기반도 미국의 소비재 중심 원조와 잉여 농산물 원조로 무너지고 일부 원조 경제를 매개로 관료형 독점재벌이 경제를 주도하던 상황이었으며 이 과정은 5 · 16 쿠데타 이후 들어선 3공화국에서 더욱 강화되었다. 이러한 상황 하에서 이미 성숙한 독점주의 단계에서 생성된 미국의 생활중심 교육과정은 우리 현실과 이질적일 수밖에 없었다.[7]

회의, 토의, 연설 등 말하기의 기교나 방식이 강조된 것도 이와 무관하지 않다. 문학 역시 많은 분량에도 불구하고 실제 작품보다는 설명에 의존하고 있어 언어생활의 한 영역으로 종속됨을 알 수 있다. 당연히 민족문학이나 현실주의 문학은 배제될 수밖에 없었고 영미문학이 중심이 된 보편주의 문학관이나 기능주의 문학관이 문학을 판단하는 기준으로 등장했다.

그래서 문학은 고도의 세련과 전문성을 요구하는 것이고 언어생활을 위한 수단이나 정서를 감상하는 정도에 머물러야 한다고 한다. "이래서, 손을 펼 때마다 꽃이 나오는 확실한 경지에 다다르려면, 무한한 고난과 수련의 길을 밟아야 한다."(박용철, 〈시적 변용에 대하여〉, 32면.)는 것이 1 · 2차 개정 교과서를 지배하는 문학의 논리다. 이의 다른 면은 신비주의 문학관일 것이다. 최재서, 김진섭, 이헌구, 정인섭, 유치진, 손우성, 이하윤, 이양하 등 해외 문학파들이 교과서의 주요 필진으

---

7) 이인규, 한국교육과정의 변천과 외세, 『분단시대의 학교교육 2』(푸른나무, 1990), 278면 참조.

로 등장하는 것도 보편주의 문학관의 득세와 무관하지 않은 일이다. 8)

3. 3차 개정 교과서의 문학교육과 국가주의 문학관

1·2차 개정 교과서의 문학이 보편주의 문학관, 기능주의 문학관에 바탕을 두고 있다면 1974년 개정고시(문교부령 제350호)된 3차 교육과 정은 문학의 사회적 기능이 보다 확대되어 나타났다. 이른바 10월 유신으로 4공화국의 출범에 따라 개정됐기 때문이다. 국어과 교육목표를 보자.

> (1) 교양있는 생활에 필요한 국어 사용의 기능과 성실한 태도를 길러서, 효과적이고 품위 있는 언어생활을 영위하게 한다.
>
> (2) 국어를 통하여 사고력, 판단력 및 창의력을 함양하고 풍부한 정서와 아름다운 꿈을 길러서, 원만하고 유능한 개인과 건실한 중견 국민으로 자라게 한다.
>
> (3) 국어를 통하여 지식과 경험을 더욱 넓히고, 문제를 발견, 해결하는 힘을 길러서, 스스로 자기의 앞 길을 개척하고, 발전하는 사회에 적응하며, 나아가 이를 선도하는데 참여한다.
>
> (4) 국어와, 국어로 표현된 문화를 깊이 사랑하고 그에 대한 이해를 넓게 하여, 민족문화 발전에 기여하게 한다.

---

8) 실상 교과서 집필 담당층의 인맥 연구가 필요할 정도로 국어 교과서는 동일한 필자가 계속 등장한다. 이에 대한 고찰은 보다 면밀한 자료수집을 거친 후 가능할 것이다. 해외문학파의 경우 교과서의 빈도가 가장 높은 것은 학맥이나 인맥 등 여러모로 연구대상이 된다.

언어생활, 개인 생활, 건실한 국민육성, 문화 창조 등 4가지의 목표
를 제시하여 특히 언어사용 기능을 사고의 차원으로까지 확대 시키고
있다. 이는 곧 유신정권의 출범과 더불어 국가주의 가치관을 확립시키
겠다는 취지로 이해된다.

6차례의 개정 중 가장 선명하게 정치 이데올로기를 주입시키고자
했던 교과서가 바로 이 3차 개정 교과서이기도 하다. 말하기, 듣기,
읽기, 쓰기 등 4개의 영역으로 구분했다지만 교과서의 구성은 철저하
게 주제 중심이다. 문학 역시 국가주의 가치관의 형성을 위해 복무하
도록 배성되어 있다. 교과서의 내용 구성을 보자.

국어 I (1975년 발행)	국어 II(〃)	국어 III(〃)
아름다운 청춘	나의 소원	자기의 발견
1. 3월의 고향(박두신 외 3인)	1. 나의 소원(김구)	1. 기미 독립 선언문
2. 국어 교육의 목표(이응백)	2. 논설 두 편(신채호)	2. 순국선열 추념문(정인보)
3. 청춘예찬(민태원)	3. 조국(유치진)	3. 유비무환(박형규)
4. 금당벽화(정한숙)	국어의 이해(2)	동서남북
국어의 이해(1)	4. 국어의 특질(허웅)	4. 세계의 시정(박남수 외 7인)
5. 대가를 기다리며(최현배)	5. 우리 말의 어원(남광우)	5. 랑드 황원을 지나며(손우성)
6. 국어의 개념(이희승)	6. 우리 말이 걸어온 길(김형규)	6. 한국의 사상(박종홍)
7. 언어와 사회(이숭녕)	사색의 제목들	국어의 이해(3)
반성과 감사	7. 그리운 우리 임(이육사 외 5인)	7. 훈민정음
8. 글을 쓴다는 것(김태길)	8. 일관성에 관하여(김광섭)	8. '용비어천가'에서
9. 신록예찬(이양하)	9. 가난한 날의 행복(김소운)	9. '두시언해'에서
10. 깨어진 그릇(이항녕)	10. 슬픔에 관하여(유달영)	10. '소학언해'에서
11. 감사(임옥인)	고전의 세계	11. 개화의 등급(유길준)
12. 한 눈 없는 어머니(이은상)	11. 조침문(유씨부인)	인간과 문화
13. 꽃넋의 노래(이병기 외 3인)	12. 물(박지원)	12. 인간과 문화(이광규)
14. 문학축전에 붙임(곽종원)	13. 집 떠나는 홍길동(허균)	13. 한국의 미(김원룡)
15. 청춘은 조국과 더불어(유치진)	14. 페이터의 산문(이양하)	14. 유월의 시(윤동주 외 2인)
고전의 세계	고향	문학과 극
16. 고시조(이조년 외 13인)	15. 고향(박목월 외 4인)	15. 한국의 현대시(문덕수)
17. 동명일기(연안 김씨)	16. 조국 순례 대행진에 붙임	16. 단편소설의 특질(최인욱)
		17. 연극과 영화(오영진)

18. 토끼화상
19. 시문수제(주문공 외 3인)
선인들의 지혜
20. 세시 풍속의 의미(이두현)
21. 우리 민족의 풍습(임동권)
22. 백자 2제(김상옥)
23. 선인들의 공예(유홍렬)
국문학의 발달
24. 국문학의 발달(조윤제)
25. 옛노래의 모습(충담사 외 6인)
26. 호원(일연)
27. 진삼국사표(김부식)
자연과 인생
28. 낙엽과 문학(이무영)
29. 홍도의 자연(최기철)
30. 어떻게 살 것인가(송명현)
31. 나의 기쁨(박경수)
고향의 음성
32. 한국 연해의 해황(정문기)
33. 갑사로 가는 길(이상보)
34. 나의 고향(전광용)
35. 겨울의 언어(정훈 외 3인)
36. 질화로(양주동)
언어와 사회
37. 언어의 차이(박창해)
38. 말의 힘과 책임(이규호)
39. 언어의 창조와 정리(김민수)
40. 토론과 보고(정태시)

17. 탈고 안될 전설(유주현)
18. 새마을 운동에 관하여(박형규)
면학의 서
19. 면학의 서(양주동)
20. 독서와 인생(이희승)
21. 등신불(김동리)
국문학의 발달(2)
22. 국문학의 발달(2)(조윤제)
23. 악장(정도전 외 2인)
24. '용재총화'에서(성현)
25. 상춘곡(정극인)
26. 고시조(유응부 외 15인)
만추의 서정
27. 만추(서정주 외 4인)
28. 나의 명절(김붕구)
29. 산정무한(정비석)
30. 우리를 슬프게 하는 것들(안톤시낙)
국토와 역사
31. 국토예찬(최남선)
32. 민족문화의 전통과 계승(이기백)
33. 마고자(윤오영)
34. 향약과 계(손인수)
문학 이야기
35. 문학의 구조(이상섭)
36. 수필(피천득)
37. 문예 사조에 관하여(조연현)

고전의 세계
18. 정과정(정서)
19. 관동별곡(정철)
20. '춘향전'에서
21. 학문(베이컨)
국문학의 발달(3)
22. 국문학의 발달(3)(조연현)
23. '님이 침묵'과 그 해설(송욱)
24. 빈처(현진건)
문학과 인생
25. 인연(피천득)
26. 매화찬(김진섭)
27. 별(도데)
28. 문학과 인생(최재서)
창조의 길
29. 성취인의 행동 특성(정범모)
30. 경제개발 전략의 기조(태완선)
31. 창조적 지도력의 역할(이한빈)
온고의 정
32. 고인과의 대화(이병주)
33. 설(전숙희)
34. 인간의 존엄성과 성실(김태길)

이 교과서의 문학부분을 뽑아내면 1·2차 개정과 비슷한 60% 선이다.

	국어 Ⅰ	국어 Ⅱ	국어 Ⅲ	합 계
문 학	142	235	173	550
전 체	302	316	327	945
백 분 율	47%	74.4%	52.9%	58.2%

하지만 각각 흩어져서 각 단원에 삽입된다. 단원은 각 학년 별로 모두 10개씩인데 이 단원의 주제는 3월~12월에 맞게 편성됐다. 당연히 3월은 3·1운동으로 5월은 부모와 가정에 대한 감사로, 6월은 국가에 대한 감사 및 보훈으로, 9·10월은 자신을 돌아보는 것으로 구성됐다. 자신과 가정과 사회 혹은 국가가 종적으로 연결되어 자신을 돌아보고 가정을 이루어 국가 발전에 기여해야함을 교과서의 편제가 보여준다. 중세 봉건시대에나 강요됐을 충효(忠孝)교육이 강조된 것도 이런 사실과 무관하지 않을 것이다.

"여러분은 장차 원만하고 유능한 개인이며, 우리나라의 건실한 중견 국민이 될 사람들이다. 따라서, 여러분은 그저 막연한 자세에서가 아니라, 이러한 목표들을 분명히 인식하면서 국어 학습에 임하여 배전의 노력을 경주할 것을 간곡히 바라는 바다."(이응백, 〈국어교육의 목표〉, 12면)는 진술을 바로 그러한 지향성을 드러낸다. '중견국민'이 누구인가? 위의 진술에 의하면 "국가 발전에 중추 구실을 하는 국민을 뜻한다."(10면) 국어교육은 철저히 국가관의 형성에 기여해야 하고 문학 역시 예외일 수는 없다. 맹목적 애국심의 조장이나 반공 이데올로기의 강화 등 독특한 교과서 문학관을 형성하게 된다. 좀 더 구체적으로 보자.

우선 시(현대시조 포함)를 보면 모두 39편이 실려있다. 이들 시를 학년별로 분류하면 다음과 같다.(게재순)

> 1학년(12편) : 〈3월 1일의 하늘〉(박두진), 〈고지가 바로 저긴데〉(이은상), 〈봄비〉(이수복), 〈살구꽃 핀 마을〉(이호우), 〈난초〉(이병기), 〈개화〉(이호우), 〈가던 길 멈추고〉(김해강), 〈나도 푯말이 되어 살고 싶다〉

(조종현), <동백>(정훈), <산>(김광림), <고무신>
(장순하), <설날 아침에>(김종길)

2학년(16편) : <광야>(이육사), <알 수 없어요>(한용운), <어머
니>(정인모), <진달래꽃>(김소월), <울릉도>(유
치환), <모란이 피기까지는>(김영랑), <국화 옆에
서>(서정주), <벽공>(이희승), <승무>(조지훈),
<가을에>(정한모), <낙조>(이태극), <나그네>(박
목월), <사슴>(노천명), <파초>(김동명), <고향으
로 돌아가자>(이병기), <사향>(김상옥)

3학년(11편) : <아침 이미지>(박남수), <의자>(조병화), <추수하
는 아가씨>(워즈워드), <가지 않는 길>(프로스트),
<비둘기떼>(고티에), <가을날>(릴케), <바닷가에>
(타고르), <배>(지셴), <참회록>(윤동주), <조국>
(정완영), <부다페스트에서의 소녀의 죽음>(김춘수)

이 중 근대시가 19편에 불과하고, 현대시조가 무려 14편이나 된다.
여기서 몇 가지 이른바 '교과서 시'의 징후를 볼 수 있다. 그 뒤에도
계속되지만 교과서에 게재되는 시인이 제한된 다는 점이다. 해방 전에
는 한용운, 김소월, 이상화, 이육사, 윤동주 등이 단골 시인이고 해방
후에는 청록파 시인과 서정주, 김춘수, 노천명, 조병화 등 문협 정통
파 시인들이 주류를 차지한다. 한국문협이 10주년을 맞아 개최한 문
학축전에 관한 글이 버젓이 <문학축전에 붙임>이란 제목으로 교과서
에까지 실려있는 정도이니 그 기준을 이미 제시한 셈이다. 그 글에서
"한국 문협은 공산 도배들을 이론적으로 타도하는 데 최선봉이 되어
왔으니, 이는 모두 공산 침략으로부터 조국의 안전과 인간의 존엄성과

문학이 독자성을 지키기 위함"(98면)이라고 하니 교과서에서 대접 받는 것은 어찌보면 당연하다.

그래서 식민지시대 시에서는 '애국 징후군'이 나타나고 해방 후 시에서는 '순수 징후군'이 나타난다. 즉 식민지시대 시는 항일의식 내지는 조국 광복의 염원을 담고 있어야 하고, 그렇다고 믿는다. 그래서 천편일률적으로 주요 시어에는 조국 광복이 대입된다.(심지어는 김영랑의 〈모란이 피기까지는〉도 조국 광복의 염원으로 해석된다.)

교과서를 관통하는 시의 논리는 이런 것이다. 시는 애초 순수한 것인데 '조국이 안전'을 위해서는 분연히 떨치고 일어나 저대 세력을 응징해야 한다는 것이다. 그런 맥락에서 〈3월 1일의 하늘〉, 〈고지가 바로 저긴데〉, 〈나도 푯말이 되어 살고 싶다〉, 〈울릉도〉, 〈조국〉, 〈부다페스트에서의 소녀의 죽음〉 등이 맹목적 애국심, 호국정신, 반공의식을 강조하는 작품으로 자리하게 된다.

시의 문학적 형상화는 그리 중요하지가 않고 얼마나 철저하게 국가관의 형성에 기여하게 하는가가 선별의 기준으로 작용한다. '현대시조'라는 별종 장르가 유난히 교과서에서 위력을 발휘하는 것도 이런 이유에서다. 평시조가 그렇듯이 봉건적 덕목이나 자연을 노래한 관습이 그대로 전이 됐기 때문이다.

이런 경향은 소설이나 희곡에서도 그대로 나타난다. 소설은 〈금당벽화〉(정한숙), 〈등신불〉(김동리), 〈빈처〉(현진건), 〈별〉(도데) 등 모두 4편이 실려 있는데 〈금당벽화〉에서 맹목적 애국심이 강조되고, 희곡은 유치진의 〈청춘은 조국과 더불어〉, 〈조국〉 2편 모두가 맹목적 애국심, 호국정신 일색이다.

3차 개정 교과서의 문학은 국가주의 혹은 국수주의 문학관에 근거하고 있다. 곧 문학이 국가의 안보를 위해서 복무해야 한다는 것이고, 그 방법은 문학을 통해 통치 이데올로기를 주입하는 것이다. 문학성의 기준에서 보면 질 낮은 작품들이 교과서를 점유하여 '명작'으로 둔갑하는 것도 이런 맥락 때문일 것이다. 가치관 교육의 강화를 위해 〈제재선정의 기준〉을 따로 제시하기도 했다. 물론 그 제재선정 기준은 '국민교육헌장'의 이념을 바탕으로 하고 국가의 시대적 과업에 대한 인식을 강조한 것이다. 3차 개정 교과서에 가치관 교육을 강화하기 위해 문학 작품이 유난히 많이 실리게 된 것도 이런 이유에서이다.

4. 4차 개정 교과서의 문학교육과 교양주의 문학관

1981년에 개정 고시(문교부 고시 제442호)된 제4차 교육과정은 국어과의 경우, 3차에 말하기·듣기·읽기·쓰기의 영역이 '표현과 이해'로 통합되고, '언어'와 '문학'이 신설되어 세 영역으로 나누어지며, 문학부분이 압도적 우위를 차지한다.

	국어 I	국어 II	국어 III	합 계
문 학	201	150	136	487
전 체	305	200	202	717
백 분 율	63.8%	75%	67.3%	67.9%

'표현과 이해'의 영역에서 문학 작품이 다수 동원되었고, 개정의 기본 방향을 ① 언어기능 신장 강화 ② 문학교육의 강화 ③ 언어교육의 체계화 ④ 가치관 교육의 내면화로 잡았기 때문이다. 즉 언어기능의

신장이나 언어교육은 1차 교육과정부터 늘 강조되어 온 것이지만 이 시기에 와서 가치관 교육의 내면화를 위한 방편으로 새로이 '문학교육'을 강화했기 때문이다. 비로소 문학교육을 제대로 할 수 있는 여건이 마련되었다고도 할 수 있는데 과연 그렇게 구성돼 있는지는 의문이다.

우선 국어교육의 목표를 보자. 전문과 '표현·이해' '언어' '문학'의 세 영역으로 목표가 제시되어있는데 그 중 문학 항목을 보면

> 문학에 관한 체계적인 지식을 습득시키고, 문학 감상력과 상상력을 기르너 인간의 내면세계를 이해하게 한다.

로 되어있다. 게다가 이 항목을 해설한 〈국어교육의 목표〉(이응백)라는 글이 1학년 교과서에 실려있기도 하다.

1차~3차의 교과과정이 문학을 언어생활기능 신장을 위한 도구이거나 정치 이념을 주입하는 통로로 이용했다면 4차에 와서는 비로소 독자적인 항목으로 독립되었다고 할 수 있다. 그래서 문학에 관한 체계적인 지식의 습득이 필요하게 되기도 한다.

그런데 문학 감상력과 상상력을 길러서 도달한 지점이 인간의 내면세계를 이해한다고 하는 것이다. 이응백은 해설에서 "이것이 가능한 것은, 문학작품이 인간의 내면세계를 구체적으로 보여주기 때문"(172면)이라고 한다. 과연 문학이 보여주는 것이 인간의 내면세계뿐일까? 심리소설이라면 모를까 문학이 보여주는 것은 인간의 총체적인 삶이다.[9] 그렇다면 문학교육의 목표가 제시하고 있는 것은 현실과 정신세

---

9) 다행스럽게도 5차 개정의 국어 교육목표는 '인간의 내면세계'가 빠지고 '인간의 삶

계를 철저히 분리하여 관념의 세계만을 다루겠다는 것이다. 교과서 문학작품이 순수주의를 지향하고 관념의 유희로 흐르게 되는 것은 이 때문이다.

이러한 문학교육의 이념적 근거는 교양주의나 관념주의로 규정할 수 있다. 곧 문학은 높은 수준의 고급문화이기 때문에 그것을 이해하기 위해서 문학지식이 필요하고, 감상과 이해를 통해 심오한 인간의 내면세계를 알 수 있다는 것이다. 문학을 총체적 현실과의 관계 속에서 다루는 것이 아니라 지식 내지는 관념의 대상으로 전락시킨 감이 없지 않다. 이런 문학교육의 목표는 교과서의 내용 구성에서 분명하게 드러난다. 교과서의 목차를 보자.

〈4차 개정〉

국어 I (1984년 발행)	국어 II (1985년 발행)	국어 III (1986년 발행)
1. 시(1) 　(1) 3월1일의 하늘 외 5편 2. 설명문(1) 　(1) 인간의 특징(이광규) 　(2) 음성언어(박창해) 3. 수필(1) 　(1) 가난한 날의 행복(김소운) 　(2) 인연(피천득) 　(3) 글을 쓴다는 것(김태길) 4. 전기 　(1) 나라를 사랑하는 마음 　　(정인보) 　(2) 일관성에 관하여(김광섭) 5. 설명문(2) 　(1) 세시풍속의 의미(이두현) 　(2) 선인들의 공예(유홍열)	1. 시 　(1) 진달래 꽃 　(2) 그 먼 나라를 알으십니까 　(3) 모란이 피기까지는 　(4) 나그네 　(5) 국화옆에서 　(6) 가을에 2. 국어의 이해 　(1) 우리 말의 특질(허웅) 　(2) 우리 말이 걸어온 길(김 　　형규) 3. 소설 　(1) '구운몽'에서(김만중) 　(2) 학(황순원) 　(3) 별(도데)	1. 논설문 　(1) 기미 독립 선언문 　(2) 민족적 이상을 수립하라 　　(최현배) 2. 시 　(1) 님의 침묵(한용운) 　(2) 서시(윤동주) 　(3) 승무(조지훈) 　(4) 꽃(김춘수) 　(5) 겨울바다(김남조) 3. 국어의 이해 　(1) '훈민정음'에서 　(2) '소학언해'에서 　(3) 중세국어의 이해(남광우) 4. 시가 　(1) '용비어천가'에서

을 총체적으로 이해한다.'로 대체 됐다.

6. 희곡과 시나리오
   (1) 조국(유치환)
   (2) 마지막 한 잎(오 헨리)
7. 논설문(1)
   (1) 나의 소원(김구)
   (2) 어떻게 살 것인가(손명환)
   (3) 세계로 진출하는 한국(정달영)
8. 국어의 이해
   (1) 국어의 개념(이희승)
   (2) 언어와 사회(이숭녕)
   (3) 국어 교육의 목표(이응백)
9. 시조
   (1) 고시조(이조년 외 19인)
   (2) 현대시조(이병기 외 3인)
10. 소설
   (1) '홍길동전'에서(허균)
   (2) '상록수'에서(심훈)
   (3) 금당벽화(정한숙)
11. 논설문(2)
   (1) 새 역사의 창조(박종홍)
   (2) 언어의 창조와 정리(김민수)
12. 수필(2)
   (1) 낙엽을 태우면서(이효석)
   (2) 거룩한 본능(김규련)
   (3) 설(전숙희)
13. 기행문
   (1) 동명일기(의유당)
   (2) 피어린 육백리(이은상)
   (3) 갑사로 가는 길(이상보)
14. 시(2)
   (1) 공무도하가 외 6편
15. 국문학의 이해
   (1) 고전문학사(1)(조윤제)
   (2) 구비문학과 기록문학(장덕순)

4. 논설문
   (1) 민족 문화의 전통과 계승(이기백)
   (2) 조국 순례 대행진
5. 시조와 가사
   (1) 고시조(맹사성 외 14인)
   (2) 현대시조(이태극 외 2인)
   (3) 상춘곡(정극인)
6. 설명문
   (1) 연극과 영화(오영진)
   (2) 문학의 구조(이상섭)
7. 기행문
   (1) 유한라산기(최익현)
   (2) 산정무한(정비석)
8. 국문학의 이해
   (1) 고전문학사(2)(조윤제)
   (2) 한국문학의 사상적 배경(정병욱)
9. 수필
   (1) 소침문(유씨부인)
   (2) 나무(이양하)
   (3) 마고자(윤오영)

   (2) '두시언해'에서
   (3) 관동별곡(정철)
5. 설명문
   (1) 한국의 미(김원룡)
   (2) 말과 사람됨(이규호)
6. 소설
   (1) '춘향전'에서
   (2) 등신불(김동리)
7. 국문학의 이해
   (1) 현대문학사(신동욱)
   (2) 한국 문학의 연속성(김윤식)
8. 수필
   (1) 물(박지원)
   (2) 매화찬(김진섭)
   (3) 고인과의 대화(이병주)
   (4) 길(박이문)

3차 개정의 주제별 구성이 4차 개정에 와서는 장르 단원으로 교체
됐다는 것을 쉽게 알 수 있다. 이것은 무엇을 의미하는가? 이제 본격
적으로 문학에 관한 체계적인 지식을 습득시키겠다는 뜻이다. 그래서
시를 예로 든다면 '심상과 비유', '상징'을 찾아보는 것(고1)에서 '시의
음악성과 암시성', '시 짓기'(고2)로 나아가고 '시의 구조 분석'(고3)에까
지 이른다. 문학을 체계적으로 가르치겠다는 것은 지극히 타당한 일이
다. 문제는 제대로 가르칠 수 있는 좋은 작품이 선정됐냐는 점이다.

현대시는 모두 17편이 실려 있다. 3차 개정 교과서에서 지나치게 국
수주의를 표방했던 작품이 빠지고 구도는 거의 동일하다. 김소월, 한
용운, 이상화, 이육사, 윤동주를 제외하고 해방 후 12편의 작품은 역
시 청록파와 서정주, 김춘수의 범위를 벗어나지 않았다.

소설은 〈상록수〉와 〈학〉이 더 보태졌다. 그런대로 구색을 갖추었지
만 〈금당벽화〉와 〈등신불〉은 여전히 자리를 차지한다. 문학사적 입장
에서 훨씬 뛰어난 작품이 허다한데 4차 개정 교과서는 3차 개정 교과
서의 틀을 벗어나지 못했다.

희곡은 선택의 여지가 없이 유치진 일색이다. 수필 분야는 학생들
이 가장 쉽게 접하고 별 수련 없이도 창작이 가능한 분야인데도 해외
문학파의 현학적인 수필로 채워져 있다. 기행문의 경우는 거의가 이은
상 투의 정책적인 국토예찬으로 일관되어 있는 실정이다.

교과서의 틀만 바뀌었지 실려있는 작품은 별다른 변화가 없다고 할
수 있는데, 그 이유는 아마도 문협의 영향력에 있을 것이다. 1·2차
교과 과정을 거치면서 3차 과정에 이르러 앞에서 살펴 본 것처럼 '교
과서 문학' 혹은 '교과서 작가'가 거의 자리를 잡았다고 하겠는데 이 틀
은 교과과정이 바뀌어도 큰 변화 없이 유지되어 일반인들에게 한국문

학의 대표적인 작품 혹은 대표적인 작가로 자리 잡게 된다. 서정주, 청록파의 시, 김동리의 소설, 유치진의 희곡, 조연현의 평론, 해외 문학파의 수필이 그것이다.[10]

문제는 교과서에 실린 작품이 과연 문학사적 평가를 받은 작품이냐는 것이다. 예전의 구도에서 약간의 작품만 바뀌었을 뿐이지 여전히 그 타령이다. 왜 그런가. 작가는 그렇다고 하더라도 같은 작가의 작품 중에서 훨씬 나은 작품이 실릴 수도 있을 것이다.(유치진의 경우 초기 희곡 〈소〉 같은 작품은 교과서 작품보다 훨씬 질이 높다.)

또 하나의 걸림돌이 소위 '제재 선정의 기준'이라는 것이다. 3차 개정 교과서에서 시행되어 4차 개정에도 그대로 이어지고 있어 교과서의 작품을 선별하는 기준이 된다. 그 기준을 보자.

첫째, 형식상 특징이 분명한 글이어야 한다고 한다. 글이란 지은이의 생각과 감정을 담는 것이라 할 때 형식상 제약이 오히려 역기능을 줄 수도 있을 것이다. 말하자면 문학지식을 익히기 위한 수단으로 문학을 배우는 꼴이 된다. 주객이 전도된 것이다.

둘째, 재미있고 감동적인 글이어야 한다고 명시하고 있다. 너무도 당연한 말이지만 교과서에서 재미와 감동을 느끼는 학생이 얼마나 될까? 재미와 감동은 교과서 편찬자의 몫이 아니다. 수용자인 학생의 문제인 것이다.

셋째, 가치관이 스며있는 글이어야 한다고 한다. 가치관이야 시대

---

10) 참고로 1949년 12월 9일 결성된 '한국문학가협회'(문협)의 임원은 다음과 같다.
　　회장 : 박종화　부회장 : 김진섭
　　분과위원장 : 김동리(소설), 서정주(시), 유치진(희곡), 백철(평론), 윤석중(아동문학), 김광섭(외국문학), 양주동(고전문학)
　　사무국장 : 박목월

에 따라 개인에 따라 다를 수 있지만 오히려 이런 지나친 교훈성이 글을 재미없고 딱딱하게 만든다. 더욱이 이 '좋은 가치'의 항목이 문제가 된다. 모두 7개항인데 열거하면 다음과 같다.

(가) 정직, 책임, 근면, 진취, 협동
(나) 가치에 대한 신념, 이상이나 목적을 실현하려는 의지
(다) 다른 사람의 인격, 인간에 대한 사랑
(라) 질서, 규칙, 법, 사회적 관습의 존중
(마) 학교, 사회, 국가의 공적인 이익을 위한 헌신적 봉사 정신
(바) 특수한 언어와 문화를 가진 대한민국 국민으로서 자아 인식과 민족적 자부심
(사) 긍정적이고 바람직한 국가관과 세계관

이런 항목이 가치관을 규정하는 목록이다. 여기서 어떻게 풍부한 상상력이 발휘되겠는가. 교과서의 작품들은 "문학 감상력과 상상력을 기르"는 것이 아니라 오히려 말살하고 있는 셈이다. 이 때문에 교과서에는 질이 낮으면서 이른바 "가치관이 스며있는 글"이 다수 자리를 차지하게 된다.

그래서 겉으로는 문학 영역을 따로 설정하고 체계적인 지식을 습득시킴으로써 인간을 이해하게 된다는 교양주의를 표방하고 있지만 실상은 가치관 교육의 내면화를 꾀하고 있어 유신시대의 교과서를 틀만 바꾼 것에 지나지 않는다. 3차 개정 교과서가 의도를 노골적으로 드러냈다면 4차 개정 교과서는 그 의도를 내면화 한 셈이다.

이는 당시 5공화국의 교육정책과 밀접한 관계가 있다. 즉 교육 내용

을 지식의 학문성에서뿐만 아니라, 유용성 면에서 적합하도록 정선하고 그 수준을 정선화할 필요와 7·30 교육개혁 조치에 따르는 교육방향의 전환 필요, 급변하는 정치·사회적 현실과 이에 파생되는 여러 요구의 반영이 필요하여 교육과정을 개정한다고 하여11) 소위 '전인교육'이 강조되었지만(이 점에서 4차 교육과정을 인간중심 교육과정이라 부른다.) 사실은 정치 권력의 폭압적 통제구조는 여전히 존재하고 더 교묘해 졌다는 사실이다. 결국 제5공화국 정권의 실체가 그렇듯이 국어 교과서 역시 유신시대의 내용을 약간의 수정만 가한 채 새로운 틀로 포장한 것에 불과하다.

5. 5차 개정 교과서의 문학교육과 기능주의 문학관

1988년에 개정 고시(문교부 고시 제88-7호)된 제5차 교육과정에서 국어과 교육은 언어 사용 기능의 신장을 중시함으로써 도구교과로서의 성격을 강조하였다. 이에 따라 말하기, 듣기, 읽기, 쓰기, 언어, 문학 등 6영역으로 구성되었고, 교수·학습의 주체를 학생으로 하고, 언어 사용의 결과보다 과정을 중시하게 되었다.

하지만 국어과 교육목표는 4차 과정과 마찬가지로 표현과 이해(말하기, 듣기, 읽기, 쓰기), 언어, 문학의 세 항목으로 제시하고 있는데 문학교육의 목표를 보면

---

11) 한국교육개발원, 『교육 과정 개정안(총론)의 연구 개발』, 1981. 15~22면.

> 문학 작품을 통하여 문학에 관한 체계적인 지식을 갖추고 **창조적인 체험**을 함으로써, **미적 감수성**을 기르고 **인간의 삶을 총체적으로 이해** 하게 한다.

로 명시되어 있다.

4차 교육과정과 다른 점이 있다면 '창조적인 체험'을 한다는 것과 '미적 감수성'을 기르고, '인간의 삶을 총체적으로' 이해하게 한다는 것이다. 창조적인 체험을 한다는 것은 문학창작 곧 쓰기 교육과 병행하겠다는 것이고, 미적 감수성을 기른다는 것은 문학작품에 대해 단순한 감상이나 상상력이 아닌 보다 구체적으로 미학적 구조로 이해하겠다는 것이다. 더욱이 삶을 총체적으로 이해하게 한다는 것은 인간의 내면세계를 이해하게 한다는 4차 교육과정의 목표에서 훨씬 구체성을 확보하게 됐으며, 그 속에는 현실과의 관계를 파악하겠다는 가치지향의 의미가 내포되어 있다. 이렇게 본다면 문학교육의 목표설정은 4차에 비해 구체적이고 현실적인 방향으로 나아갔다고 할 수 있겠다. 그런데 그런 목표 설정과 교과서의 구성이 과연 일치하는가?

국어과 목표의 전문을 보면 국어의 발전과 민족문화 창조에 이바지한다는 4차의 내용이 국어의 발전과 '민족의 언어문화 창조'로 바뀌어져 있다. '민족문화'와 '민족의 언어문화'는 분명 차이가 있다. 즉 문학작품을 민족문화의 한 부분으로 파악한 것이 아니라 언어문화로 한정시켰다는 점이다. 물론 문학작품이 언어로 구성되어 있는 것은 사실이다. 하지만 언어로 한정 지을 수 없는 미학적 자장과 가치지향을 지니고 있다. 이 때문에 문학은 삶의 총체적 반영이 되는 것이다. 이렇게

본다면 교육목표의 전문과 문학부분은 서로 모순이 되는 셈이다. 교과
서의 내용 구성을 보자.

국어(상) (1990년 발행)	국어(하) (1990년 발행)
1. 설명 　(1) 설명의 의의 　(2) 설명의 방법 2. 독서의 의의 　(1) 인생의 지혜로서의 독서(이희승) 　(2) 민족문화의 전통과 계승(이기백) 3. 언어와 사회 　(1) 언어의 사회성 　(2) 문체와 사회 　(3) 국어의 순화(김석득) 4. 소설과 사회 　(1) 문학과 현실(윤병로) 　(2) ‘삼대’에서 　(3) 허생전 5. 쓰기의 기초 　(1) 좋은 글의 요건(이응백) 　(2) 문장쓰기 6. 시의 세계 　(1) 시와 언어(김종길) 　(2) 현대시 　(3) 고전시가 7. 국어의 이해 　(1) 우리 말의 이모저모 　(2) 어원연구에 대하여(이기문) 　(3) 우리 말의 옛 모습 8. 쓰기의 실제 　(1) 글쓰기 과정(문덕수) 　(2) 단락쓰기 　(3) 글의 구성	1. 토의 　(1) 토의의 의의 　(2) 토의의 방법 2. 독서와 지식 　(1) 독서와 지식 　(2) 인간의 특징(이광규) 　(3) 기미 독립선언서 3. 글의 전개 방식 　(1) 분석과 묘사 　(2) 분류의 예시와 정의 　(3) 비교와 대조의 유추 　(4) 서사의 과정과 인과 4. 언어와 문화 　(1) 민족과 문화와 언어 사회(이숭녕) 　(2) 언어와 민족문화(강신항) 5. 노래와 삶 　(1) 제망매가(월명사) 　(2) ‘청산별곡’에서 　(3) ‘용비어천가’에서 　(4) 관동별곡(정철) 　(5) 유산가 　(6) ‘춘향가’에서 6. 토론 　(1) 토론의 의의 　(2) 토론의 방법 7. 글의 구조와 독서 　(1) 글의 구조와 독서 　(2) 현대 사회의 과제(김형석) 　(3) 전통과 창조(고병익)

9. 설득
  (1) 설득의 의의
  (2) 설득의 방법
10. 독서의 방법
  (1) 독서의 방법
  (2) 학문의 목적(박종홍)
  (3) 유한라산기(최익현)
11. 수필 감상
  (1) 슬견설(이규보)
  (2) 신록예찬(이양하)

8. 표현하기와 고쳐 쓰기
  (1) 단어와 문장구조
  (2) 표현기법
  (3) 고쳐쓰기
9. 국어와 역사
  (1) 한민족과 국어(최현배)
  (2) 우리 말의 의미 변화
10. 희곡과 무대
  (1) 희곡의 이해(유민영)
  (2) '봉산 탈춤'에서

문학부분이 모두 5단원으로 다른 영역과 비교해 본다면 아래 표에서 보듯 30% 정도 밖에 안된다.

	국어(상)	국어(하)	합 계
문 학	84	52	136
전 체	258	196	454
백 분 율	32.6%	26.5%	30%

물론 8종의 문학교과서(검인정)가 따로 있다지만 국어 교과서내의 비중은 그만큼 약화되었다. 언어기능 신장을 중심에 놓고 문학을 그 도구로서 활용하겠다는 의도 때문이다. 1·2차 교과과정을 보다 체계화시킨 것이라 할 수 있다.

5차 개정 교과서 편찬자의 다음 발언은 그런 경향을 극명하게 보여주는 좋은 예가 된다.

문학작품은 국어과 교육에서 훌륭한 제재로서 활용되어야 한다. 그러나 그것이 독립된 영역으로 설정될 성질은 아니다. 언어 사용 기능

의 신장이란 국어과 교육의 목표 속에 문학 작품의 감상 및 감상을
위한 개념의 학습이 충분히 포괄될 수 있다.……요컨대 국어과 교육
이란 틀에서 '문학'을 다룬다면, 독립된 영역으로서가 아니라, 언어 기
능 속에 포괄시켜야 할 것이다.12)

이렇게 된다면 문학은 언어기능 신장을 위한 즉 표현수단을 세련되
게 하기 위한 도구로 전락하고 그 속에 들어 있는 의미나 가치지향은
사라져 버린다.13) 그렇다면 어떻게 교육목표에 명시돼 있듯이 "인간
의 삶을 총체적으로 이해하게" 할 수 있겠는가. 우리의 삶이 언어 기
능처럼 가치 중립적이지 않기에 더욱 그렇다.

이런 경향은 특히 시나 고전시가의 항목에서 더욱 두드러지게 나타
난다. 〈단원의 길잡이〉를 보면 "언어의 미묘한 결합이 가져다주는 시
적인 아름다움에 유의하면서, 이 단원에 실린 작품들을 음미해 보고,
시의 리듬, 이미지, 상징 등이 어떻게 작용을 하여 전체적인 인상을
가져오는지 알아보도록 한다. 아울러, 어느 정도 형태가 일정한 시조
나 가사를 읽으며 우리가 느끼는 감정과, 형태상의 제약이 거의 없는
현대시를 읽으며 우리가 느끼는 그것을 비교해 가면서 그 효과를 분석
해 보도록 한다"(국어(상), 122면)라거나 "단순히 노래말의 뜻을 이해하

---

12) 이용주, 「국어 교육에서의 문학의 위치」, 『봉죽헌 박붕배 박사 회갑기념논문집』(배
   영사, 1986), 324~333면.
13) 실제로 5차 개정 교과서의 편찬자인 노명환 교수(당시 교육개발원 국어과 실장)는
   1988년 9월 16일 선교교육원에서 있었던 국어교사와의 만남에서 국어교과가 본질
   적으로 가치를 다루는 교과가 아니라는 점과 국어와 영어의 기능은 같다는 발언을
   해서 논란을 야기시키기도 했다.
   문재용, 「국어를 가르치면서 2」, 『통일을 여는 국어교육』(푸른나무, 1989), 311면
   참조.

는 데서 넘어서서, 그 노래에 담겨 있는 삶의 모습과 정서, 그리고 공감의 요소를 찾아보고, 인간의 언어가 지니는 폭 넓은 기능에 대해 생각해 보기로 하자"(국어(하), 74면)라 하여 특별히 언어기능이나 표현에 배려를 하고 있음을 알 수 있다. 그것이 불필요하지는 않을 것이나 이런 형식적 요소를 중시할 때 그것이 내용과 결합하여 갖게 되는 사회적 의미망은 약화될 수밖에 없다.

실상 인격이 형성되는 청소년기의 문학교육은 단순한 문학지식의 습득이나 언어기능 신장으로서가 아니라 자신의 삶을 고양시키고 현실을 보다 정확하게 파악하기 위해서 더 필요하다. 형식과 내용의 변증법적 관계를 제대로 인지해야만 문학작품의 의미들을 파악할 수 있는 것이다. 5차 개정 교과서의 문학관은 1·2차 개정 교과서의 기능주의 문학관을 보다 체계화 시킨 기능주의 혹은 형식주의 문학관이라 할 수 있을 것이다. 이 덕분에 3·4차 개정 교과서에 강하게 드러나 있는 국가이데올로기나 반공의식 등은 교과서에서 자취를 감추게 되었지만 바람직한 대안을 만들지 못하고 다시 기능주의로 복귀하고 말았다.

5차 개정 교과서는 말하자면 6공화국의 교과서라 할 수 있는 바, 1986년 6월 민주항쟁을 정점으로 한 민주세력의 기세에 3차 개정부터 지고의 가치로 여겨오던 국가 이데올로기를 포기한 것이라 하겠다. 더욱이 고르바초프의 개방정책으로 냉전적 이데올로기를 완화하지 않을 수 없는 국제정세도 교과서의 방향과 무관하지 않을 것이다. 80년대 후반기부터 일기 시작한 현장교사들의 자주적인 노력[14]도 교과서에서 국가 이데올로기의 주입을 포기하게 만들었다. 그 대신 5차 개정

---

14) 대표적인 경우가 4차 개정 교과서를 분석 비판한 문학교육 연구회의 『삶을 위한 문학교육』(연구사, 1987)과 1989년 결성된 전국 국어교사 모임의 실천적 작업들이다.

교과서는 기능주의의 외피 속으로 숨어 들어가 민족문화 창달의 주요 항목인 문학과 이에 대한 교육을 언어기능으로 한정시키게 되었다. 이는 문학을 통하여 "인간의 삶을 총체적으로 이해하게 한다"는 문학교육의 방향성을 포기한 것이나 다름 아니다.

6. 6차 개정 교과서의 문학교육과 수용주의 문학관

1992년에 개정 고시(교육부 고시 제 1992-19호)된 6차 교육과정에서 국어과 교육은 5차 과정과 큰 차이가 없는 듯 보인다. 교과의 영역을 말하기, 듣기, 읽기, 쓰기, 언어, 문학 등 6개로 나누었으며 교과 목표도 언어기능, 언어, 문학의 세 부분으로 명시하였다. 그 중 문학부분을 보면

> 문학에 관한 **일반적인 지식**을 바탕으로 작품을 바르게 이해, 감상하며, 인간의 삶을 총체적으로 이해하게 한다.

로 되어있어 5차와 큰 차이는 없으나 5차의 체계적인 지식이 '일반적인 지식'으로 바뀌었다. 이는 무엇을 의미하는가? 문학 지식 위주보다 실제 이해와 감상에 중점을 두겠다는 것이다.

편찬 지침에서 "광복 이후 40여 년 동안 국어과 교육을 통하여 문학을 지도해왔지만, 문학 작품 감상 능력의 신장보다는 문학에 관한 지식의 전달에 치우쳐 온 점을 부인하기 어렵다. 따라서 제6차 고등학교 국어과 교육과정에서는 문학에 관한 지식의 학습이 문학작품 감상의

기초가 되어야 함을 명시하였다.15)고 한다.

하지만 우한용 교수의 지적처럼 문학작품의 감상이 일반적인 지식을 통해서 이루어지는 것이 아니라는 점이다. 우리의 구체적 삶이 그렇듯이 인생이 무엇인가를 깨닫고 살아가는 것은 아니다. 문학을 지식으로 본다는 것도 문제지만 그보다 더욱 중요한 것은 문학적 실천의 구도를 제대로 잡지 못했다는 점, 문학의 지식이 형성되는 과정을 잘못 파악했다는 점이다. 문학에 대한 지식은 문학적 실천(창작이나 혹은 감상)을 수행하면서 동시에 이루어지는 것이다.16)

게다가 평면적으로 나열해 놓은 5차 개정과는 달리 '문학의 본질', '문학작품의 이해', '문학작품 감상의 실제'의 세 범주로 체계화하여 단계적 학습이 가능하도록 하여 다음과 같이 체계화 했다.17)

1. 문학의 본질

   1) 문학의 특성   2) 문학의 기능   3) 한국문학의 특질

2. 문학 작품의 이해

   1) 작품과의 친화   2) 작품 구성요소의 기능 및 관계

   3) 작품의 미적 구조   4) 작품 세계의 창조적 수용

   5) 인간과 세계의 이해

3. 문학 작품 감상의 실제

   1) 시 감상   2) 소설 감상   3) 희곡 감상   4) 수필 감상

   5) 문학 작품을 효과적으로 이해하고 감상하는 태도 및 습관

---

15) 교육부, 『고등학교 국어과 교육과정 해설』, 60면.

16) 우한용, 「문학교육의 이념과 문학교재론의 방향」, 『계간 문학과 교육』 제5호(한국교육미디어, 1998), 30면 참조.

17) 교육부, 앞의 책, 74면.

여기에 따라 교과서의 내용도 구성됐는데 그 목차는 다음과 같다.

국어(상) (1996년 발행)	국어(하) (1996년 발행)
1. 읽기의 본질	1. 독서와 인생
(1) 독서와 인생(이희승)	(1) 나의 길, 나의 삶(박이문)
(2) 불국사 기행(현진건)	(2) 소설은 왜 읽는가(김현)
※ 이하 〈말하기·듣기〉, 〈쓰기〉 목차 생략	(3) 기미독립선언서
2. 문학의 즐거움	※ 이하 〈말하기·듣기〉, 〈쓰기〉 목차 생략
(1) 차마설(이곡)	2. 국어와 생활
(2) 청산별곡	(1) 우리 말 가꾸기(고영근)
(3) 바비도(김성한)	(2) 새의 탄생(남기심)
(4) 구운몽(김만중)	(3) 북한의 말과 글(남성우)
(5) 뻐꾸기에 부쳐(워즈워스)	3. 언어와 문학
3. 언어와 국어	(1) 설일(김남조)
(1) 언어의 본질(김광해)	(2) 서학동 나그네(이청준)
(2) 언어의 체계, 구조, 기능(이용주)	(3) 흥보가
(3) 국어의 특질	(4) 살아있는 이중생 각하(오영진)
4. 읽기와 어휘	(5) 용비어천가
(1) 현대과학은 환경문제를 해결할 수	4. 설명과 설득
있는가(윤순창)	(1) 정보 사회와 인간 생활(정범모)
(2) 잊지 못할 윤동주(정병욱)	(2) 사회변동과 문화변동(임희섭)
(3) 학문의 목적(박종홍)	(3) 매헌에게 주는 글(홍대용)
5. 문학의 유형	5. 국어의 변화
(1) 시조	(1) 우리 말의 역사
(2) 진달래꽃(김소월)	(2) 우리 말의 옛 모습
(3) 동백꽃(김유정)	6. 문학과 문화
(4) 은전 한 닢(피천득)	(1) 유산가
(5) 봉산탈춤	(2) 논개의 애인이 되어 그의 묘에(한
6. 글의 내용과 구조	용운)
(1) 인간의 특징(이광규)	(3) 토지(박경리)
(2) 민족문화의 전통과 계승(이기백)	(4) 연행가(홍순학)
(3) 한국 축제의 역사(이두현)	(5) 적벽부(소식)
7. 작자, 작품, 독자	
(1) 광야(이육사)	
(2) 삼대(염상섭)	

(3) 춘향전
(4) 관동별곡(정철)
(5) 안민가(충담사)
8. 국어의 구조
(1) 국어의 음운 변화
(2) 단어와 문장의 구조
(3) 문체와 사회
9. 비판적 이해
(1) 신록예찬(이양하)
(2) 기예론(정약용)
(3) 민주주의 한국의 청사진(김태철)
10. 문학과 현실
(1) 성북동 비둘기(김광섭)
(2) 두시언해(두보)
(3) 수난이대(하근찬)
(4) 메밀꽃 필 무렵(이효석)
(5) 허생전(박지원)

모두 16개의 대단원으로, 나누어 읽기영역 6단원, 문학영역 6단원, 언어영역 4단원으로 구성했으며 각 단원의 뒤에 〈말하기·듣기〉와 〈쓰기〉의 학습활동을 추가 하였다. 문학부분이 차지하는 분량을 아래 표에서 보듯이 전체의 반가량 된다.

	국어(상)	국어(하)	합 계
문 학	180	146	326
전 체	376	280	656
백 분 율	47.9%	52.1%	49.7%

다른 영역에 비해 문학이 차지하는 비중이 5차 개정에 비해 커진 것은 사실이지만 교과서의 단원 구성은 6차 교육과정이 지향하는 바,

"학습자가 자주적이고 창의적으로 학습에 참여하여", "학생 스스로 공부해야 할 목표를 찾고, 그 목표에 도달하기 위한 과정을 스스로 해결해 나가며, 자신이 공부한 결과를 주체적으로 판단해 보는"(국어(상), 1면) 자율학습에는 미치지 못하고 있다.

6차 개정에서는 문학교육을 작품 감상 능력의 신장으로 보고 있는데 그러기 위해서는 우선 작품이 수용자 중심으로 편찬되어 흥미를 주어야 하고, 교과서의 체제가 감상의 단계별로 구성돼야 한다. 그런데 교과서는 문학의 즐거움 → 문학의 유형 → 작가, 작품, 독자 → 문학과 현실 → 언어와 문학 → 문학과 문화 순으로 되어 있다. 각 단원들은 실상 서로 다른 위상을 차지하고 있는 셈이다. '문학의 즐거움'은 미적 효용론, '문학의 유형'은 장르론, '작가, 작품, 독자'는 작가론과 독자론, '문학과 현실'은 문학 기능론, '언어와 문학'은 형태론 내지 구조론, '문학과 문화'는 문화론에 각각 해당한다. 이렇게 될 때 결국 문학개론류에 해당하는 지식을 6개로 쪼개서 가르치는 꼴이 된다. 실제 중요한 것은 문학감상을 통하여 즐거움을 얻고 현실을 바르게 인식하여 보다 풍요로운 삶을 영위하는 데 있다. 그렇다면 문학지식 위주로 편성하기 보다 인식이나 체험의 단계에 따라 편차를 두는 방안도 있을 것이다.[18] 그 속에다 문학의 본질이나 문학작품 이해에 관한 기본 사항들을 배치할 수 있을 뿐더러, '통합성'의 원리에 따라 '말하기·듣기', '읽기', '쓰기' 등의 영역도 아우를 수 있다.

더욱 문제는 각 단원에 선별된 작품이 과연 단원의 목표에 적합하냐

---

18) 이를테면 '자아'에서 '세계'로 확대되는 방향을 생각해 볼 수 있다. 예를들어 ① 나를 찾아서 ② 이웃과 고향 ③ 성장의 아픔과 고통 ④ 문학과 사회 ⑤ 더불어 살기 위하여 ⑥ 세계 속의 민족문화 등으로 단원을 나눌 수도 있을 것이다.

는 것이다. 〈문학의 즐거움〉이란 단원을 보면 "문학 작품의 감상은 무
엇보다도 먼저 즐거워야 한다"고 전제하고, "사실을 알아 체험을 확대
하기, 상상을 통한 창조적 체험으로 진실을 추구하기, 의미와 관계를
통한 깨달음에 이르기 등이 문학작품을 읽는 즐거움"(국어(상), 30면)이
라고 하여 〈차마설〉, 〈청산별곡〉, 〈바비도〉, 〈구운몽〉, 〈뻐꾸기에 부
쳐〉를 들었다. 결론부터 말하면 전혀 즐겁지 않다. 학습자를 감상의
주체로 보고 작품을 고른 것이 아니라 편찬자가 중요한 작품이라 여기
는 것을 아전인수격으로 끌어온 것이기 때문이다.

　〈구운몽〉을 본다면 아마도 "의미와 관계를 통한 깨달음에 이르기"
를 위하여 예시된 것 일 텐데 당나라 때 온갖 부귀영화를 누리다가 꿈
에서 깨어나 인생의 덧없음을 깨닫는 그리고 다시 그 모든 것을 부정
하는 복잡한 구조 속에서 어떻게 오늘의 학습자가 동일한 의미를 획득
할 수 있을까? 차라리 8선녀가 화한 여자들을 만나는 과정이 훨씬 흥
미롭다.

　'문학과 현실' 단원에서 〈메밀꽃 필 무렵〉을 넣은 것도 그렇다. "현
실에 무심한 듯한 태도조차도 현실을 대하는 하나의 태도"(국어(상),
324면)라 하여 "시대성과는 무관한 인간의 본성"(357면)을 들었다 하겠
는데 과연 이런 것까지 '현실'로 봐야 할까? 현실에 다양하게 대응하는
모습만으로도 고르기 어려울 정도로 많은 작품이 있는데 말이다.

　이는 결국 문학에 관한 지식의 체계를 6개의 단위로 나누고 개별 작
품들을 거기에 끼워 맞춘 셈이 되어 애초 수용자 중심의 작품 감상 능
력의 신장보다는 문학지식의 학습에 더 역점을 둔 듯 보인다. 더욱이
〈준비학습〉, 〈학습할 원리〉, 〈학습활동〉, 〈단원의 마무리〉가 너무 추
상적이고 관념화 되어 국문학도라면 모를까 고등학교 학생이 스스로

학습의 주체가 되어 해결하기에는 벅차서 "인간의 삶을 총체적으로 이해"하기 위한 작품 감상에는 도달하기 어렵다.

6차 개정 교과서에서 내세우는 문학의 입장은 학습자 중심의 수용 이론이다. 그래서 문학지식을 체계화하여 학습자가 스스로 찾아가도록 했지만 정작 학습자의 수준에 맞추지 않고 편찬자가 임의로 재단함으로써 추상화되고 관념화 되었다고 할 수 있다. 그 결과 역시 밑줄 긋고, 별표 하며 중요한 사항을 달달 외우는 지겨운 노동행위가 반복될 수밖에 없는 실정에 놓이게 되었다.

6차 개정 교과서는 이른바 문민정부의 교과서다. 국가 기관의 개입 없이 비교적 자유로운 상태에서 만들어진 교과서가 6차 개정에 와서야 가능하게 된 셈이다. 하지만 교과서의 편찬 주체는 역시 교육 전문가다보니 학교현장과는 상당한 거리가 있을 수밖에 없다. 진정으로 수용자 중심의 교재를 만들고자 한다면 현장의 목소리에 귀를 기울여야 할 것이다.

7. 새로운 교과서를 위한 제언

이제까지 장황하게 1차~6차 개정 교과서의 문학교육을 국어교육의 목표에서부터 교과서의 구성체제 그리고 작품의 선택과 지도 지침들을 통해 이들이 어떻게 관계를 맺고 있으며 정권 담당층의 요구가 어떤 식으로 영향을 미쳤는가를 살펴보았다.

1공화국~3공화국에 해당되는 1·2차 개정 교과서를 지배하는 문학관은 미국식 기능주의로서 문학이 단지 언어기능 신장을 위한 도구로 위치했다.

유신정권의 교과서인 3차 개정 교과서는 국가주의 내지는 국수주의를 강력하게 표방하는 문학교육을 시행하게 되었던 바, 여기서 문학은 국가 이념의 선전 도구로 전락하였다.

5공화국의 교과서인 4차 개정 교과서에서 와서 비로소 '문학'이 한 영역으로 독립되어 가장 많은 비중을 차지하게 되었다. 그런데 실제의 구성은 3차 개정 교과서를 약간의 수정을 가한 채 그대로 계승한 것이다. 그 결과 국가 이데올로기의 개입은 그대로 둔 채 문학에 관한 체계적 지식을 습득시킨다는 교양주의의 외피를 쓰게 되었다.

6공화국의 교과서인 5차 개정 교과서는 국가이데올로기의 흔적을 말끔히 지웠지만 문학을 언어기능 신장을 위한 도구로 다시 복귀시켰다.

문민정부의 교과서인 6차 개정 교과서는 학습자를 중심에 놓고 작품 감상능력의 신장을 위해 문학교육이 시행돼야 한다는 수용이론을 바탕으로 하고 있지만 학습 활동의 과정들이 추상화 되어 오히려 문학지식의 체계에 따라 문학작품이 재단되었다.

7차 개정 교과서는 ① 통합성의 원리에 따라 각 영역들이 하나의 단원에 포괄적으로 구성되며 ② 수용과 생산의 결합원리에 따라 이해와 감상에서 더 나아가 창작교육이 도입되며 ③ 과정중심의 원리에 따라 현재 학습자가 가지고 있는 안목에서 출발하는 학습자 중심의 문학교육이 이루어진다고 한다.[19] 제대로만 이런 원리들이 시행된다면 가장 이상적인 교과서의 탄생을 볼 수도 있을 것이다. 여기에 몇 가지 생각을 덧붙임으로써 글을 마무리 하고자 한다.

---

19) 최미숙, 「국어교육에서의 문학영역 교재화 원리」, 『문화과 교육』 제5호, 74~83면 참조.

첫째, 문학교육이 언어기능 신장을 위한 도구로서가 아니라 삶의 가치를 지향하는 차원으로 재정립할 필요가 있다.[20] 문학은 추상화된 학문체계가 아니라 구체적 형상물로서 삶을 다룬다. 흔히 문학교육의 목표에서 "인간의 총체적 삶을 이해하게 한다"는 것도 이 때문이다. 그런데 그것을 언어기능의 하부 단위로 복속시킨다면 문학이 지니고 있는 가치 지향성은 사라져 버리고 주객이 전도된 꼴이 된다. 아울러 이른바 '전인교육'의 문제와 맞물려 철학교육의 문제까지 포괄하는 대안을 만들기 어렵게 된다.

둘째, 7차 교육과정에서도 제시한 바, 학습자가 주체가 되어 스스로 문제를 찾고, 해결할 수 있도록 교과서의 문학이 흥미있어야 한다. 그러기 위해서는 작품 선택에서 학생들의 삶과 밀접한 학생 작품들도 교과서에 실려야 한다.

셋째, 문학뿐만 아니라 문화로까지 영역이 확대돼야 한다. 영상언어가 발달하면서 문학의 시대는 갔다고 한다. 학생들은 컴퓨터나 현란한 영상에 매료돼 있는 데 교과서를 들먹이며 읽기를 강요할 수는 없는 실정이다. 여기에 대한 배려가 있어야 한다.[21]

넷째, 이런 여러 요구들이 가능하기 위해선 교과서가 열린 구조에서 논의돼야 한다. 특히 현장교사들의 참여가 필수적이다. 특히 6차 개정의 경우 여러 다양한 시도에도 불구하고 추상화된 것은 현장감(더 정확히 표현하면 학습 주체들의 요구와 수준 등)의 부족에도 그 원인이 있다.

다섯째, 이상의 논의를 가능케 하려면 무엇보다도 국정제가 철폐돼야 한다. 이상적인 형태는 자유 발행제다. 그래서 학습주체들에 의해

20) 김종철, 「고등학교 문학과목의 교재 개발 방향」, 같은책, 99면 참조.
21) 우한용도 앞의 글 38면에서 '사이버 문학'의 수용을 권장한 바 있다.

그들에게 맞는 교과서가 선택돼야 한다. 어쩌면 우리의 교과서는 정전
이나 경전으로서의 위치를 벗어나는 순간 오히려 바람직한 문학교육
의 대안이 가능해지는 것인지도 모른다.

『문학교육학』 4집, 1999. 12.

〈토끼전〉의 매체변환과 존재방식

1. 머리말

고전소설은 현대소설과는 달리 다양한 형태의 텍스트로 존재해왔다. '筆寫本', '坊刻本', '舊活字本'이 그것이다. 필사본은 각편으로 존재하는 유일 텍스트로 고전소설의 대다수를 차지하는 존재방식이다. 방각본은 판각본 중에서 상업출판을 한 것으로 말하자면 복수 텍스트인 셈이다. 경판이 52종[1], 완판이 19종[2]으로 모두 60여종이 확인되었다. 구활자본은 근대 인쇄술의 도입에 따라 1912년부터 등장한 대중 상업출판물로 250여종이 확인되었다.[3]

책의 제작방식에 따라서 분류한다면 필사본은 손으로 직접 베낀 것[사본]이며, 방각본과 구활자본은 인쇄된 방식의 [인본]상업출판물이다. 또한 독자의 형성에 따라 단순한 상업출판과 대중출판의 방식으로 구별될 수 있다.

---

1) 이창헌, 『경판방각본 소설 판본 연구』, 태학사, 2000, 19면 참조.
2) 유탁일, 『완판 방각본 소설의 문헌학적 연구』, 학문사, 1981, 69~70면 참조.
3) 권순긍, 『활자본 고소설의 편폭과 지향』, 보고사, 2000, 23~24면 참조.
   이주영, 『구활자본 고전소설 연구』, 월인, 1998, 35면 참조.

이들 고전소설의 존재방식을 흔히 異本으로 다루어왔다. 그래서 어떤 것이 最先本인지를 밝히고 이들 다양한 이본들이 어떤 차이를 보이며 어떤 영향관계가 있는 지를 규명했다.

하지만 각각의 이본들은 그 존재방식이 근본적으로 다른 것이며 그러기에 선후관계나 영향관계보다는 당대 매체환경 속에서 왜 그러한 텍스트로 정착됐는가를 파악하는 것이 필요하다. 예를 들어 구활자본 〈獄中花〉는 〈春香傳〉의 후대본이 아니라 1912년 이후 식민지시대 출판 및 독서환경의 기제 속에서 대단히 중요한 문화사적 의미를 갖는 텍스트라는 것이다. 실상 수용사 중심으로 문학사를 파악한다면 〈春香傳〉이야말로 식민지시대 최고의 작품인 셈이다. 이런 문제의식을 통해 고전소설의 다양한 존재방식을 매체와 연결시켜 다뤄보고자 한다.

매체를 "메시지를 운반하는 어떤 통로"[4]라고 할 때, 고전소설은 여러 형태의 매체로 변환해왔다. 필사본들은 유일한 '필사매체'로, 방각본은 수공업적인 '인쇄매체'로, 구활자본은 '대중출판(인쇄)매체'로 각각 규정할 수 있다. 게다가 판소리는 문자가 아닌 음성으로 전달되는 '소리매체'로도 존재했다. 이렇게 본다면 고전소설의 이본 텍스트들은 부동의 완결체가 아니라 당대 문화의 다양한 기제 속에서 유동적인 실체로 존재했던 것이다.

여기서는 모든 매체에 두루 존재하는 〈토끼전〉을 대상으로 매체의 변환에 따라 고전소설의 텍스트가 어떤 방식으로 존재했는가를 살펴보고자 한다. 일반적으로 볼 때 문학작품은 내용에 따라 형식이 바뀌지만, 역으로 매체의 변환이라는 형식의 변환에 따라 텍스트가 달라질

---

4) 이효성, 『현대사회와 대중매체』, 『대중매체의 이해와 활용』, 한나래, 1993, 29면.

수도 있는 것이다. 이 작업은 어쩌면 텍스트가 가지고 있는 고유의 문학성을 해체하는 작업일 수도 있다. 매체의 변환에 따라 텍스트를 다양한 기제의 한 부분으로 파악하기 때문이다.

2. 필사매체에서 인쇄매체로의 변환 – 필사본과 방각본

필사본이나 방각본 모두 넓은 의미에서 동일한 문자매체라 할 수 있다. 하지만 필사본은 개인적 필요(소장 혹은 독서)에 따라 자신이 직접 베끼거나 일정한 삯을 주고 베끼게 시키는 賃寫의 형태로 존재했기에 판매를 목적으로 하는 상업출판인 방각본과는 엄연히 존재방식이 달랐다. 즉 필사본은 비록 돈을 주고 주문하는 임사의 형태라 하더라도 인쇄 혹은 출판 매체로 보기는 어렵다는 것이다.

이점에서 세책본도 크게 다르지 않다. 장편 필사본을 여러 질 필사하거나, 분책했다고 하더라도 인쇄 혹은 출판은 아닌 것이다. 동일한 텍스트를 다수의 사람들에게 공유시켜 주는 공식화의 과정이 없기 때문이다. 반면 방각본에서는 텍스트를 고정 시켜주는 한층 엄격한 외양적 정제성이 드러나는 것이다. 그런가 하면 판본이 거듭되면 이와는 반대로 시장거래라는 속성에 따라 외양적 정제성이 무너지기도 하고 내용의 심각한 축약이나 변개가 나타나기도 한다.[5]

유탁일은 필사본의 특징을 唯一性, 保守性, 變移性으로 파악했다.[6] 필사본은 한 편 한 편이 각편으로 존재하는 유일본이며 수많은

---

5) 이창헌, 『이야기책의 표기형식과 유통방식』, 『이야기 문학 연구』, 보고사, 2005, 175~176면 참조.

필사자들에 의해 다양한 변이가 나타난다. 당연히 행문이 길어지며 이 때문에 텍스트가 통일성을 잃고 불안정하게 된다. 하지만 또한 다양한 목소리들이 개입하여 텍스트에 생동감을 불러 넣기도 한다.

〈토끼전〉의 대표적인 필사본은 가람본 〈별토가〉다. 국한문 혼용 필사본으로 44장 단권이며 매면 16행, 매행 22~26자로 일정치 않다. 대체로 2인의 필치인 듯하고, 후에 첨가된 듯한 부연된 내용이 전체의 행간에 첨가되어 있다. 필사년도는 丁亥년인 1887년으로 추측된다. 가람본 〈별토가〉는 그 내용이 다양하고 사설이 다수 부연되어 있으며 유식성과 서민성이 공존하는 양면성을 보여준다고 한다.[7]

가람본 〈별토가〉야말로 필사본의 특징이라는 텍스트의 다양성과 혼재성을 가장 잘 드러낸 판본이다. 용왕의 병을 얘기하는 데도 무려 50종이 넘는 병명을 열거하여 "全身을 둘러보니 알난 곳 발여노코 셩흔 곳 바이읍다."[8]고 할 정도다. 또한 수궁의 벼슬들이 등장하는데 다른 본에 비해 월등히 많다. 이러한 풍부한 사설 외에도 '藥性歌', '토끼화상', '고고천변', '사랑가' 등 다수의 독립사설이 그 형태를 유지하고 있기도 하다.

사설이 이렇게 다양하고 혼재되다 보니 사건의 진행과 서로 충돌하거나 어긋나기도 한다. 산중모족회의 부분에서 애초에 짐승들이 모이기는 도감 포수관 포수가 사냥을 나와 안전한 곳으로 피신하기 위한 것이었다. 그런데 짐승들이 모여 상좌다툼을 하고 그 와중에 자라는

---

6) 유탁일, 『한국문헌학연구』, 아세아문화사, 1990, 7~8면 참조.

7) 가람본 〈별토가〉에 대한 개황은 인권환, 『토끼전·수궁가 연구』, 고대 민족문화연구원, 2001, 251면 참조.

8) 자료는 인권환 역주, 『토끼전』, 고대 민족문화연구원, 1993, 252면.
  앞으로 이 자료들은 일일이 각주를 달지 않고 괄호 속에 판본과 면수만 표시한다.

호랑이와 실갱이를 벌인다. 그러다보니 산중모족회의는 텍스트의 문맥에서 흐지부지 사라진다. 이를 방각본 텍스트와 비교해보면 더욱 분명해진다.

경판 〈토생전〉에서는 아예 산중모족회의가 없이 바로 자라가 토끼를 만나고, 완판 〈퇴별가〉에서는 쥐와 다람쥐가 식량을 강탈당하고 멧돼지가 자식을 바치는 지경에 이르자 곰이 나서서 산중모족회의를 그만 파하자 하여 자리를 끝내는 것으로 되어있다. 작품의 사건들이 완결성을 보인다는 것이다. 그런데 필사본은 그야말로 난장판이다. 사설이 사건의 진행을 방해하는가 하면 사건진행과 관계없는 사설이 이어지기도 한다.

이런 면에서 토끼와 자라부인의 동침 대목, 자라부인의 죽음과 열녀 표창, 자라의 소상강 망명과 자라부인의 자살 등도 텍스트에서의 부연이 가능하게 된다. 이 대목들은 다른 판본에 두루 나타나는 것이 아니라 〈별토가〉계열에만 있는 것으로 토끼의 형상을 일관되게 파악하고자 할 때 문제가 되기도 한다. 곧 토끼를 고난을 이겨내는 민중적 전형의 위치에 올려놓을 때 자라부인과의 동침과 일련의 사건은 또 다른 약자를 억압하는 모습을 보이기 때문이다. 이는 일단 텍스트의 다양성이나 혼재성으로 설명될 수도 있겠지만 서로 충돌하는 각 부분들에 텍스트 내에서 어떻게 질서를 부여할 수 있는가를 생각해 봐야 한다.

필사본 텍스트의 특성을 잘 보여주는 가람본 〈별토가〉는 이처럼 정신없는 슬랩스틱 코메디를 보는 것처럼 뒤죽박죽이며 난장판이다. 각각의 사건들은 완결되지도 않고 사설에 묻혀 버리는가 하면 딱히 결말을 맺지 않는 것도 있다. 그럼으로써 이 필사본 텍스트는 용왕을 비롯한 기존 권력 혹은 권위에 대한 희화와 비속화를 가능케 하는 것이다.

용왕은 온갖 병이 들어 그 형상이 매우 추한데다 "아조 큰 소리로 울"(254면) 정도로 형편없는 인물로 그려지며, 조정 중신들도 "世上에 나가면 밥반찬걸리와 술안쥬걸리"(266면)로 비하돼 있다. 산군인 호랑이도 자라가 달려드니 물똥을 싸고 달아날 정도로 희화되어 나타난다. 반면 토끼는 용왕에게 벗질하고 "여보, 龍僉知"(274면)라며 마음껏 희롱한다. 자라부인과의 동침도 이런 연장선상에 있다. 자신에게 가해졌던 수궁의 폭력에 대한 보복으로 수궁의 권력과 질서를 마음껏 조롱하고 뒤집어 놓는 것이다.9) 이 한바탕의 난장판은 끝없이 부연이 가능한 필사본이기에 실현될 수 있었다.

이런 필사본이 방각본으로 전환되면 유일한 필사매체에서 공식적인 인쇄매체로의 변환이 일어난다. 여기에 따라 텍스트는 어떤 방식으로 존재하는가?

우선 공식출판으로서 필요 없는 사설이 삭제되거나 축약되어 내용이 정제된다. 경판본 〈토생전〉은 〈노섬상좌기〉와 합본되어 16장 1책으로 되어 있으며, 〈토생전〉은 9장에서 끝난다. 매면 14행으로 해당 자수는 23~26자이니, 오히려 가람본 〈별토가〉보다 면당 2행이 적은 셈이다. 그런데 무려 44장에서 9장으로 되었으니 1/5로 줄어든 셈이다.10)

완판본 〈퇴별가〉는 21장 1책으로 매면 16행, 매행 27~32자로 일정치 않다. 이 텍스트는 신재효본을 대본으로 하여 판각한 것으로 내용이 그대로 일치하고 있는데, 다만 단어나 표기법상의 차이만 나타난다고 한다.11) 분량으로 본다면 필사본에 비해 반으로 줄어든 셈이다.

---

9) 이런 권력의 전복이란 관점에서 토끼의 인물을 파악한 것으로 권순긍, 「〈토기전〉의 인물형상과 풍자」, 『판소리연구』 14집, 판소리 학회, 2002, 14~15면 참조.
10) 자료에 대한 개황은 인권환, 앞의 책, 264면 참조.

경판본 〈토생전〉의 첫 부분을 보자.

　화셜, 디명 셩화 년간의 북히 뇽궁 광혁왕 용강이 즉위 ᄒᆞ엿더니, 일일은 우연이 병을 어더 졈졈 침듕ᄒᆞ니 빅약이 무효ᄒᆞ민 슈궁이 황황ᄒᆞ여 ᄒᆞ더니, 일일은 흘연 도ᄉᆞ 이르러 닐오디, 디왕 병환이 비록 삼신산 션약이라도 효험이 업슬거시니 양계의 ᄂᆞ가 톳기롤 잡ᄋᆞ 간을 니여 작환ᄒᆞ여 쓰면 즉ᄎᆞᄒᆞ리이ᄃ ᄒᆞ거날, 뇽왕이 도ᄉᆞ의 말롤 듯고 졔신을 모화 의논ᄒᆞᆯ시 일인이 출반듀왈, 쇼신이 비록 무지ᄒᆞ오ᄂᆞ 인간의 ᄂᆞ가 톳기롤 싱금ᄒᆞ여 오리이다 ᄒᆞ니, 모다 보니 이는 거북의 이셩 ᄉᆞ촌 별듀뷔이다.

(경판 〈토생전〉, 16면)

　용왕의 병 치레와 **수궁어젼회의**의 쟝황한 시셜들이 단 한 쟝으로 압축되어있다. 장황한 디테일을 삭제하고 사건의 진행만을 그리자니 발화자의 얘기를 서술자가 개입하여 전하는 전달문 구조로 되어있다. 그래서 ~하니, ~하더니, ~할세, ~하거늘 등 전형적인 문장체 서술방식을 차용하고 있는 것이다. 용궁어젼회의에서 법석을 떠는 그 장황한 대목을 "졔신을 모화 의논ᄒᆞᆯ시"의 단 한마디로 줄였다. 필사본의 텍스트들은 다소 혼란스럽고 통일성은 없었지만 다양한 인물들의 목소리들을 담고 있었다. 하지만 방각본이라는 인쇄매체로 공식 출판될 때에는 그 목소리는 정리되어야 했다. 그 방식은 어떤 것이었을까?

　이창헌에 의하면 "전체의 사건 가운데 특정한 사건들을 누락시키는 방법을 취하기도 하였지만, 주된 방법은 구체적인 묘사나 설명과 관련

---

11) 같은 책, 265~266면 참조.

된 행문들을 누락시키고 사건의 선조적 진행과 관련된 행문만을 중심으로 축약하는 것이 보통이었다. 따라서 모든 소설이 방각화될 수 있다기보다는 비교적 선명하고 짧은 사건을 중심으로 구성되어 있으면서 아울러 독자의 흥미를 유발할 수 있는 작품들이 방각의 대상이 되었다."[12] 한다.

경판본 〈토생전〉에서 비교적 사건에 대한 묘사가 자세한 곳은 자라와 토끼가 수궁과 세상에 대해 자랑하는 부분과 토끼가 죽을 고비에서 벗어나는 부분뿐이다. 말하자면 토끼를 용궁으로 유혹하는 장면과 사지에서 벗어나는 장면만 강조되었고 나머지는 간략한 사건전개만 있다. 이런 방식은 〈토생전〉을 봉건체제와 이념에 대한 풍자가 아닌 전형적인 '기지담'으로 재구성한 것이다.

사건을 취사선택하거나 행문을 축약하는 데는 어떤 이데올로기가 내장되어 있었고 그것은 당대를 살아가는 사람들이 보편적으로 합의할 수 있는 것이어야 했다. 개개인의 가졌던 생각을 벗어나 공식화할 수 있는 것이어야 했다. 비록 봉건체제나 이념에 대하여 못마땅하게 생각하더라도 그것을 공식화하여 출판하기는 쉽지 않은 일이다. 경판본 〈토생전〉에서 용왕이 충성의 대상으로 절대적 권위가 강조되고, 자라는 충신으로 장렬하게 죽으며, 토끼는 기지로써 사지에서 벗어나는 것으로 그려질 수밖에 없는 이유도 거기에 있다. 공식출판된 방각본에서 봉건체제나 이념을 희화하거나 풍자하기는 어려운 일이다. 당대의 공식적인 이념을 수용할 수밖에 없는 일이기 때문이다.

그런 점에서 신재효본을 판각한 완판본 〈퇴별가〉는 적당한 선에서

---

12) 이창헌, 앞의 책, 175면.

타협을 모색하고 있는 작품이다. 용궁어전회의를 통하여 지고의 가치를 지니는 봉건이념인 忠이 희화되고 있지만 결코 용왕의 권위를 실추시키지는 않는다. 그저 형편없는 신하들이 서로 발뺌을 하고 싸울 뿐이다. 그래서 작품에서도 "평시의 봉할 졔ᄂ 다 모도 충신이ᄂ 환난을 당ᄒ오면 충신이 귀헌니다."(58면)고 한다. 이 형편없는 조정중신들, 곧 "의관신야어로향 향ᄂ긔ᄀ 날 터인듸 속 뒤집ᄂ 비인ᄂ긔ᄀ 파시평 웃슈"(56면)인 조정중신들의 역할을 별주부가 홀로 대신한 것이다. 忠은 현실에서는 희화되고 있지만 지켜져야 할 덕목으로서는 조금도 그 가치가 손상되지 않는다. 그래서 작품의 곳곳에 작가가 개입하여 忠을 지켜나가는 별주부의 역할을 강조하고 있는 것이다. 몇 군데 찾아보면 아래와 같다.

> 경망흔 저 톡기ᄀ ᄂ올 젹의 닙이 숨여 본단 말은 아마도 망발인졔, 김싱은 김싱까지 스람 마를 무러드ᄀ 셔로 마를 ᄒ련이와, 스람이야 김슝보고 무슨 마를 ᄒ것ᄂ야 ᄌ릐의 **중흔 츙셩**, 톡기의 죠흔 구변 ᄌ랑ᄒ자 한 말이니
>
> (<퇴별가>, 144면, 강조 인용자)

> ᄌ릐와 톡기ᄂ 게 동시 미물노셔 **중흔 츙셩** 만흔의ᄉ 스람ᄒ고 갓튼고로 탈령을 만드러셔 셰숭의 유젼ᄒ니 스람이라 명셕ᄒ고 퇴별만 못ᄒ오면 그 안니 무싁흔ᄀ
>
> (<퇴별가>, 154면, 강조 인용자)

대신 왕이나 봉건이념이 아닌 조정중신들이나 지방관리들에 대해서

는 신랄한 풍자를 가하고 있다. 용궁어전회의에서 조정중신들의 행태를 자세히 들여다보면 문무의 대립뿐만 아니라 한림학사 깔따구와 간의 대부 모치를 등장시켜 閥閱의 권력독점을 비판하기도 한다. 게다가 백의재상 궐어를 내세워 무용지물인 山林의 존재를 비꼬기도 한다.

산중모족회의는 백성들의 실생활과 연결되기에 더 신랄하다. 산짐승들을 괴롭히는 사냥개를 처치할 방도를 마련하고자 모족회의가 소집되지만 별 뾰족한 대책은 마련되지 않고 오히려 다람쥐와 쥐가 식량을 강탈당하고 멧돼지는 자식을 산 채로 산군에게 바치는 지경에 이른다. 그래서 곰의 입을 빌어 이 정황을 비판하게 한다.

> 오늘 우리 모우기는 산중제폐 흐즈더니, 숀힝기는 업셰라되 포슈 무셔 헐슈 업고, 이즌흔 쥐와 다람쥐 과동지자 다 쎄기여 부모쳐즛 굼 길터요, ㄱ세부족 메도야지 숭명통 보와시니, 오늘 져역 쏘지니면 여우 눈의 못 고인 놈 무슨 환을 쏘 당할지, 그 놈의 유슙소리 쎠져려 못 듯것니

> (<퇴별가>, 96면)

그런데 여기서 주목할 것이 있다. 저 유명한 신재효본에만 있는 사설, "시쇽에 비흐면은 슨군은 슈령 갓고 여우난 간물출픽 숀힝기난 셰도아젼 너구리 멧쫏시며 쥐와 다람이난 굼찌 앗난 빅셩이라"[13]가 완판 방각본에 와서는 빠진 것이다. 모든 내용이 다 일치하는데 이 대목

---

13) 김진영·김현준·김동건·이성희 편저, 『토끼전 전집 1』, 박이정, 1997, 19면 앞으로 이 자료도 일일이 주를 달지 않고 괄호 속에 판본과 면수만 적는다. 〈토의간〉도 여기 자료를 활용한다.

만 제외시켰다. 비록 우화의 문맥이라 하더라도 현실의 부패상을 일
대 일로 대입시키는 것에는 부담스러웠던 것같다. 일회적인 창본이나
필사본에서는 비교적 비판과 풍자가 허용되었지만 공식화된 인쇄물인
방각본에서는 몸담고 살고 있는 세상을 직접 비판하는 것이 아무래도
자유스러울 수 없었다.

조정중신들의 행태와 지방의 통치체제를 신랄하게 풍자하고 있지만
그 정점인 왕이나 봉건이념을 손상시키지 않기 위해서는 자라의 장한
충성이 강조될 수밖에 없다. 자연 토끼는 꾀 많고 구변 좋은 인물로
드러나지만 부차적이다. 자라가 주연이라면 토끼는 조연인 셈이다.
완판본 〈퇴별가〉에서 토끼의 그물위기나 독수리 위기가 제외된 것도
이런 이유에서일 것이다. 자라의 충성을 드러내는 것이 중심이 되기
때문에 창본이나 필사본에 수 없이 나타나는 토끼의 위기탈출은 텍스
트에서 사라지게 되는 것이다.

3. 대중출판(인쇄)매체로의 변환 – 구활자본

방각본이 비록 인쇄되어 공적인 성격을 갖는 것이라도 그 앞에 '대
중'이라는 수식어를 붙이기는 어렵다. 수공업적인 영세성과 제한된 유
통방식으로 인해 근대 자본주의적인 대중상업출판과는 구별되기 때문
이다. 하지만 구활자본 소설들은 근대적인 인쇄·출판 방식에 의해 간
행됐고 책의 체제 역시 前代와는 다른 방식을 보여주었으며 60여 개
소에 달하는 서적상과 수많은 책장수들에 의한 유통구조를 갖추고 있
었다. 게다가 1912년『每日申報』에 李海朝(1869~1927)의 판소리 개작

소설이 연재되고 나서 구활자본 소설들이 본격적으로 출판되기 시작했는데, 근대 대중매체인 신문에 실렸고 또 단행본으로 출판되었다는 점에서 '대중출판(인쇄)매체'로의 변환이 일어났다고 보아도 무리가 없겠다. 〈토끼전〉의 신문연재와 구활자본 출판상황을 정리하면 아래와 같다.

兎의 肝 (토끼타령) : 1912. 6. 9~7. 11 연재 (총 26회)
不老草 (唯一書館, 1912 / 博文書館, 1920 / 世昌書館, 1957)
鼈主簿傳 (新舊書林, 1913)
兎의 肝 (博文書館, 1916)

신문연재로 따지자면 이해조 개작의 〈토의간〉이 앞서지만 단행본으로는 〈불로초〉가 구활자본 고소설 중 첫 작품으로 1912년 8월 19일 간행됐다. 〈토의간〉의 연재가 끝나자마자 바로 출판되었다는 점에서 신문연재소설의 인기에 편승해서 나타났다고 볼 수 있다.

대중출판(인쇄)매체로의 변환은 작품의 존재방식을 어떻게 바꾸었는가? 우선 이해조가 〈연의각〉과 〈토의간〉을 연재하기 앞서서 했던 '예고'를 보자.

죠션ᄌ리로 젼ᄒᆡ오ᄂᆞᆫ 타령 중 춘향가 심쳥가 박타령 토끼타령 등은 본리 유지ᄒᆞᆫ 문쟝지ᄉᆞ가 츙효의졀의 됴은 취지를 포함ᄒᆞ야 징악챵션ᄒᆞᄂᆞᆫ 큰 긔관으로 져술ᄒᆞᆫ 바인더 광ᄃᆡ의 학문이 부죡홈을 인ᄒᆞ야 ᄒᆞᆫ 번 젼ᄒᆞ고 두 번 젼홈이 **정대ᄒᆞᆫ 본 뜻은 일어버리고 음란쳔챡ᄒᆞᆫ 말을** 징연부익ᄒᆞ야 하등 무리의 찬셩은 밧을지언뎡 초유지각ᄒᆞᆫ 사름의 타

민가 날로 더ᄒ니 엇지 개탄홀 바가 안이라 ᄒ리오 이럼으로 본 긔자
가 명챵광더 등으로 ᄒ야곰 구슐케 ᄒ고 츅조산졍ᄒ야 … 아무됴록
광더타령이라고 등한히 보지 마르시고 그 타령 져슐ᄒ 녯사롬의 됴혼
뜻을 깁히 슬히시우.

(『每日申報』1912. 4. 27. 강조 인용자)

燕의 脚(박타령)은 이만 뎌만 ᄒ얏스니 이독ᄒ시던 렬위각하는 얼
마나 시원 샹쾌ᄒ시오 ᄎ호브터는 명챵의 토기타령(兎의 肝)을 긔지
홀 터이온더 이는 **무한유식ᄒ고 무흔 ᄌ미잇고 신츌긔몰ᄒ야** 가히 근
심잇는 쟈로 우슘이 나오고 죠으름 오는 쟈로 잠이 가게홀 만ᄒ오니
아모됴록 본보를 즉호구람ᄒ야 됴혼 긔회를 일치말으시오.

(『每日申報』1912. 6. 7. 강조 인용자)

무수히 많은 판소리 창본들이 음란천착하여 이를 바로 잡고자 정리
작업을 했다고 한다. 희화나 해학이 두드러지는 창본들을 접하고 이를
바로잡고자 했을 것이다. 그 방식은 명창의 구술을 토대로 개작하는
것이다. 〈토의간〉은 개화기 가야금 병창의 명인인 '沈正淳, 郭昌基 口
述', '解觀子 刪正'으로 표시되어 있다. 이해조가 어느 정도까지 개작
에 관여했는지는 정확히 알 수는 없지만 산정자로 자신의 이름을 밝히
고 있기에 상당 부분 관여했던 것은 분명하다.

개작의 방향은 〈토의간〉 예고에서도 밝혔듯이 '유식하고', '재미있
고', '신출귀몰'한 작품을 만드는 것이다. 이해조의 판소리 개작소설들
은 고전소설 텍스트가 근대를 상징하는 대중매체인 신문에 실린 첫 사
례가 되어 주목된다. 당시 『每日申報』의 발행부수가 최남선의 증언에

의하면 1만부 내외라고 하니,14) 방각본과는 상대도 될 수 없을 정도로 매일 수많은 독자들과 대면했던 것이다. 그기에 다양한 시도가 이루어졌다. 몇 가지를 대략 살펴보자.

우선 신문에 연재하면서 당시의 시세에 맞게 몇 군데 신식용어를 사용한 것이 눈에 띤다. 용궁어전회의 대목에서 "료리집"(6월 14일자)이 등장하며, 산중모족회의 대목에서 "셰상즘싱이 친목회를 열냐고"(6월 18일자) 통첩을 보내는데 "발긔쟈 곰 사슴 도야지", "총뒤의원 죡졉이"(6월 19일자)라는 신식용어를 사용했다.

다음은 호흡단위의 띄어쓰기가 시도되어 읽기 편하게 표기되었다. 예를 들면 "지졍갑신년, 즁하월에, 남히광리왕이, 령덕뎐싀로짓고"(6월 9일자)식이다.

세 번째는 지문과 대사가 분리되어 발화자를 ( )로 표시하거나 글자를 들여써서 시각적 효과를 주고 있다. 한 곳을 보자.

> 션관이 이르는 말이
> 대왕의 병셰를 잠간 슯혀보오니 아모려도 난치로소이다.
> (왕) 그러면 도리업시 죽亽릿가
>
> (<토의간>, 44면)

모든 행문이 다 ( ) 속에 발화자를 적고 직접인용의 방식을 취한 것이 아니라, 위의 예에서 보듯이 전달문 구조의 문장체 서술도 보인다. 전대 소설의 전달문 방식과 발화자를 표시하고 직접 인용하는 새로운 방식이 뒤섞여있는 것이다. 직접 인용은 분명 근대적 대화서술의

---

14) 천정환, 『근대의 책 읽기』, 푸른역사, 2003, 31면 참조.

방식이고 이런 점에서 근대 대중매체로 변환되면서 언문일치를 향한 새로운 시도가 행해지고 있다고 보인다.

네 번째는 처음에는 장단표시가 있다가 뒷부분에서는 없어졌다는 점이다. 명창의 구술을 토대로 산정했기에 장단의 표시가 [엇중모리] [안이리] [중중모리] [안이리] 식으로 앞부분에 제시되었다. 하지만 단행본으로 출판되면서는 아예 장단표시가 사라졌다. 판소리 가락과 소설의 서술이 혼재된 양상을 보이다가 점차 소설의 서술 쪽으로 정착된 것으로 보인다.

마지막으로 광고나 예고를 통해 사람들에게 홍보했다는 점이다. 소설이 상품화되면서 광고와 결합하게 되는 것은 자연스러운 일이고 이런 경향은 단행본 고전소설이 출간되기 시작하면서 더욱 강화됐다. 주로 서적문구와 함께 목록을 제시하는 정도였지만 고전소설 텍스트가 광고와 결합한 것은 흥미로운 일이 아닐 수 없다. 이는 고전소설도 상품화된 녹서물로서 당당하게 자리를 차지하게 됐음을 의미한다.

당시 판소리나 창극에 대한 인기도 있었지만 어쨌든 이해조의 판소리 개작소설이 신문에 연재됨으로써 고전소설도 본격적인 독서물로 등록되었고 또한 고전소설의 독자층을 넓히는데 큰 기여를 하게 되었다. 당시 독자층을 ①‘전통적 독자층’: 구활자본 고전소설(딱지본) 및 일부 신소설의 독자, 구연된 고전소설과 일부 신소설의 향유자 ②‘근대적 대중독자’: 대중소설, 번안소설, 신문연재 통속소설, 일본 통속소설, 1930년대 야담, 일부 역사소설 등의 향유자 ③‘엘리트적 독자층’: 신문예의 순문예작품, 외국 순수문학 소설, 일본 순문예작품 등의 향유자[15]로 나눌 때 신문연재는 분명 전통적 독자층을 넓히는 데 유리하였다.

당시 신소설은 주로 신문에 연재되었고 고전소설도 그렇게 됨으로써 독서물에 있어서는 신소설과의 구분이 없어지게 되었다. 이런 기세를 타고 구활자본 고전소설들이 단행본으로 출판되었음은 주지의 사실이다. 이제 본격적으로 단행본 체제로 출판되면서 여러 가지 변화들이 나타나게 되었다.

첫째, 표지가 아이들의 딱지처럼 울긋불긋하게 채색되어 화려한 장정이 등장했다. 이 때문에 이른바 '딱지본'이라고도 부르게 됐는데 고전소설이 본격적인 대중독서물로 자리 잡았음을 의미한다. 표지의 그림은 대개 텍스트의 내용 중 가장 흥미로운 대목이거나 일러스트화 하기 적합한 소재를 선정하여 민화식으로 그렸는데 〈토의간〉은 자라와 토끼가 수작하는 형태를, 〈별주부전〉은 토끼가 자라의 등에 올라 망망대해를 떠가는 모습을, 〈불로초〉는 토끼가 동산에서 풀을 뜯는 장면을 각각 표지의 그림으로 선택했다. "이전까지 가장 대중적인 책이었던 방각본 소설책에도 그런 식의 비주얼은 전혀 사용되지 않았는데, 전통적인 민화와 서구적 회화기법이 병행된 딱지본의 표지그림을 통해서 그림과 문자가 매체를 통해 본격적으로 결합하게"16)됐다고 한다.

둘째, 보기 좋은 4호 활자를 사용하여 호흡단위로 띄어쓰기를 했으며, ( ) 속에 발화자를 표기하고 한자를 병기하는 등 새로운 편집체제를 시도했다. 고전소설 중 처음으로 띄어쓰기가 시도된 것은 신문연재의 경우에도 그렇듯이 이 무렵에 와서다. 띄어쓰기는 시각적으로 보기 편하게 하려는 목적도 있지만 호흡단위로 하여 음독하기 좋게 한 것이

---

15) 같은 책, 53면 참조. 이 책은 독서와 독자가 근대문학 시기 어떻게 형성됐는가를 밝혀 이 글을 쓰는데 많은 도움이 됐다.

16) 같은 책, 75면.

다. 발화자를 ( ) 속에 넣은 것도 행문을 읽기 좋게 한 것이다. ( ) 속에 표시하지 않았을 때는 한 칸 내려써서 지문과 대화를 구별하고자 했다. 물론 필사본이나 방각본처럼 띄어쓰기, 발화자 표기, 한자병기 없이 붙여 쓴 경우도 있다. 가장 먼저 출판된 〈불로초〉가 그렇다. 뒤에 나온 두 작품 〈별주부전〉, 〈토의간〉은 새로운 편집체제를 선보였다.

셋째, 분량을 100면 내외로 하여 방각본은 물론이고 필사본보다 훨씬 긴 내용을 담게 되었다. 〈토의간〉은 88면이며 매면 13행, 매행 35자로 하였으며, 〈불로초〉는 새로운 편집체제를 따르지 않고 옛 방식대로 하여 33면에 매면 16행, 매행 35자로 하였다. 〈별주부전〉은 109면에 비교적 성기게 편집하고 띄어쓰기도 하여 매면 11행, 매행 30자 내외로 하였다. 활자수를 계산해 보면, 완판본 〈퇴별가〉를 기준으로 〈불로초〉는 1.8배 가량이 되며 〈토의간〉과 〈별주부전〉은 거의 3배 가량 된다. 이 사실은 고전소설이 이제 짧은 이야기가 아니라 어느 정도 분량의 '이야기책'으로서 본격적인 독서물로 자리잡았음을 의미한다.

넷째, 가격이 대부분 20~30전으로 당시 노동자의 하루 임금이 40~90전인데 비하면[17] 그리 싼 가격은 아니었지만 한 두 권쯤은 충분히 사 볼 수 있어 독자확보에 유리하였다.

1929년 KAPF의 소설 대중화 논쟁 과정에서 김기진은 구활자본 고소설인 소위 '이야기책'이 당시에 많은 대중들에게 읽혀지는 것에 주목하여 그 방식을 빌려 새로운 대중소설을 쓰자고 주장하였던 바, 구활자본 고전소설의 특징을 다음과 같이 설명해 주목된다.

---

17) 『조선총독부관보』 1912년 7월 17일자 참조.

그들이 이 위 冊을 사가는 心理는 (一) 욹읏붉읏한 그림 그린 表紙에 好奇心과 購買欲의 刺戟을 밧고 (二) 호롱불 미테서 목침베고 들어 누어서 보기에도 눈이 아피지 안흘 만큼 큰 活字로 印刷된 싸닭으로 好感을 갓고 (三) 定價가 싸서 그들의 經濟力으로도 能히 一, 二卷쯤은 一時에 사 볼 수 잇다는 것이 購買欲을 刺戟함으로 드듸어 사가는 것이요 사 가지고 가서는 (四) 文章이 쉬웁고 高聲大讀하기에 適當함으로—소위 그들의 「韻致」가 잇는 글이 그들을 매혹하는 싸닭으로 애독하고 (五)소위 재자가인의 박명애화가 그들의 눈물을 자아내고 부귀공명의 성공담이 그들로 하여금 慘憺한 그들의 현실로부터 그들을 우화등선하게 하고 호색남녀를 중심으로 한 음담패설이 그들에게 성적 쾌감을 환기케 하야 책을 버릴래야 버리지 못하게 함으로 그들은 혼자서만 이 책을 보지 않코 이웃 사촌까지 청하야다가 듣게 하면서 구비구비 썩거가며 고성대독하는 것이다.18)

김기진은 당대 대중들에게 읽히고자 하는 소설의 대안을 모색하기 위해 노동자 농민이 많이 읽던 구활자본 고전소설에 주목하여 그 매체의 특성을 찾아냈다. 그 특성은 앞에서 필자가 열거한 것과 큰 차이가 없다. 하지만 위기에 처한 근대소설을 '이야기책'식으로 쓰자는 주장까지 한 것은 결국 구활자본 고전소설들이 방각본과는 달리 본격적인 대중 독서물로 자리잡게 되었음을 증거한다. 천정환도 매년 '기만권 이상' 팔려나간 구활자본 고전소설이 대중적으로 소비되었다는 것에 주목하여 "책읽기의 대중화·근대화에 결정적인 계기를 제공"19)했다고 한다.

18) 八峰, 「大衆小說論」, 『동아일보』, 1929년 4월 17일자.
19) 천정환, 앞의 책, 76면 참조.

이런 매체변환에 따라 〈토의간〉은 어떤 방식으로 존재했을까? 완판 〈퇴별가〉보다 무려 3배 가까이 내용이 늘어났으니, 자연 사설이 확장 되고 부연되었지만 한 사설이 늘어난 것이 아니라 사건의 기복에 따라 사설이 조절된 것이다. 용궁어전회의 대목을 보면 토끼 잡으러 가는 신하를 천거하는데 거북, 고래, 새우, 메기, 문어, 조개, 방게, 도미, 숭어, 전복, 청어 등 무려 11명의 신하들이 거론된다. 그런가하면 자 라가 육지 나가는데 온갖 친척들이 등장하여 하직인사를 하는 대목에 서는 남생이와 "네 모양이 나와 방불ㅎ니 집안 식구가 혹 잘못 볼 나"(53면)고 수작하다가 "이는 다 광덕의 긱담"이라며 얼른 마무리해 버린다.

어떤 부분은 확대 됐지만 어떤 부분은 축소되었다. 산중모족회의의 진행과정이나 상좌다툼도 확대되었고, 자라가 토끼를 유인하는 부분 도 확대되었는데 흥미로운 대목이 있다. 너구리가 토끼에게 용궁가지 밀라 하어 돌아서려는데 사라가 토끼를 붙잡으려고 무진 애를 쓴다. 그 대목 중에 "뎌 놈을 구ㅎ야 슈궁으로 드러와 우리 룡왕씌 상쥬ㅎ고 불츠탁용으로 호죠판셔를 식였더니 호조 돈 칠천량을 갑작부리 동동 이에 셔러 맛츄고 시녀 십여인을 통간ㅎ 죄로 어젼곤장 칠십도에 졍비 츅츌"(76면)했다는 얘기를 하여 너구리를 깍아내리는가 하면 토끼에게 "우리 룡왕씌셔 그듸 얼골 보시면은 금옥ㄱ흔 귀흔 공쥬 하가를 식힐 는 지도 모르"(76면)겠다고 능청을 떨기도 한다. 자라가 토끼에 비해 훨씬 적극적이고 구변이 좋다.

변환의 방식은 이해조의 말처럼 뛰어난 문장재사가 "츙효의졀의 됴 은 취지를 포함ㅎ야 징악창션ㅎ 큰 긔관으로 저술흔 바"를 복원시 키겠다는 것이다. 忠이라는 주제에 충실하게 이야기를 풀어나가겠다

는 것이니 아무래도 자라가 중심에 올 수밖에 없다. 그래서 〈토의간〉
은 자라와 토끼의 지혜 겨루기에 초점을 맞추고 있다. 〈토의간〉 '예고'
에도 유식하고, 재미있고, 신출귀몰하게 이야기를 전개시키겠다고 했
으니 재담과 기지가 중심에 오는 건 당연하다. 창본과 필사본 혹은 완
판 〈퇴별가〉에 무수히 등장하는 봉건이념과 체제에 대한 희화나 풍자
는 뒷전일 수밖에 없다.

그런데 어떻게 하면 자라의 충성도 빛내고 토끼도 살려낼까? 가람
본 〈별토가〉는 자라가 소상강으로 망명하며, 경판 〈토생전〉은 忠을
위해 장렬한 죽음을 택했다. 완판본 〈퇴별가〉는 적절한 선에서 타협
을 모색해 둘 다 온전하게 사는 방법으로 토끼똥을 주어 용왕을 살렸
다. 하지만 이 대목은 신재효의 의도와는 무관하게 신랄한 풍자로도
읽힐 수 있다.[20]

하지만 구활자본 〈토의간〉은 골치 아프게 현실 속에서 방법을 구하
지 않았다. 선관이 내려와 선약을 줌으로써 이제까지의 온갖 일을 한
낱 해프닝으로 돌렸다.

> 즈라 ᄒ일 업셔 슈변으로 물너가 곰곰 싱각ᄒ니 츙셩만 허비ᄒ고
> 아모 실효업시 쳔리 슈궁 엇지 갈고 양구에 드러가 령덕편 압헤 부복
> ᄒ야 토끼 ᄒ던 말을 낫낫치 다 알외니 룡왕이 듯고 탄식ᄒ야 왈 싱은
> 긔오 스는 귀라 내 명을 어이ᄒ리 그 째에 션관도스 ᄂ려와 신약을
> ᄂ여쥬며 왕끠 말ᄒ여 왈 **슈궁에 별쥬부가 츙셩이 특이키로 그 츙셩**
> **표쟝 코져 토끼간을 말홈이라**

(〈토의간〉, 89면, 강조 인용자)

---

20) 이에 대한 자세한 고찰은 정출헌, 「봉건국가의 해체와 〈토끼전〉의 결말구조」, 『고
전소설사의 구도와 시각』, 소명, 1999, 299면 참조.

자라와 토끼의 목숨을 건 대결이 기껏 자라의 충성을 알리고자 한 것이니, 마치 〈獄中花〉에서 "남아의 탐화함은 영웅열사 일반이라 그러나 거현천릉 아니하면 현릉을 뉘가 알며 본관이 아니면 춘향 절행 엇지 아오릿가 본관의 수고함이 얼마 씀 감사하오"[21]라며 목숨을 건 춘향의 저항을 왜곡하는 것과 유사하다. 갑자기 난데없는 도사가 불쑥 튀어나와 사건을 마무리 짓는 것이니 이야말로 현실적인 문제를 가장 비현실적인 방식으로 해결한 셈이다. 판소리가 지닌 현실의 고민을 일거에 뒤집어 〈토의간〉은 이해조가 의도한 바대로 그저 재미있는 대중 독서물로 위치하게 된다. 사실 비현실적 인물이 하늘에서 내려와 선약을 주는 장면은 필사본인 김동욱소장 〈토별산수록〉에도 등장한다. 관음보살이 "너에 충심을 ᄀ승니 여겨 흔 병 감노슈를 쥬ᄂ니 도라가 충심에 공을 일우라 ᄒ고 좌슈에 옥호를 ᄂᆡ여쥬"[22]는 대목이 있어 여기서 차용했으리라 보여진다.

이린 대중독서물로서의 경향은 1913년 발산된 〈별수부전〉에 오면 극대화 된다. 〈별주부전〉은 〈토끼전〉의 이본 중에서 아주 특이한 텍스트로 〈토끼전〉의 전통을 완전히 전복시켜 놓았다고 한다.[23] 대강의 줄거리는 유사하지만 판소리의 사설은 하나도 없고 완전히 문장체 소설이다. 게다가 토끼와 자라의 대결구도도 보이지 않는다. 작품의

---

21) 『獄中花』, 博文書館, 1912, 155면.

22) 김동욱 소장 〈토별산수록〉, 『토끼전 전집 2』, 박이정, 1998, 321면.

23) 정출헌, 앞의 책, 308면. 〈별주부전〉을 보는 필자의 입장에는 동의하나, 〈별주부전〉이 이해조의 작품은 아닌 것 같다. 이해조의 〈토의간(별주부가)〉은 1916년 2월 30일 博文書館에서 초판이 발행됐고 신문에 연재했던 내용에서 장단표시를 빼고 한문을 병기하였다. 이해조는 1913년 신구서림에서 〈연의각〉을 비롯하여 신소설 〈소학령〉, 〈봉선화〉, 〈비파성〉, 〈우중행인〉 등을 출판했다.

60% 이상이 토끼를 찾는 내용이다. 처음 용궁어전에서 토끼 잡으러 갈 신하를 뽑는데도 기껏 문어만이 가겠다고 나서는 정도며, 결국에는 "경의 인군을 위ᄒᆞᄂᆞ 츙셩이 시 즁에 나타낫스니 요마톡기를 엇어 도라옴을 어이 근심 ᄒᆞ리오"[24]하며 자라를 보낸다. 텍스트에서 '요마톡기' 혹은 '간샤ᄒᆞᆫ 져톡기'로 드러나듯이 토끼는 포획의 대상일 뿐이며 작품은 오직 자라의 충성을 드러내는데 모아진다.

토끼를 잡으러 가는데 아황과 여영, 굴원, 강태공, 제갈량, 조자룡, 소동파, 악비, 엄자릉, 이태백, 왕상, 조아, 륙수부 게다가 조조까지 무려 13명이나 되는 충신열사와 효자를 만나며 지나간다. 그 중 충신이 아닌 조조를 만나서는 "이 사람이 국은을 져ᄇᆞ리고 찬역ᄆᆞᆷ 품엇스니 내 어이 이런 인물을 잠간인들 되면ᄒᆞ리"(28면)하며 주저없이 자리를 떠난다. 자라는 철저한 충성의 화신으로 모두 부르기를 ":슈궁츙신 별쥬부"나 "남히 룡궁 츙신"이라 할 정도다. 모두가 자라를 격려하고 토끼 잡기를 기원하는데 마지막으로 남송의 충신 육수부를 만나서는 "그 되ᄂᆞ 슈국츙신이라 톡기를 잡으려ᄒᆞ야 불원쳔리ᄒᆞ고 이곳ᄭᅵ지 니르럿스니 그 정성이 아름다온지라 쥼산이 여긔셔 멀지 아니ᄒᆞ니 쌜니가 륙디에 ᄂᆞ려 톡기를 차지라"(43~44면)고 직접 토끼가 있는 중산을 가리켜 주기까지 한다.

육지에 도착해서도 소, 개, 수달, 사슴, 호랑이, 여우 등을 만나 토끼의 거처를 묻고 나중에는 여우에게 진주 백매를 뇌물로 주고 토끼를 찾는다. 이 모든 과정이 전체의 60%가 넘는 무려 68면에 걸쳐 서술되는 바, 〈별주부전〉은 그야말로 미로에서 출구를 찾듯이 '토끼찾기'의

---

24) 『별쥬부젼』, 新舊書林, 1913, 24면. 앞으로의 인용은 일일이 각주를 달지 않고 괄호 속에 면수만 표시한다.

이야기다.

그 뒤에 이어지는 내용은 간략하더라도 어쨌든 토끼가 사지에서 벗어나는 이야기다. 자라의 충성을 강조하기 위해 토끼를 죽일 수도 없는 노릇이다. 어떻게 해야 할 것인가? 이해조가 〈토의간〉에서 했던 방식, 즉 초월적 인물이 나타나 사태를 해결하는 것이다. 더욱이 〈별주부전〉은 한술 더 떠서 자라가 "내 충성이 부죡ᄒ야 톡기의 속인 바히 되엿"(108면)다고 바위에 머리를 들이 받고 죽으려는 찰나에 화타가 등장하여 "네 졍성이 지극ᄒ기로 내 텬명을 밧ᄌ와 일립션단을 쥬"(109면)어 사태를 해결한다. 겸판본 〈토생젼〉의 비장함과 〈토의간〉의 사태해결방식이 결합한 것이다.

〈토끼전〉이 봉건체제와 이념에 대한 희화와 풍자에서 점차 자라를 중심으로 한 충성의 강조와 미화로 바뀌고 문제의 해결을 위해 초월적 인물이 등장한 것은 분명 대중 독서물로서의 매체 변환과 깊은 관계가 있다. 곧 대중독서물 혹은 대중출판물로 매체의 형태가 바뀌게 되면서 독자들의 흥미를 끌 수 있는 여러 가지 변화가 일어나는 것이다. 텍스트의 풍부한 사설들이 사건 중심으로 재편되고, 봉건국가의 운명과 관련하여 용왕과 토끼, 자라가 벌이는 심각한 대결의 양상이 자라를 중심으로 정리되는 것이다. 이미 시대가 바뀌었기에 봉건체제에 대한 첨예하고 심각한 문제들은 흥미를 끌 수 없었다. 자연 단순한 '충효의절의 좋은 취지'로 그 주제가 모아지며 기지담으로 이야기가 전개될 수밖에 없다.

봉건시대는 끝났지만 새로운 시대는 도래하지 않았던 반봉건상태의 사회정세가 이런 봉건적 덕목들을 자연스레 받아들일 수 있게 했기에 구활자본 고전소설이 대중독서물로 인기가 있었다.[25] 봉건적 권위는

무너졌지만 새로운 시대에 대한 대안은 만들어지지 않았고, 여기에 구
활자본 고전소설이 그 역할을 맡은 것이다. 구활자본에 와서 왜 유달
리 자라의 충성이 강조되고 초월적 인물들이 등장해 용왕의 병을 고치
는가에 대한 이유도 바로 여기에 있다.

김기진은 구활자본 고전소설의 그런 존재방식을 정확히 지적하고
있다.

> 그들은 이야기冊의 表裝의 惶惚, 定價의 低廉, 인쇄의 大, 문장의
> 「韻致」에만 興味를 가질 뿐만 아니오 實로 그 이야기冊의 內容思想
> ―卑劣한 享樂趣味, 忠孝의 觀念, 노예적 奉仕精神, 宿命論的 思想
> 등―에 까지 興味와 同感을 갓는 것이 또한 움즉일 수 업는 事實인
> 點에 문제의 困難은 橫在하여 잇다. 才子佳人의 이야기, 富貴功名의
> 이야기, 好色男女의 이야기, 忠臣烈女의 이야기가 아니면 재미가 업
> 다는 것이 오늘날 그들의 傾向이다.[26]

새로운 가치 체계가 형성되지 않은 단계에서 기존 봉건적 덕목들이
자연스레 수용되어 그것이 흥미를 유발했던 건 분명하다. 이를 통해서
김기진은 대중독서물이 어떻게 돼야 하는가의 고민을 안고 있었지만
한편 매체에 의해서 대중 독자층이 형성 되었다는 문제는 분명 간과하
고 있었다.

---

25) 이에 대한 자세한 고찰은, 권순긍, 앞의 책, 163면 참조.
26) 八峰, 앞의 글, 1929년 4월 18일자, 강조 인용자.

4. 맺음말

이제까지 고전소설 〈토끼전〉의 텍스트, 즉 필사본, 방각본, 구활자
본을 각각 필사매체, 인쇄매체, 대중출판(인쇄)매체로 보고 그 변환에
따라 작품이 어떻게 바뀌어 갔는가를 살펴보았다. 매체의 변환에 따라
텍스트의 존재방식이 어떻게 달라졌나를 살핀 것이다.

필사본인 가람본 〈별토가〉는 혼재성과 다양성, 변이성이라는 필사
매체의 속성으로 인하여 사건과 사설이 서로 뒤엉키는 양상을 보여주
고 다양한 목소리들이 부연되어 일대 난장판을 벌이며 봉건권력에 대
한 희화와 비속화를 보여주었다. 그럼으로써 가장 신랄하게 봉건권력
을 풍자·조롱한 텍스트로 나아갈 수 있었다.

방각본인 경판 〈토생전〉은 공식화 혹은 공유화라는 인쇄매체의 속
성에 따라 내용이 정제되었으며 판소리의 사실이 문장체로 정리뇌었
다. 봉건권력이 존중되고 이를 위해 희생하는 자라의 충성이 강조되었
다. 완판 〈퇴별가〉는 봉건체제에 대한 풍자와 미화를 적절한 선에서
타협했던 바, 자라의 충성을 중심에 놓았지만 또한 봉건체제의 모순을
풍자하기도 하였다.

구활자본은 대중출판 혹은 대중독서물로서 대중화, 상품화라는 대
중출판(인쇄)매체의 특성에 맞게 울긋불긋하고 화려한 표지, 보기 편
한 4호 활자, 호흡단위 띄어쓰기, 대화와 지문의 구별 등 다양한 변화
를 보였다. 이는 본격적인 독서물로서 독자들의 구미에 맞추기 위한
것이었다. 이에 따라 〈토의간〉, 〈별주부전〉 등의 작품들은 사설이 줄
어들고 대신 사건중심으로 이야기가 전개되며, 봉건체제의 운명 같은
심각한 문제는 사라지고 흥미소가 대폭 강화되어 지혜 겨루기 양상을

보였다. 당시 사회가 반봉건 상태였기에 忠이라는 주제가 자연스레 수용될 수 있었고 초월적 존재가 등장하여 이를 미화시키는 역할을 수행했다.

이 외에도 창본을 대상으로 '소리매체'의 문제도 다루어야 했다. 하지만 필사본인 가람본 〈별토가〉는 창본일 가능성이 크며, 방각본인 완판 〈퇴별가〉는 창본의 흔적이, 그리고 구활자본인 〈토의간〉은 창본을 정착시킨 것이니 소리와 문자를 구별해 내는 것이 쉽지 않은 일일 뿐더러 이를 다루기 위한 논리도 마련하지 못했다. 우리가 보는 자료는 문자뿐이니 수용의 문제와 결부하여 '소리'의 문제를 다루어야 되겠지만 만만치 않다.

매체에 따라 텍스트가 어떻게 존재하고 규정되는가의 문제는 결국 한 시대의 다양한 기제 속에서 문학작품, 즉 텍스트를 어떻게 볼 거냐는 것과 결부된다. 분명한 건 문학 텍스트는 부동의 완결체가 아니라 늘 변화해왔다는 것이다. 우리는 그것을 불변의 그 무엇으로 보고자 했다. 이 환상을 깨트려야만 텍스트는 다양한 매체로 변환하고 거기에 의미를 부여할 수 있는 것이다. 이제 고전 텍스트의 문학성이 무엇이냐를 묻는 것이 아니라 그것을 어떻게 활용할 것인가를 고민해야 한다.

『고전문학연구』 30집, 2006. 12.

고전소설의 영화화
- 1960년대 이후 〈춘향전〉 영화를 중심으로

1. 문제의 제기

고전소설은 말 그대로 오랜 세월 많은 사람들에게 읽혀진 민족문학의 보고다. 그러기에 수 없이 얘기되고 인용되었다. 하지만 현대에는 고전소설을 스스로 찾아 읽지 않는다. 이미 독서물로서 문학사적 사명을 마쳤기 때문이다. 기껏 아동용 전래동화나 교과서 속에 유폐되어 학습용으로 활용될 뿐이다. 시험을 위하여 밑줄 치며 외웠던 그 난수표 같은 〈구운몽〉이나 〈춘향전〉을 어느 누가 독서물로 찾아 읽겠는가. 일반인을 대상으로 한 도서 중에 고전소설이 거의 없는 것도 당연하다.[1]

그러나 고전소설을 콘텐츠로 하여 다양한 매체로 전환시키면 문제가 달라진다. 이미 익숙한 '서사 구조(Narrative Structure)'[2]를 지니고

---

1) 청소년물을 제외하고 일반인을 대상으로 한 우리 고전소설은 민음사에서 세계문학 전집으로 펴낸『구운몽』(송성욱 역),『춘향전』(송성욱 역)과 그린비에서 펴낸『옥루몽』(김풍기 역) 정도다.

2) 시모어 채트먼, 김경수역,『영화와 소설의 서사구조』, 민음사, 1990, 15~45면에서 채트먼은 서사 구조를 매체의 차이를 초월하여 공통적으로 존재하는 구조라 했으며

있기에 얼마든지 다양한 매체로의 확산이 가능하다. 그 대표적인 예가 영화일 것이다. 영화는 문학, 음악, 미술, 연극 등 다양한 장르를 한데 묶을 뿐만 아니라 과학기술의 발전과 더불어 빠른 속도로 진화해 이제는 대중문화의 중심이 되었다. 많은 시간을 들여 책을 읽지 않고도 짧은 시간에 영상과 소리를 통해 작품을 온전히 감상하게 되니 수용자의 입장에서는 가장 매력적인 장르인 것은 분명하다.

현재 우리의 고전문학은 약 70편 정도가 영화화되었다고 한다.[3] 대상작품 모두가 내러티브를 지니고 있는 설화와 소설인데 그 중 고전소설은 모두 42편이 영화화되어 전체의 60%에 달한다.[4] 고전소설 중에서는 〈춘향전〉이 단연 두드러진다. 무려 22편의 영화가 만들어졌다.[5] 〈장화홍련전〉이 7편, 〈심청전〉·〈홍길동전〉이 각각 4편, 〈흥부전〉이 3편, 〈숙영낭자전〉·〈콩쥐팥쥐전〉이 2편, 〈운영전〉이 1편 영화화된 데 비하면[6] 〈춘향전〉은 전체 빈도수에 반이나 차지한다.

유독 〈춘향전〉이 왜 이렇게 많이 영화화됐을까? 게다가 빈도뿐만 아니라 한국영화의 고비 때마다 등장하여 영화사의 새로운 지평을 열어나가기도 했다. 분명 〈춘향전〉은 한국영화의 최고 콘텐츠임이 분명

그 하부단위를 사건, 인물, 배경 등의 '이야기'와 전달 방식인 '담화'로 구분하였다.

3) 이윤경, 「고전의 영화적 재해석」, 『돈암어문학』 17집, 돈암어문학회, 2004, 103면 참조.

4) 같은 글 122~124면 도표에서 모두 68편의 영화목록을 제시했는데 그 중 고전소설을 영화화 한 것이 42편이다.

5) 같은 글에서 이윤경은 18편의 목록을 정리했는데, 조희문은 여기에 악극을 영화화한 〈노래조선〉, 영화 촬영 과정을 다룬 〈반도의 봄〉, 미완성된 〈춘향전〉, 애니메이션 〈성춘향전〉을 추가해 22편으로 확정했다. 조희문, 「한국고전소설 〈춘향전〉의 영화화 과정」, 『국제학술대회 논문집』, 반교어문학회·호남사범대학, 2006. 12. 18. 65~67면 참조.

6) 이윤경, 앞의 글 목록에서 뽑아 정리했다.

하다. 〈춘향전〉의 어떤 요인들이 이렇게 많은 영화화를 가능케 했을까? 그리고 그 20편이 넘는 〈춘향전〉 영화들은 어떤 모습을 띠고 있을까? 〈춘향전〉의 영화화 과정과 양상을 통해 그 실상을 살펴보고자 한다.

2. 〈춘향전〉의 영화화 과정

고전소설이 영화화되는 과정은 크게 두 경로로 나누어 생각할 수 있다. 하나는 고전소설이 직접 시나리오로 각색되어 영화화되는 경우고, 다른 하나는 현대소설로 전환됐다가 다시 영화화되는 경우다. 설화의 경우는 그 내용이 간략하기에 현대소설의 단계를 거쳐 영화화되는 것이 일반적이다. 가장 빈도수가 많은 〈황진이〉(4회)나, 〈꿈〉(3회), 〈무영탑〉(2회)은 설화가 직접 시나리오로 가색됐다기보다 이태준의 《황진이》나 이광수의 《꿈》, 현진건의 《무영탑》이 각각 영화화된 것이다. 원천은 설화에 있지만 실상은 현대소설이 영화화된 것이다.

하지만 고전소설의 경우 대부분 직접 시나리오로 각색되어 영화화됐다. 내러티브를 풍부하게 갖추고 있을뿐더러, 1912년 이후 구활자본 고전소설이 등장하여 적어도 해방이전까지는 대중독서물로서 그 역할을 충실히 수행했기에 직접 매체전환이 가능했던 것이다. 당시 구활자본 고전소설들은 근대소설과의 경쟁관계에서 분명 대중적 우위를 점거하고 있다.

초창기 영화사에서 〈장화홍련전〉(1924)의 각색에 참여한 이구영에 의하면 "이 무렵만해도 〈춘향전〉이니, 〈홍보전〉이니, 〈장화홍련전〉

이니 하는 영화는 시나리오가 따로 없었다. 당시 유행하던 10전소설
[구활자본 고전소설-인용자]의 원본에다 줄을 죽죽 긋고 촬영하는 상
황이었다."할 정도다.[7]

가장 많이 영화화된 〈춘향전〉은 근대문학시기에도 최고의 베스트
셀러였다. 연간 7만권 정도가 팔리고, 97종의 이본을 파생시킨 일제
시기를 대표하는 작품이다. 역설적으로 '신문학' 또는 '근대소설'의 대
표작인 셈이다.[8] 〈춘향전〉의 대중적 인기는 이 작품을 KAPF의 예술
대중화 논쟁과정에서 김기진에 의해 소설대중화의 모범적인 대안으로
거론되게 하기도 했다.[9]

이런 〈춘향전〉의 인기에 편승하여 1923년 민간제작 극영화의 첫 번
째 작품으로 〈춘향전〉이 만들어진 것이다. 그 영화를 만든 사람은 동
아문화협회의 사주인 하야가와 고슈(早川孤舟)다. 최초의 민간제작 영
화이자, 고전소설 영화화가 일본인에 의해서 이루어진 것이다. 그 뒤
20편이 넘는 〈춘향전〉이 만들어졌는데 이를 정리하면 다음과 같다.[10]

연도	제 목	제 작 사	감 독	주 연	비 고
1922	春香歌	劇團 金小浪 一派	金小浪	미 상	연쇄극(키노드라마)
1923	春香傳	東亞文化協會	早川孤舟	김조성(변사), 한룡, 최영완	〈춘향전〉 최초의 영화화, 민간영화

---

7) 영화진흥공사 엮음, 「한국시나리오사의 흐름」, 『한국시나리오선집 1권』, 집문당,
   1986, 295면 참조.
8) 천정환, 『근대의 책 읽기』, 푸른역사, 2003, 70~76면 참조.
9) 김기진, 「대중소설론」, 『동아일보』, 1929년 4월 14일~4월 20일.
   권순긍, 「활자본 고소설의 수용과 1920년대 소설대중화론」, 『활자본 고소설의 편폭
   과 지향』, 보고사, 2000, 312~321면 참조.
10) 앞의 글에서 조희문이 작성한 22편의 목록을 참고하여 만들었다.

1935	春香傳	京城撮影所	李明牛	박제행, 문예봉, 이종철, 김연실, 임운학, 노재신	최초의 발성영화
1936	노래 朝鮮	OK레코드社	金相鎭	강남향, 나종심	악극〈춘향전〉공연을 영화로 수록
1936	그 후의 李道令	嶺南映畵社	李圭煥	독은기, 이진원, 문예봉	〈춘향전〉의 후일담 (속편)
1941	半島의 봄	明寶映畵社	李炳逸	김일해, 김소원	〈춘향전〉 영화촬영과 정을 다룬 영화(미완)
1948	春香傳	高麗映畵社	李慶善	미 상	제작중단, 미완성
1955	春香傳	東明映畵社	李圭煥	이 민, 조미령, 전택이, 노경희, 이금룡, 식금싱	작품성 가장 뛰어남. 한국영화 부흥의 계기
1957	大春香傳	三星映畵企業社	金鄕	바옥진, 바옥란, 조양금, 조양녀	여성국극영화
1958	春香傳	서울칼라라보	安鍾和	최현, 고유미, 허장강, 김현주, 김승호, 전옥	
1959	脫線 春香傳	宇宙映畵社	李慶春	박복남, 복원규, 긔채연	〈춘향전〉 패러디, 넌센스 코미디
1961	春香傳	洪性麒프로덕션	洪性麒	최귀식, 김지미, 김동원, 양미희, 최남현, 유계선	컬러 시네마 스코프 촬영(최초)
1961	成春香	申필림	申相玉	김진규, 최은희, 허장강, 도금봉, 이예춘, 한은진	흥행대성공
1963	漢陽에서 온 成春香	東星映畵社	李東薰	서양희, 신영균	〈춘향전〉의 후일담 (속편)
1968	春香	世紀商社	김수용	신성일, 홍세미, 허장강, 태현실, 박노식, 윤인자	
1971	春香傳	泰昌興業	이성구	신성일, 문 희, 박노식, 여운계, 허장강, 도금봉	최초의 70밀리 영화
1972	방자와 향단이	(株)合同映畵	이형표	신성일, 박지영, 박노식, 여운계	〈춘향전〉의 패러디, 코미디

1976	成春香傳	宇星社	박태원	이덕화, 장미희, 장욱제, 최미나, 신 구, 도금봉	사회성 부각
1984	사랑 사랑 내 사랑	申필름映畫 撮影所	신상옥	장선희, 리학철, 최창수, 김명희, 손원주, 방복순	북한·영화, 뮤지컬, 신분갈등 강조
1987	成春香	禾豊興業 株式會社	한상훈	김성수, 이나성, 김성찬, 곽은경, 연규진, 사미자	
1999	성춘향뎐	투너 신 서울	앤디 김		애니메이션
2000	춘향뎐	泰興映畫(株)	임권택	조승우, 이혜정, 김학용, 이혜은, 이정헌, 김성녀	칸느국제영화제 본선 진출

1923년 하야가와에 의해 만들어진 〈춘향전〉은 무성영화로 시나리
오도 그에 의해 만들어졌다. 우리 고전소설을 제대로 이해할 수 없는
일본인이 제작하여 작품성이 크게 미흡했지만 당시 인기 있던 작품
〈춘향전〉을 영화로 보여준다는 것만으로도 관객이 몰려 흥행에 큰 성
공을 거두었다고 한다.11)

이제 소설을 영상으로 보는 '영화의 시대'가 시작된 것이다. 초창기
영화사에서 고전소설이 유난히 많이 영화화 된 것은 마땅한 아이디어
나 소재가 없기에 당시 대중들에게 많이 읽히고 있던 구활자본 고전소
설의 작품을 선택한 것이다. 〈춘향전〉을 비롯하여 〈장화홍련전〉, 〈운
영전〉, 〈심청전〉, 〈흥부전〉 등이 모두 한국 영화사 초기에 제작되었
다. 구활자본 고전소설에 익숙한 대중들을 극장으로 불러들이겠다는
것이다.

---

11) 정종화, 『자료로 본 한국영화사』, 열화당, 1997, 24면 참조.
　　김남석, 『한국 문예영화 이야기』, 살림, 2003, 12면 참조.

더욱이 영화는 소설의 수용보다 훨씬 간편하고 효과적이었다. 당시 문맹률이 80%나 될 정도로 높았기에[12] 스스로 소설을 볼 수 있는 사람은 많지 않았다. 김기진도 「대중소설론」에서 "우리의 노동자와 농민은 반드시 눈으로 소설을 보지 않고 흔히 귀로 보는 까닭"[13]이라고 했다. 이런 까막눈인 대중들을 끌어들이는 데 영화는 매우 효과적이었다. 그래서 최승일은 "사실상 영화는 소설을 정복하였다. 왜 그런고 하니 그것은 대체상으로 소설은 지식적, 사색적이고 영화는 시선 그것만으로도 능히 머리로 생각하는 사색 이상의 작용의 능력을 가진 까닭이다. 또한 경제상으로도 하루 밤에 3·4십전만 내어 던지면 몇 개의 소설(연출)을 직접 사건의 움직임을 보는 까닭이며, 또한 소위 바쁜 이 세상에서 적은 시간을 가지고서 사건의 전 동작을 볼 수가 있는 것이었다."[14]고 하여 초기 영화들이 소설과의 경쟁관계에서 어떻게 소설의 독자층을 흡수했나를 설명했다.

게다가 당시 영화들이 "2·3의 고대소설을 각색하여 낸 것 외에는 〈장한몽〉, 〈농중조〉를 보았을 따름"[15]이라고 고전소설이 영화의 주요 소재가 됨을 밝혔다. 최승일의 지적처럼 초기 영화의 대부분을 고전소설이 장악했으며, 그 중심에 〈춘향전〉이 있었다. 〈춘향전〉은 이미 익숙한 내러티브를 가졌기에 이름만으로도 사람들이 몰려들 수 있었던 것이다. 영화라는 새로운 매체를 통해 익숙한 내러티브를 따라가

---

12) 최준, 「언론의 활동」, 『한국사 21』, 국사편찬위원회, 1981, 57면 참조.

13) 김기진, 앞의 글, 1924년 4월 19일자 참조.

14) 승일, 「라디오, 스포츠, 키네마」, (『별건곤』, 1926, 12월호), 『서울에 딴스홀을 許하라』, 현실문화연구, 1999, 185면 참조. 책에는 1월호로 되어 있으나 원본 대조 결과 12월호로 바로 잡는다.

15) 같은 글, 같은 곳.

며 구체적 사건들을 눈과 귀로 확인할 수 있게 하기 때문이다.

1935년에 제작된 이명우 감독의 〈춘향전〉은 최초의 발성영화란 점에서 주목을 끌었다. 한국 최초의 촬영감독 이필우가 동생 이명우에게 감독을 맡기고 자신은 녹음, 현상, 촬영을 담당해 변사가 아닌 배우들의 목소리를 직접 들려주는 새로운 방식을 선보였다. 유난히 소리를 강조한 이 영화는 홍난파가 작곡한 주제가를 김복희가 불러 최초의 주제가를 선보이기도 했다. 여기서 춘향역은 〈임자 없는 나룻배〉로 당대 최고의 배우가 된 문예봉이 맡았는데, 1923년 제작된 무성영화 〈춘향전〉에서 춘향역을 맡았던 기생 한룡의 질녀였다. 이런 여러 대중적 흥미 요인으로 인하여 비록 영화적 완성도는 떨어졌지만 흥행은 대성공을 거두었다. 당시에는 영화관이 보통 50전이었는데 발성영화라서 그 두 배인 1원으로 올렸음에도 불구하고 단성사에 관객이 몰려 연일 매진을 기록했다 한다.16)

이런 〈춘향전〉의 폭발적인 인기는 영화촬영과정이나 후일담을 다시 영화로 만드는 속편까지 등장시키기도 했다. 1936년 김상진 감독의 〈노래조선〉은 악극 〈춘향전〉 공연을 영화로 수록한 것이며, 1941년 이병일 감독의 〈반도의 봄〉은 〈춘향전〉의 영화촬영과정을 소재로 하여 만들어진 영화다.17)

1936년 이규환 감독은 1935년 〈춘향전〉에서 춘향역을 맡아 인기를 얻었던 문예봉을 다시 기용해 〈그 후의 이도령〉이란 속편을 만들기도 했다. 춘향이를 구해낸 이몽룡이 계속 민정을 시찰하러 암행에 나섰다

---

16) 김남석, 앞의 책, 33~35면, 정종화, 앞의 책, 74면 참조.
17) 이 두 작품에 대한 자료나 설명은 어디에도 없고 조희문의 앞의 글에만 있어 이를 참고한다.

가 산중의 외딴집에서 묵게 되는데, 이 집 주인이 고개를 넘는 손님들의 물건을 터는 화적이어서 이들을 잡아 관가로 넘긴다는 내용이다. 〈춘향전〉에 공안이나 액션적 요소를 가미한 일종의 통속영화다.

1955년 이규환 감독은 다시 〈춘향전〉을 제작해 한국영화 부흥의 계기를 만들었다. 한국전쟁 후 한국영화는 반공계몽영화 일색이어서 영화계가 침체되었고 관객들도 영화를 외면했는데 〈춘향전〉이 등장하면서 일대 전환의 계기를 만들었다. 춘향과 이몽룡의 사랑과 이별 그리고 재회를 현대적인 관점에서 서정적인 영상으로 재구성하여 큰 호응을 얻었다 한다. 특히 원작에도 없는 바닷가 신(변학도와 춘향이가 쫓고 쫓기는 장면)을 넣어 새로운 간가을 선보이기도 했다. 국도극장에서 개봉했는데 2개월 동안이나 장기상연을 하여 당시 서울 인구 150만 명 가운데 12만 명이 보는 흥행을 기록했다 한다. 지금까지 수없이 제작된 〈춘향전〉 가운데 가장 뛰어난 작품으로 거론된다.[18]

1961년 홍성기 감독의 〈춘향전〉과 신상옥 감독의 〈성춘향〉은 여러 면에서 한국영화의 새로운 지평을 열었다. 그해 1월 개봉된 홍성기 감독의 〈춘향전〉은 한국영화 최초로 컬러 시네마 스코프(Cinema-Scope) 방식[19]으로 제작되어 한국영화기술을 한 단계 높였으며, 두 영화가 동일한 〈춘향전〉을 가지고 영화화한 것은 물론 홍성기와 신상옥의 감독 대결과 그들과 부부였던 주연배우 김지미와 최은희의 연기 대결로도 관심을 모았다. 결과는 신상옥 감독의 〈성춘향〉이 압승을 거두었

---

18) 김남석, 앞의 책, 48~50면 참조.
19) 시네마 스코프 방식은 화면의 가로 대 세로 비율이 2.35:1인 광폭화면(Wide Screen)을 가리킨다. 이전엔 대부분 1.33:1의 표준화면이었으나 TV와 차별화하기 위한 방식으로 긴 화면이 등장했다.

다. 75일간이나 장기상연되어 38만 명의 관객을 끌어들였다 한다.[20]

〈춘향전〉의 이런 인기는 다시 후일담을 그린 속편으로 이어졌는데, 1963년 이동훈 감독의 〈한양에 온 성춘향〉이 그것이다. 이 작품은 한양으로 올라온 이몽룡·성춘향 부부와 변학도의 재대결을 그린 작품으로 복수심에 불타는 변학도가 당파싸움에 편승해 소론에 속해 있던 이몽룡과 춘향을 괴롭힌다는 내용이다.

그 이후에도 〈춘향전〉은 꾸준히 제작됐는데 영화사에서 주목되는 작품은 1971년 이성구 감독의 〈춘향전〉이다. 35밀리가 아닌 70밀리로 제작한 최초의 한국영화가 되었다. 이 영화의 각본은 이어령이 썼으며 춘향역을 공개모집하여 문희가 그 역을 맡아 관심을 불러일으켰으나 관객은 10만 명선을 겨우 넘었다.

70년대는 산업사회로의 급속한 이행과 고도 경제성장을 이루었던 시기다. 이제 낡은 춘향의 시대는 지나간 것이다. 그 뒤 만들어진 1976년 박태원 감독의 〈성춘향전〉은 인기배우 장미희를 남겼지만 서울 개봉 관객은 2만 명을 넘지 못했고, 1987년 서울 올림픽을 앞두고 제작된 한상훈 감독의 〈성춘향〉은 관객이 고작 748명이었다.[21]

이런 상황 속에서 〈춘향전〉의 영화사에 새로운 전환점을 만든 것은 2000년 임권택 감독의 〈춘향뎐〉이다. 이제까지의 작품들이 고전소설 〈춘향전〉을 각색한 데 비해 이 작품은 조상현 창본 〈춘향가〉를 바탕으로 하여 판소리의 가락을 영상화하는 데 주력했다. 그 결과 한국의 독특한 미학을 구사한 것으로 평가되어 한국 영화사상 처음으로 깐느 영화제 본선에 진출하기도 했다.

---

20) 김남석, 앞의 책, 60~62면 참조.
21) 「다시 우리 앞에 선 '누이 같은 여인」, 『한겨레 신문』, 1999년 3월 11일자 참조.

한국 영화사에서 〈춘향전〉의 위치는 단연 독보적이다. 22편이나 계속 제작된 점도 그렇거니와 주요한 시기마다 한국영화사의 새로운 지평을 열어갔다. 1923년 하야가와 감독의 〈춘향전〉은 최초의 민간제작 영화(실상 최초의 극영화인 셈이다.)이며, 1935년 이명우 감독의 〈춘향전〉은 최초의 발성영화이고, 1955년 이규환 감독의 〈춘향전〉은 전쟁으로 폐허가 된 한국영화 부흥의 계기가 되었다. 1961년 홍성기 감독의 〈춘향전〉은 최초의 컬러 시네마 스코프 영화이고, 1971년 이성구 감독의 〈춘향전〉은 최초의 70밀리 영화로 제작되었으며, 2000년 임권택 감독의 〈춘향뎐〉은 한국영화 최초로 깐느 영화제 본선에 진출했다.

무엇이 〈춘향전〉을 이렇게 인기 있는 작품으로 만들었을까? 신분이 다른 청춘남녀의 사랑과 이별, 그리고 수난의 과정을 거쳐 다시 행복한 재회를 하기까지 전형적인 멜로드라마의 틀을 그대로 지니고 있을 뿐더러, 그 이야기가 대중들에게 아주 익숙한 내러티브를 갖추고 있기 때문일 것이다. 이미 식민시 시대 최고의 베스트 셀러로서 100종 가까운 이본을 파생시키고 가장 많이 읽혔다는 점이 그렇다. 게다가 양반과 기생이라는 신분적 격차와 기생이기에 변학도의 수청요구를 거절하기 불가능하다는 상황, 그 사랑을 지키기 위해서 모진 고난을 겪으며 마지막에는 죽을 수밖에 없는 처지에 이몽룡이 암행어사가 되어 나타나 춘향을 구출해 주었다는 극적 반전에 이르기까지 〈춘향전〉은 이미 드라마적 요소를 충실히 갖추고 있기에 영화로도 성공할 수 있었던 것이다.

하지만 70년대 이후 고도성장의 영향으로 서구문화가 본격적으로 유입되면서 〈춘향전〉은 더 이상 관객들을 모을 수 없었다. 보다 재미있는 헐리우드 영화들이 밀려들어 왔을 뿐 아니라, 익숙한 내러티브에만 의존해 현대적으로 재해석하거나, 영화적 표현의 신선함을 주지 못했기 때문이다. 이런 점에서 〈춘향전〉의 영화화는 그 화려한 족적 못지않게 많은 과제를 남겨주고 있는 셈이다.

3. 〈춘향전〉의 영화화 양상

그러면 영화로 만들어진 〈춘향전〉은 어떤 모습을 하고 있을까? 초기의 영화들은 자료가 거의 없어 필자가 확보한 60년대 이후의 자료를 중심으로 영화의 서사 구조와 주제구현, 인물, 시·공간적 배경, 영화적 특징 등을 검토하고자 한다. 검토할 자료는 60년대 이후 등장한 ① 홍성기 감독의 〈춘향전〉(1961), ② 신상옥 감독의 〈성춘향〉(1961), ③ 박태원 감독의 〈성춘향전〉(1976), ④ 한상훈 감독의 〈성춘향〉(1987), ⑤ 임권택 감독의 〈춘향뎐〉(2000)이다.[22]

1) 홍성기 감독의 〈춘향전〉(1961)

이 작품은 한국 최초의 컬러 시네마 스코프라는 장점을 충분히 살리지 못하고 내러티브나 인물의 성격, 영화적 기교 등을 평면적이고 단순하게 처리했다. 첫 장면으로 소설에도 없는 활터에서 활을 쏘는 이몽룡을 등장시켰으나 그것이 그 뒤의 다른 장면들과는 유기적으로 연결되지 않을뿐더러 이몽룡의 복장도 패랭이를 쓴 모습이어서 여러모

---

22) 이 자료들은 조희문 교수의 도움으로 확보할 수 있었다. 다만 영화 필름이 아닌 비디오 형태로 된 것들이어서 애초 개봉될 때의 모습과는 차이가 있을 것이다. 도움을 준 조희문 교수에게 감사드린다.

로 어색하다. 춘향 또한 색동옷을 입고 등장하여 컬러영화의 장점을
살려보려 했지만 오히려 촌스럽다. 영화에 등장하는 두 주인공의 모습
과 소설 〈춘향전〉에 묘사된 인물형상은 너무 이질적이다.

게다가 월매가 이몽룡에게 춘향을 오작교로 내보낼테니 만나보라고
하는 장면은 이른바 현대적 '데이트'의 개념을 도입한 것으로 보이나
역시 〈춘향전〉의 분위기와 어울리지 않는다. 영화적 리얼리티가 결여
된 것이다. 고전소설에서 백주대로에 청춘남녀가 서로 걸어가면서 사
랑을 나누는 장면은 등장하지 않는다. 이른바 '연애'가 성립된 것은
시·공간이 확대된 근대에 와서야 가능했다. 그러기에 춘향과 이몽룡
의 사랑은 방안에서만 이루어질 수 있었다.

광한루 장면도 실제 광한루가 아닌 조그만 정자에서 촬영해 리얼리
티를 떨어뜨렸다. 광한루뿐만 아니라 그네터 역시 춘향과 향단만 있어
소설에 묘사된 단옷날의 흥겨운 분위기와는 사뭇 다르다. 이 영화의
가장 큰 문제는 인물들이 살아있지 못하고 평면적이라는 점이다. 춘향
(김지미 분)은 그저 얌전한 규수로만 등장하고 이몽룡(신귀식 분) 역시
점잖은 호인으로 개성을 전혀 드러내지 못했다. 첫날밤 장면에서도 사
랑의 열정을 느낄만한 아무런 장치도 없이 창문에 어리는 실루엣으로
처리했다. 오히려 그 실루엣을 바라보는 월매의 모습이 인상적이다.

주연이 이런 모습인데다 분위기를 살려야하는 조연들도 마찬가지
다. 영화에 활력을 불어 넣어야 할 방자(김동원 분), 향단(양미희 분), 월
매(유규선 분)가 전혀 제 역할을 하지 못했다. 이 작품이 흥행에 참패할
수밖에 없었던 요인으로 방자와 향단 역의 미스캐스팅을 지적하는 소
리가 높았다 한다.[23]

탐관오리의 전형이며 호색한으로 적대자의 역할을 수행해야 할 변

학도야말로 〈춘향전〉에서 매우 중요한 인물일 텐데, 이 작품에서는
너무 늙은 변학도(최남현 분)가 등장해 사건의 흐름과 충돌한다. 인자
한 옆집 할아버지 같은 사람이 춘향에게 수청을 강요하고 양민을 수탈
한다고 하니 이야말로 리얼리티가 결여된 것이다. 이처럼 인물의 형상
이 평면적이고 영화적 리얼리티가 결여되어 결국 〈춘향전〉을 아무런
홍미도 느낄 수 없는 평범하고 싱거운 사랑이야기로 만들었다.

이는 영화의 촬영방식과도 관련이 있다. 즉 홍성기의 〈춘향전〉은
롱테이크에 의존하는 촬영방식을 고집했고[24] 인물에 대한 클로즈업
을 거의 사용하지 않았다. 이것은 '넓은 배경 속에 작은 인물'이라는
극단적인 화면배치를 가져왔다. 또 고정된 카메라 위치를 고집함으로
써 대중들의 시야를 제한했다. 이것이 극중인물에 대한 감정 몰입을
방해했고, 이몽룡과 춘향의 사랑 이야기에 빠져들고 싶어하는 관객들
의 요구를 차단한 것이다.[25]

2) 신상옥 감독의 〈춘향전〉(1961)

신상옥의 〈춘향전〉은 같은 해에 개봉돼 경쟁관계였던 홍성기의 〈춘
향전〉과 여러 면에서 스타일을 달리했다. 춘향(최은희 분)을 중심에 세
우고 이몽룡(김진규 분)과의 사랑에 초점을 맞추어 보다 입체적이고 절
절한 사랑이야기로 영화를 끌고 갔다. 영화의 내러티브를 소설과 비교

---

23) 김남석, 앞의 책, 60면 참조.

24) 이 작품은 롱테이크를 영화전반에 걸쳐 가장 많이 사용했다고 한다. 이 영화의 스
크린 지속 시간은 약 1시간 50분이며 총 쇼트수는 453개로, 한 쇼트당 평균 지속
시간은 약 14.5초가 넘는다. 김종식, 「영화 및 TV드라마 〈춘향전〉 비교연구」, 중앙
대 대학원 석사논문, 2000, 81면 참조.

25) 김남석, 앞의 책, 61~62면 참조.

해 보면 이런 영화적 특징들이 드러남을 알 수 있다.

우선 내러티브에 따라 '만남' 장면을 보면 첫 장면에서 춘향이가 광한루로 가는 길에 봉사에게 자신의 손금을 보게하여 자신이 누구인지 알아맞히게 하며, 방자가 가져간 신발 한 짝을 통해 이몽룡과 직접대면의 계기를 만든다.

다음 '사랑' 부분을 보면 창본에 빈번하게 등장하는 월담장면을 넣어 사랑을 갈구하는 이몽룡의 심정을 표현했다. 하지만 직접적인 성행위 장면은 없고 둘이 부부처럼 오순도순 살아가는 모습을 길게 삽입했다.

'이별' 부분에서는 처음 만난 장소였던 ㄱ네터에서 서울로 간다는 얘기를 하고, 이별 술자리에서 가야금을 타다 줄을 끊는 장면을 부각시켰다. 음향효과는 물론이고 줄이 끊어진 가야금을 통해 이별의 애달픈 심정을 영상으로 재현했다.

'수난' 부분에서는 소설에서와 같이 변학도에게 '유부녀 강간'임을 일리고 관장에게 빌익한 죄로 옥에 갇힌 후 앵도화 떨어지고, 신물로 받은 거울이 깨지며, 허수아비가 매달린 꿈을 꾸는 장면이 부각된다. 게다가 옥을 찾아온 이몽룡에게 "살고 싶어요."라고 고백하여 나약한 인간임을 보여줌으로써 관객들의 동정심을 유발시켰다.

마지막 '재회' 부분에서는 어느 영화에나 등장하는 것이지만 춘향이를 참수하려는 망나니가 등장해 영화의 극적 효과를 높이고, 그 순간 암행어사가 나타난다. 그리고 이몽룡의 입을 통해 "포악 무도한 관의 압박에 몸소 죽음으로 항거"했다는 역사적 의미를 부각시키려 하였다.

이처럼 영화는 내러티브를 통해 관객들이 춘향과 이몽룡의 사랑이야기에 몰입하도록 유도했고, 영상 또한 클로즈업을 많이 사용하고 유연한 카메라 테크닉과 편집으로 몰입에 무리가 없도록 했다. 어느 장면은 급격히 전환하지만 어느 장면은 느리게 진행됨으로써 영화의 흐름을 관객의 감정과 일치시켰다. 영화의 중심 내러티브는 관객을 몰입하게 하지만 또한 조연들을 통해 골계적 장면들을 삽입함으로써 영화에 생동감을 주고 있기도 하다.

월매(한은진 분), 방자(허장강 분), 향단(도금봉 분) 등 조연들은 영화의 진행에 개입하여 활력을 불어넣고 때로는 무거운 분위기를 골계적으로 반전시키기도 했다. 특히 이몽룡을 조종하는 방자의 역할이 절대적인데 그런 점에서 다소 무거워 보이는 이몽룡을 충분히 보완해 준다. 심지어는 변학도(이예춘 분)까지 다소 골계적으로 등장해 비장과 골계를 적절한 선에서 조율하였다. 이런 골계적 처리는 어느 영화에도 부각되지 않는 포졸(김희갑 분)이 춘향집에서 술을 얻어 먹고와 횡설수설하는 데까지 이른다. 영화의 내러티브와 무관한 일종의 영화적 '더늠'이지만 작품의 감칠맛을 더해 주는 것으로 손색이 없다.

3) 박태원 감독의 〈성춘향전〉(1976)

소설 〈춘향전〉의 내러티브를 대폭 변형시켜 특이하게 영상화한 것이 바로 이 〈성춘향〉이다. 우선 이몽룡(이덕화 분)은 비록 개구멍으로 기어들어왔지만 춘향(장미희 분)에게 "정식으로 청혼할 것이다."고 호언장담하며, 월매(도금봉 분)는 "춘향이와 백년가약 맺고자 하니 허락해주오!"라는 말을 세 번 반복하게 하고서야 이를 허락한다. 이몽룡과 성춘향의 정식 혼인같은 인상을 주게 한다.

이는 뒤에 등장하는 김진사(박근형 분)의 존재와 연결된다. 변학도(신구 분)는 권모술수에 능한 탐관오리로 등장하는 바, 지조있는 김진사와 충돌한다. 변학도는 역적누명을 씌워 김진사를 하옥시키고 서로가 언쟁을 벌이는 과정에서 춘향의 이름이 거론된다. 김진사는 변학도에게 절개를 지키는 춘향을 본받으라고 하고, 변학도는 나의 권세로 수청들게 만들겠노라고 내기를 제안한다. 내기인즉 춘향이 수청을 들면 김진사가 이 고을을 떠나고, 절개를 지켜나가면 변학도가 사또를 그만두는 것이다. 처음에는 춘향이 변학도와 김진사 간에 정치적 희생물로 위치한다.[26]

그 후 변학도는 춘향의 미색 때문이 아니라 "미천한 계집 하나 때문에 망가진 체통을 살리려고" 수청을 강요하게 되는 것이다. 이제 김진사는 영화에서 사라지고 변학도의 권모술수와 광기에 저항하여 춘향의 항거가 부각되는데 그것이 청순가련형 연기로 머무르기에 폭압에 저항하는 당찬 모습으로 발전하지 못하는 한계를 보인다. 보다 강인한 캐릭터가 필요한 것이다. 생일잔치에 모인 여러 수령들 앞에서 대놓고 준빈고백을 하겠다고 상담하는 변학도를 향해 "유부녀를 겁탈하려는 사또님의 죄는 어찌되"냐고 반문하거나 마지막 유언으로 "만백성의 원망이 가슴에 박히기전에 어진 원님이 되어주오."라는 요구는 보다 강렬한 연기나 영화적 장치가 필요했던 것이다.

이 작품은 〈춘향전〉 중에서 비교적 사회성을 강렬하게 드러내고자 했지만 그리 효과적으로 주제가 구현된 것 같지는 않다. 인물의 형상을 당시 하이틴 스타였던 이덕화와 청순가련형 이미지를 지녔던 장미

---

26) 김종식, 앞의 글, 49면에서 "탐관오리라는 권세를 가진 부패세력과 힘을 가지지 못한 양심세력간의 갈등의 희생물로서의 춘향이라는 극적 동기를 추가로 부여함으로써, 내러티브의 논리적 필연성을 공고히 구축시킨다."고 한다. 하지만 그 뒤 춘향은 단순한 희생물이 아니라 변학도와의 대결구도로 나아감으로써 사건을 주도한다.

희가 제대로 재현해내기 어려웠던 것으로 보인다. 그래서 기껏 변학도 생일잔치에서 글을 못 지으면 내쫓겠다고 하니 이몽룡이 "내가 글을 잘 지으면 본관을 내어쫓을까?"하는 정도의 대사를 통해서만 의미를 전달하려고 했다.

혹독한 유신시절, 영화를 통해 불의에 항거하는 춘향의 모습을 부각시키려 했던 시도는 좋으나 김종식의 지적처럼 "이 영화의 스타일은 철저하게 헐리우드의 관습에 의존하고, 대중성을 위한 희화화가 지나침으로써 주제를 확장시키는 것을 스스로 방해하는 결과를 가져와 결국 어정쩡한 상태가 되고 말았다."고 한다.27)

4) 한상훈 감독의 〈성춘향〉(1987)

이 작품은 80년대 이후 제작된 유일한 〈춘향전〉 영화다. 80년대의 사회적 요구가 뜨거웠던 만큼 한국영화 역시 사회변혁의 목소리를 담으려는 시도가 많이 있었다. 하지만 이 영화는 그 어떤 시도도 없이 3류 〈춘향전〉을 만들고 말았다. 필자가 확인한 영화 〈춘향전〉 중에서 작품성이 가장 떨어지는 작품이다.

내러티브 자체는 별 특이한 것이 없다. 소설 〈춘향전〉의 틀을 그대로 유지했다. 다만 인물의 형상에서 이몽룡(김성수 분)은 너무 도련님 같고, 춘향(이나성 분)은 인형처럼 수동적이어서 그 다양한 얼굴을 가진 춘향을 도저히 표현해 낼 수 없었다. 오히려 변학도(연규진 분)가 개성적인 인물로 등장하는데 좌충우돌하다보니 우스꽝스러운 호색한으로 드러난다.

---

27) 같은 글, 90면 참조.

터무니없는 장면은 변학도와 기생 월선의 정사장면이다. 춘향에게 질투심을 유발할 목적으로 월선과의 정사장면이나 재물보상장면이 등장하는데 상당히 노출수위를 높여 마치 〈고금소총〉이나 〈변강쇠〉처럼 3류 토속에로영화 흉내를 냈다. 게다가 춘향이 매를 맞는 장면에서 변학도는 매맞는 춘향을 보면 자신과 포옹하는 춘향을 상상하고, 춘향은 매를 맞는 고통을 감내하면서 눈밭에서 이몽룡과의 사랑을 상상하는, 변학도의 욕망과 춘향의 소망을 보여주는 장면이 몽타주와 오버랩 기법에 의해 교차되면서 애절한 사랑의 얘기가 아닌 방해자의 성적 욕망과 이로부터의 도피라는 도시으로 영화가 입혀진다.[28]

이 작품은 수난부분이 유난히 강조되고 있는 바, 춘향의 항기를 중심에 놓고 그 의미를 영화에서 재해석 해야 할 텐데 지루할 정도로 성적 욕망에 집착한 변학도의 회유와 협박이 이어지면서 그 의미를 심하게 왜곡시켜 버렸다.

5) 임권택 감독의 〈춘향뎐〉(2000)

임권택의 〈춘향뎐〉이 여느 작품과 다른 것은 주지하다시피 소설이 아닌 판소리 조상현 창본을 영화로 만들었다는 것이다. 영화 첫 장면도 그렇고 중간 중간과 마지막 장면에 조상현의 판소리 공연장면을 삽입하여 영화가 판소리를 바탕으로 만들어졌음을 보여주고 있다. 어찌 보면 잘 만들어진 판소리 뮤직 비디오 같은 것이 바로 이 작품이다.

---

28) 이혜경, 「문학작품의 영화로의 전환방식」, 『어문연구』 35집, 어문학회, 2001, 172면에서 이 장면을 들어 "감독의 역량이 가장 잘 나타나는 대목"이라 했는데 동의할 수 없다. 〈춘향전〉의 의미를 현대적으로 해석한 것이 아니라 3류 에로물로 심하게 왜곡시켰다.

배우들의 동작이나 장면의 전환이 판소리의 가락과 그대로 일치하며, 영화 중간 중간에 판소리 공연 장면을 삽입하여 브레히트의 서사극처럼 영화로의 몰입을 차단하고 있다.

몰입과 해방 혹은 비장과 골계를 반복하면서 영화의 내러티브를 이끌고 가는 것이 판소리의 '서사적 구조'[29]와 그대로 닮아있다. 임권택 감독이 이런 판소리의 이론을 바탕으로 영화를 만들었다고 보여지지는 않는다. 판소리의 특성을 그대로 영화로 재현하려다보니 이처럼 몰입/해방, 긴장/이완, 비장/골계의 내러티브 구조를 만들게 된 것이다. 영화 제작과정에서 임권택 감독은 조승우(이몽룡역)와 이효정(춘향역)에게 "조상현 씨가 완창한 판소리 〈춘향가〉를 3번 이상 들을 것"[30]을 지시했다 한다. 그만큼 판소리를 영상으로 재현하고자 했던 것이다.

그런데 임권택 감독은 판소리의 문맥을 그대로 따르지 않고 〈춘향가〉를 약간 변형시켜 영화화함으로써 감독의 의도를 직접적으로 드러냈다. 우선 춘향의 인물형상을 좀 더 적극적이고 주체적으로 그리려했다. 이제까지 보아온 〈춘향전〉 영화중에 유일하게 첫날밤의 정사장면이 직접 형상화되어 있으며, 이별을 통보했을 때 치마를 찢고 거울을 내동댕이쳐 깨뜨리며 발악을 하는 장면도 춘향을 적극적인 캐릭터로 그리기에 손색이 없다.

이런 연장선상에서 암행어사 출도 후 상대가 이몽룡이란 걸 확인하고서 어떻게 행동하는 가를 보면, 조상현 창본에서는 "아이고, 서방님. 아무리 잠행인들 그다지 쇡이였소. 기처불식이란 말은 사기에도

---

29) 김흥규, 「판소리의 서사적 구조」, 『판소리의 이해』, 창작과 비평사, 1978, 116~126면 참조.
30) 「다시 우리 앞에 선 '누이 같은 여인'」, 앞의 자료 참조.

있지마는 내게조차 그러시오? 어제 저녁 옥문 밖에 오셨을 제 요만끔
만 통정했으면 마음 놓고 잠을 자지. 간장 탄 걸 생각허면 지나간 밤
오늘까지 살어있기 뜻밖이요. 이거 생신가? 꿈과 생시으 분별을 못허
겠네."하며 "두손으로 무릎을 짚고 바드드드득 떨고 일어서며 '얼씨구
나. 얼씨구나. 좋구나'."[31]라며 신이나서 춤을 춘다. 죽음의 문턱까지
간 절망의 심연에서 이제 살아난 기쁨이 폭발하여 해방감을 마음껏 즐
기는 것이다.

그런데 영화는 암행어사가 이몽룡임을 학인하고 오히려 혼절한 다
음 상방에서 정신을 치려 "그리미셔요. 그리마셔요. 이잿밤에 오셨을
때 한 말씀이라도 하셨으면 잠이라도 편히 자지. 밤새도록 애태웠소.
하룻밤에 열두번이라도 살고 죽었소"라며 발악하는 모습을 보여준다.
이 부분은 분명 주체적 여성상을 드러내기 위한 개자이다. 대부분의
〈춘향전〉은 체면 불구하고 좋아 날뛰는 모습을 통해 민중적 발랄함을
보여주었다. 조상현 창본도 마찬가지다. 그런데 영화 〈춘향뎐〉은 오
히려 마지막 순간까지 자신을 시험했던 이몽룡의 몰인정함을 원망하
고 있는 것이다. 사랑이란 남녀 동등의 관계 속에서 서로에 대한 존중
과 신뢰가 수반돼야 하는데 이몽룡의 태도는 그렇지 못했다는 것이다.
춘향이가 원망한 것은 바로 이것이다.

이는 〈춘향전〉의 근대적 개작이라는 이해조 〈옥중화〉에서 그 부분
을 차용했으리라 보여진다. 〈옥중화〉를 보면 "춘향이가 대상에 뛰어
올라 어사또를 안고 울며 춤추고 논다 하되 춘향이가 무삼 그럴 리가
있나냐…… 울음 울며 모지도다 모지도다 서울 양반 모지도다."[32]라

---

31) 조상현 창본 〈춘향가〉, 『춘향전전집 2』, 박이정, 1997, 196면. 앞으로 이 자료는
　　일일이 주를 달지 않고 괄호 속에 면수만 표시한다.

고 발악하다 기절하는 장면이 나온다. 바로 이 부분을 차용해서 보다 근대적이고 주체적인 여성상으로 만들었던 것이다.

다음은 변학도에 대한 인물형상이다. 〈춘향가〉에서는 "여러 골을 살았기로 호색하기 짝이 없어, 남원의 춘향 소식 높이 듣고 간신히 서둘러 남원부사 허였것다."(159면)라고 단지 호색한 것만 강조했는데 영화에서는 냉철하고 엄격한 엘리트 관료로서의 빈틈없는 모습을 보여준다. 그래서 부임시에 잡인을 출입시켰다고 경호책임자를 태형 십도로 다스리는 엄정한 모습을 부각시켰으며, 암행어사 출도시에도 여느 〈춘향전〉처럼 골계적이고 희화된 모습으로 바뀌지 않는다.

왜 그렇게 〈춘향전〉에도 없는 변학도의 형상을 만들었을까? 이는 단순한 탐관오리가 아닌 정치적 역학관계 속에서, 즉 보수세력과 진보세력 혹은 양반과 민중이라는 계급대립의 관계 속에서 〈춘향뎐〉의 의미를 찾으려고 했던 것이다. 임권택 감독은 이몽룡과 변학도를 '남자 대 남자'로 만난다고 설명했다.[33] 어느 한 쪽이 권력이나 도덕적 우위를 점거하여 다른 쪽이 희화된 모습으로 나타나는 것이 아니라 모든 정치가 그렇듯이 팽팽한 접전 속에서 서로의 다른 입장을 보여 주고자 했던 것이다.[34] 그러니 마지막 부분에서 "수청거절한 춘향이의 괘씸죄를 왜 그렇게 과하게 다루셨소?"라는 이몽룡의 물음에 "사농공상

---

32) 이해조, 『옥중화』, 박문서관, 1912, 150~151면.

33) 「판소리로 보고 영상으로 듣는거요」(인터뷰), 『동아일보』, 2000년 1월 31일자.

34) 김종식, 앞의 글, 61면에 "내러티브에 있어서도 갈등의 상대방이 강하면 강할수록 그것을 극복해야 하는 고난과 투쟁도 더욱 힘들어지고, 이에 상응하여 주인공도 부각되며 관객의 심정적 지원과 동일화가 잘 이루어진다."고 했지만 이는 단순히 극적 긴장감을 통해 흥미를 주기위한 것이 아닌 보다 정치적인 목적을 함의하고 있다고 봐야한다.

엄연한 질서가 있거늘, 애미 신분을 좇아 기생이 되고 종놈이 되는 종
모법을 아니라 하니, 이는 나를 향한 발악이 아니라 이 나라의 근본을
부정하는 국사범에 다름 아닐 것이오."라며 오히려 항변한다. 그러자
이몽룡은 "그것이 당신의 지나친 폭압에 대한 사람이고자 하는 의지
였다고 생각지 않으시오?"라고 응수한다.

변학도가 당대의 일반규범이나 보수양반층을 대변한다면 이몽룡은
민중층과 연대한 진보세력을 의미한다. 그래서 〈춘향뎐〉을 통해 '인간
해방'을 나타내려했다고 아예 대놓고 얘기하는 것이다. 이 부분은 분명
감독의 지나친 개입이다. 감독의 의도가 영상을 통해 구체저으로 형상
화되지 못하고 인물의 대사를 통해 노골적으로 드러나기 때문이다.

4. 〈춘향전〉의 영화화, 그 의미와 전망

이제까지 〈춘향전〉의 영화화 과정과 그 실상을 검토했다. 22편이나
반복됐던 〈춘향전〉 영화화는 어떤 의미가 있는 것일까? 영화 〈춘향
전〉은 소설과 달리 몇 가지 공통점을 지니고 있다.

첫째, 춘향의 신분이 거의 모든 영화에서 '성참판의 서녀'로 등장하
고 있다는 점이다. 〈춘향전〉 중에서 소수인 비기생계 이본을 따르고
있는 셈이다. 북한에서 신상옥 감독이 만든 〈사랑 사랑 내사랑〉(1984)
만이 '기생의 딸'로 등장해 이몽룡이 "공자가 큰 원수요, 우리 아버지
가 작은 원수라."며 신분갈등을 드러내고 있다. 춘향의 지위를 격상시
켜 신분갈등보다는 애정갈등에 초점을 맞추고 있기 때문일 것이다. 신
분갈등을 현실로 느낄 수 없는 현대 관객의 취향에 맞추기 위한 배려

다. 그래서 '불망기'를 쓰는 장면이 영화에서 중요하게 부각된다. 박태원 감독의 〈성춘향전〉(1976)에서는 이몽룡이 춘향 집을 찾아가 월매에게 정식으로 청혼하고 허락해달라는 말을 세 번이나 반복하여 허락을 받는다. 신분에 대한 갈등이 없이 대부분 조촐하나마 정식 혼인 절차와 다름없는 과정을 밟는다.

둘째, 그렇기 때문에 변학도가 탐관오리의 전형으로 위치하기보다는 대부분 애정의 방해자인 호색한으로 등장한다. 박태원 감독의 〈성춘향전〉(1976)에서 교활하고 비열한 관리로 등장하고, 임권택 감독의 〈춘향뎐〉(2000)에서만 냉철하고 엄격한 보수관료로서 등장할 뿐 대부분의 작품에서 만사를 제쳐놓고 춘향을 차지하기 애쓰는 모습으로 나온다.

그 대표적인 예가 이몽룡에게 보내는 춘향의 서찰을 강탈하는 장면이다. 소설에는 보이지 않는 반면, 박태원 감독과 임권택 감독의 영화를 제외하고 모든 영화에 그 장면이 등장한다. 심지어는 신상옥 감독이 만든 북한 영화에서도 편지를 강탈하는 장면이 등장한다. 이몽룡에게 서찰을 보내는 족족 성문에서 압수되어 변학도의 손에 들어가고 이편지를 본 변학도는 춘향의 처지를 헤아려 손을 쓰는 것이다. 일종의 정보전이나 심리전인 셈인데, 이런 상황을 파악하고 옥에 찾아가 춘향을 타이르기도 하고 월매에게 선물을 보내 환심을 사는가 하면 행수기생을 시켜 춘향을 설득시키기도 한다.

셋째, 춘향의 형상이 대부분 소극적이고 청순가련한 인물로 등장한다는 점이다. 야무지고 강인한 춘향의 모습은 영화에서 별로 보이지 않는다. 이별시에도 발악을 하는 것은 대부분 월매다. 오히려 춘향은 어머니에게 그러지 말라고 말린다. 비교적 사회성을 부각시키려고 한

박태원 감독의 〈성춘향전〉(1976) 조차 "원망은 않겠어요. 잊지나 마옵소서"라며 울기만 한다. 임권택 감독의 〈춘향뎐〉(2000)만 치마를 찢고 면경을 던지며 발악하는 춘향이 등장한다. 변학도에 저항하는 모습은 아예 찾기 힘들다. 소설에서처럼 "충효열녀 상하 있소"라며 다부지게 대드는 춘향의 모습은 어디에도 없고 기껏해야 "유부녀 겁탈하려는 사또의 죄"를 들먹거릴 뿐이다.

왜 이렇게 춘향이 나약하고 청순가련한 모습으로 등장할까? 영화 〈춘향전〉을 철저하게 사랑의 이야기로 초점을 맞춰 영화화했기 때문이다. 정치적인 저항이나 사회적인 신분갈등을 배제한 채 애정갈등에만 초점을 맞췄기 때문에 춘향이를 더 이상 개성적인 인물로 확대시키지 못했다. 그저 매사에 순종하고 일이 잘못되면 눈물만 흘리는 가련한 모습, 사랑하는 사람과 이별할 때도 원망하지 않으며 슬퍼하기만 하는 모습, 사랑의 방해자가 나타나 폭력을 휘두를 때도 대차게 대들지 못하고 그 폭력을 감당함으로써 동정심을 유발하는 모습, 바로 이런 모습이 한국적 멜로드라마에 전형적으로 등장하는 청순가련형 여성상이었고, 이 형상이 영화 〈춘향전〉에 투사된 것이다. 임권택 감독의 〈춘향뎐〉(2000)에서만 유독 춘향의 형상을 적극적이고 개성적으로 그리려고 했지만, 그 형상이 15세의 어린 여고생이 감당하기에는 벅찬 배역이었다.

물론 이런 강인하고 저항적인 모습만이 정답일 수는 없다. 요부형으로 등장해도 관계없다. 개성적인 인물로 부각시키지 못하고 멜로드라마의 전형적 틀 속에 안주했다는 것이 문제다. 대중들이 공감할 수 있는 신선하고 개성적인 인물로 형상화하지 못한 점이 문제인 것이다.

넷째, 춘향이의 형상이 이러하니 첫날 밤 사랑을 나누는 장면이 대부분 영화에서 삭제되거나 간략하게 처리되어 있다.(검열상 상영금지처분을 받아 잘릴 수도 있겠지만) 임권택 감독의 영화만 그 장면이 등장하고 대부분은 옷을 벗다가 촛불을 끄는 것으로 페이드 아웃(fade out)돼 버린다. 소설 〈춘향전〉에서 이 부분은 개성적이고 발랄한 춘향의 모습을 잘 보여주는 곳이며, 성이 얼마나 아름다울 수 있는지를 영혼과 육신의 교감을 통해 보여주는 바, 분명 〈춘향전〉의 영화화에서 아쉬운 대목이다.

다섯째, 영화적 효과를 높이기 위해서 소설에는 없는 장면들이 삽입되는데, 춘향과 이몽룡의 직접 대면을 위해 방자가 춘향의 신발이나 옷을 훔쳐오는 장면과 변학도의 생일잔치에 춘향을 참수하려는 장면이다. 신발이나 옷을 훔쳐오는 것은 영화의 흥미소로 가능하나 참수장면은 좀 억지스럽다. 헐리우드 액션영화의 문법에서 빌려왔을 것인데, 당시 실정으로는 불가능한 일이다. 참수형을 집행하기 위해선 의금부에서나 가능한 일이다. 영화에서는 관객의 긴장감을 고조시키고 극적 반전을 위해 영화적 장치로 활용했을 것이나 리얼리티가 결여되어 있기에 그만큼 영화의 작품성을 떨어뜨린다.

언어를 통해 상상력을 환기시키는 소설과는 달리 영화는 프레임(frame) 속에 그 모든 이미지를 담아야 하기에 많은 제한이 있는 것은 사실이다. 하지만 〈춘향전〉의 영화화는 한국영화사에서 가장 많이 제작 되었고 새로운 지평을 열어갔다는 화려한 명성만큼 내실이 있어 보이지는 않는다.

대부분 멜로드라마라는 장르의 관습을 그대로 답습했으며 〈춘향전〉의 새로운 해석이나 영화 스타일의 신선함은 보이지 않는다. 그저 〈춘향전〉의 도식대로 만남-사랑-이별-수난-재회를 따라가면서 '통

속 애정영화'를 만들었던 것이다. 100편에 이르는 고전소설과 판소리
의 이본에 나타난 다양한 내용들을 영화는 외면했다. 관객의 취향에
맞춰 그 공통요소를 뽑아 이른바 통속 〈춘향전〉 영화를 만들었던 셈인
데, 그럼에도 관객이 몰렸던 것은 〈춘향전〉 내러티브가 가지고 있는
익숙함이나 명성일 것이다. 70년대 들어와 헐리우드의 영화들이 무차
별로 들어오면서 더 이상 영화 〈춘향전〉이 힘을 발휘할 수 없었던 것
도 어찌보면 당연하다.

　이점은 〈춘향전〉을 패러디한 현대소설과 영화를 비교해 보아도 자
명하게 드러난다. 〈춘향전〉을 바탕으로 다시 쓴 현대 소설은 이광수
의 〈일설 춘향전〉을 비롯하여 안수길의 〈이런 춘향〉, 최인훈의 〈춘향
뎐〉, 김주영의 〈외설 춘향전〉, 이청준의 〈춘향이를 누가 말려〉, 임철
우의 〈옥중가〉, 김연수의 〈'남원고사'에 관한 세 개의 이야기와 한 개
의 주석〉, 김중식의 〈불멸의 춘향전〉에 이르기까지 무려 8편이고, 그
외에 유치진의 희곡 〈춘향선〉과 김용옥의 시나리오 〈새춘향뎐〉을 보
태면 영화화할 수 있는 자료는 무려 10편에 이른다.[35] 내용도 원전과
상당한 편차를 보인다. 현대 서사물도 이 정도로 다양한데 영화 쪽에
서는 이런 다양한 개작들을 수용하지 못했다. 심지어는 유치진의 희곡
〈춘향전〉이나 김용옥의 시나리오 〈새춘향전〉은 바로 영화화할 수 있
는 장점이 있음에도 수용되지 않았다. 영화 〈춘향전〉은 이처럼 원전
이나 심지어는 패러디한 현대소설도 아닌 무슨 틀이 있었던 것 같다.
아마도 통속 〈춘향전〉일 텐데, 이것이 처음에는 대중들의 감수성에
맞았는데 계속 반복되다 보니 구태의연하게 되어 현대의 관객들로부

---

35) 신선희, 『우리 고전 다시 쓰기』, 삼영사, 2005, 253~294면 참조.

터 외면당하게 된 것이다. 영화 〈춘향전〉은 이제 분명 새로워져야 한다. 그 단초를 임권택 감독의 〈춘향뎐〉이 보여주었지만 여러 가지로 과제를 많이 남겼다.

고전을 통해 얼마든지 새롭고도 다양한 형상의 창조가 가능한 것이다. 〈춘향전〉의 경우 첸 카이거의 〈패왕별희〉(1984)처럼 그것이 고난에 찬 우리의 역사와 조우할 수도 있고, 자유분방한 성담론으로도 확대될 수도 있다. 한국영화는 이제 세계적 수준으로 발전했다. 영화라는 매체를 통해 고전을 부흥시킬 기회가 온 것이다. 좀 더 시야를 확대해 고전을 콘텐츠로 한 신선하고 획기적인 영화들이 탄생하길 기대해본다.

『고소설연구』 23집, 2007. 6.

제3부

지역

지방대학 '國語國文學科'의 개편과 전망

1. 문제제기 : 인문학의 위기, 지방대의 위기

첨단 정보화 시대가 도래하면서 철학적 깊이를 지닌 인문학적 지식들이 유용하고 신속한 정보로 대체되기 시작했다. 아날로그에서 디지털로의 전환이 이루어지고 있는 것이다. 文·史·哲로 대변되는 인문학의 위상은 이제 그 존재가 위협받고 있다. 인문학의 위기가 현실화된 것이다.

인문학의 위기는 우선 해당 학문의 재생산 구조를 갖춘 마지막 보루인 대학에서 폐과나 학과 개편으로 나타난다. 호서대 철학과나 동아대 한문학과 폐과의 경우처럼 인문학의 존재기반을 아예 없애버리는 일도 자주 등장하고 있다. 아찔한 속도로 질주하는 정보화 시대의 현실과 인문학이 너무 동떨어져 있기 때문일 것이다.

교양과목에 의존도가 높은 철학이나 역사학에 비해 국어국문학은 그나마 좀 나은 편이다. 어문학이기에 실용성이 있다고 여기기 때문이다. 대개 국어국문학과는 영어영문학과, 중어중문학과, 일어일문학과, 불어불문학과, 독어독문학과와 같은 어문계열이나 사학과, 철학과와 같은 인문계열과 어울려 학부를 이루고 있다.

전자의 경우 타어문계열과 같이 인식되기에 학부 단위로 학생을 모집하기에는 큰 어려움이 없다. 하지만 전공을 배정할 때는 상당한 신경전을 벌여야 한다. 불문과나 독문과가 있는 경우는 형편이 나은 편이나 그렇지 못할 경우 고전이 예상된다. 현재 독문과나 불문과는 눈에 띄게 줄어들고 있다. 이유인즉 취업하기에는 전공지식이 필요 없고, 영어 하나로 충분하다는 것이다.

후자의 경우 학생을 모집하는 데 어려움이 따르나 전공배정에는 별 문제가 없다. 하지만 실상 철학과나 사학과가 존재하는 대학은 서울의 주요 대학이나 지방의 국립대학 정도다.

인문학의 위기는 곧 국어국문학의 위기와 직결된다. 정확히 얘기한다면 디지털 방식의 첨단 정보화 시대에 낡은 아날로그 방식을 고집하는(아니 그것이 아니면 불가능한) 인문학이야말로 도태될 수밖에 없는 처지에 와있는 건 분명하다. 또 취업과 연관되어 그것을 배워가지고서는 어디 가서 써먹을 데가 없다는 것도 문제다.

그런데 서울의 이른바 명문대학이나 지방의 국립대학(거점대학)의 국어국문학과는 형편이 좋은 편이다. 학부는 물론이고 대학원의 석사과정이나 박사과정도 잘 운영되고 있어 국어국문학의 확대 재생산에는 표면적으로 큰 문제가 없어 보인다. 문제는 지방대학이다. 국어국문학과가 존재하지만 고등학교 졸업자 수가 격감하면서 미달사태가 속출하고[1] 대학원은 개점 휴업 상태이다. 이렇게 된다면 국어국문학

---

1) 2003학년도엔 4년제 대학이 35,681명(입학정원의 9.4%), 전문대학이 50,172명(입학정원 17.6%)으로 모두 85,853명을 못 채웠고, 2004학년도엔 입학정원 73만 명에 대학 지원자 수는 65만 명으로 8만~10만 명 가량 부족하다고 한다.(대학교육협의회 자료)

의 학문적 토양이 그만큼 척박해질 것은 분명한 일이다. 앞으로 국어
국문학을 공부해서 어디 강의할 곳도 마땅치 않게 되는 건 자명하다.

현재 전국의 4년제 대학은 199개교가 있고, 그중 국어국문학과는
모두 93개교에 달한다. 거의 반 가까이 되는 숫자다. 각 도별로 정리
하면 다음과 같다.

항목	서울	경기, 인천	강원	충북	대전, 충남	전북	광주, 전남	대구, 경북	부산, 경남	제주	계
4년제 대학 수	41	31	10	10	25	11	21	23	24	3	199
국문학과 수	28	11	7	4	11	6	6	7	12	1	93

아직 국어국문학과를 폐과한 곳은 나오지 않았지만 심각한 사태가
목전에 달했다는 느낌이다. 인문학의 위기와 지방대의 위기가 맞물리
면서 지방대는 지원자의 격감으로 인해 이른바 비인기 학과를 구조조
정 해야 하는 처지에 와 있다. 불문과와 독문과는 이미 정리되었고,
철학과나 사학과는 교양과목으로 명맥을 유지하고 있는 실정이다. 이
제는 국문학과 차례다. 국어국문학이 학문적 가치나 근거가 없어서가
아니라 정보화 시대의 현실에 잘 적응하기 어려운 점 때문에 써먹을
데가 없고 취업률이 낮아 자연 학생들로부터 퇴출당할 위기에 처해 있
는 것이다. 어떻게 할 것인가? 당연한 얘기지만 학과 개편이나 커리큘
럼 조정을 통해 변화된 현실에 적응해 나가야 한다. 이를 위해 필자가
주도했던 지방대학 국어국문학과의 개편 사례를 소개하고 그 대안을
찾아본다.

2. 지방대 국어국문학과 개편 사례

전국 93개의 국문학과 학부 편제를 보면 흥미로운 점을 발견할 수 있다. 많은 대학들이 국문학과를 인문학부의 편제로 운영하고 있다는 점이다. 즉 다양한 어문계열과 사학과, 철학과 등의 인문계열을 같이 모집단위로 하고 있다는 것이다. 어문계열만으로 독립시켜 운영하는 대학은 서울에서는 덕성여대·상명대·성균관대·한양대·명지대 정도다. 이럴 경우 국문과 자체의 틀에 대한 고민보다는 어떻게 모집단위를 조합하는가에 역점을 두게 되고 거기서 잘만 하면 나머지는 걱정할 게 없다는 식이다. 그러다 보니 현실에 잘 적응할 수 있는 학과 개편은 상상할 수도 없게 된다. 서울의 대학이나 지방 국립대학의 국문학과는 그런 점을 활용해 대학의 간판 아래 안주함으로써 국문학과의 존재론적 고민을 회피하고 있다.(그래도 유명대학 졸업증을 따려는 학생이 오니까.)

필자가 근무하는 세명대학교는 1991년에 개교했다. 처음 10개학과 400명으로 시작했는데 영문학과와 같이 국문학과가 개설됐다.(아무런 기자재도 필요 없고 교양을 담당하는 학과들이 필요하기에 개설됐다고 한다.) 1996년에 학부제가 도입되면서 영문과, 중문과, 일문과와 같이 어문학부로 묶였다. 각 학과에 정원이 50명씩이었는데 1학년을 마치고 전공 배정시 인원이 점점 줄더니 1998년엔 12명 선까지 내려갔다. 학교 당국에서는 10명 미만으로 떨어지면 구조조정 할 수밖에 없으니 대책을 마련해 보라 했다. 방법은 단 하나 학부로 독립하는 길 밖에 없었다. 어문학부 내에서 영문과, 중문과, 일문과와 경쟁할 수는 없는 노릇이다.(세계화 시대 국문학의 지위가 이렇다.) 학부로 하려면 학과를 하나

더 만들거나, 있는 학과와 학부로 통합해야 하는데 같이 학부를 구성할 학과는 없었다. 사학과, 철학과는 처음부터 존재하지 않았다. 가장 손쉬운 것은 유사한 분야인 '문예창작학과'를 만들어 학부로 독립하는 방법이었다.[2]

이 경우 국문학과 교수들이(특히 현대문학분야) 지원을 하면 별 무리는 없으나 학과로서의 독립성은 그만큼 약화된다. 게다가 문예창작학과 역시 철저하게 아날로그 위주이고, 작가로 등단하는 것 이외에는 취업을 하는 데 별다른 수가 없기에 미디어창작 쪽으로 방향을 잡았다. 제천시에 3개 인문계 고등학교 학생들을 대상으로 설문조사를 하니 8:2 정도로 미디어 창작학과를 선호했다. 학과를 만들기에 앞서 미디어 창작학과의 커리큘럼을 다음과 같이 편성했다.(25과목 75학점)

분야	전공 기초	전공 일반	심화 및 응용
문화학 (6)	대중문화론	지역문화론 문화산업론 영상문화론	문화 기획 및 이벤트 O · A 실무
문예 창작 (7)	문장연습 I 문장연습 II	시창작 수필창작 소설창작 아동문학창작	구성작가실기
출판 · 편집 (6)	출판편집론 출판학원론	문장교열실무 출판제작 I / II	전자출판편집
방송 · 영상 (6)	미디어개론 대중매체론	영상제작론 만화, 애니매이션 창작 광고 창작	사이버창작

---

2) 그런 방식으로 문예창작학과를 만들어 한국어문학부로 독립한 대학이 우석대 · 원광대 · 동아대 · 동의대 등이 있다.

이에 따라 국어국문학의 커리큘럼도 개편했다. 두 학과(전공)가 상호보완하는 입장이기에 과목의 조정이 필요했다. 기존 국어학/고전문학/현대문학의 체제를 유지하면서 취업과목을 보탰다. 취업과목은 독서 및 논술지도사의 자격을 따는 것으로 하였다.(하지만 학과 교수들 간의 전공영역 문제로 시행은 한참 뒤에 됐다.)

분야	전공 기초	전공 일반	심화 및 응용
국어학 (6)	국어학개론	국어정서법 국어음운론 국어의미론	전산국어학 실용문의 작법과 교열
고전문학 (7)	국문학개론 한문강독	구비문학론 고전시가론 고전소설론 국문학사	고전작가론
현대문학 (6)		현대시론 현대소설론 문예비평론 현대문학사	현대작가론 드라마 창작
취업 및 자격증 (6)	독서와 논술	논술교과론 논술교육론 문학교육론	논술지도론 독서지도론

드디어 1999년 '한국어문학부'로 독립했다. 기본 방침은 국문학과가 뿌리이고 미디어 창작학과는 이를 응용하는 것으로 하였다. 새로운 편제로 학생들을 모집했는데, 생각보다 기대에 못 미쳤다. 이유는 학부명을 '한국어문학부'로 명명한데 있었다. 우리는 그래도 영문과, 중문과, 일문과의 '외국어문학부'에 맞서는 당당한 이름으로 한국어문학부를 내세웠는데 지원 학생들은 고리타분하다고 여겼던 것이다. 할 수

없이 다음해 '한국어문학부'라는 아버지 이름의 간판을 떼내고, 입양
한 자식인 '미디어'를 내세워 '미디어문학부'로 개명했다. 그러자 지원
율이 12:1이 될 정도로 급상승했다.

이제 고민은 전공배정시 국문학과가 아닌 미디어창작과로 몰리는
것을 막는 일이었다. 예상 지원율을 조사해보니 6:4 정도로 미디어창
작학과가 많았다. 하여 학생들에게 복수전공을 시켰다. 즉 제1전공은
60학점 정도 듣고(실상은 35학점 이상만 취득하면 된다.) 제2전공을 35학
점 듣게 하여 국문학과와 미디어창작학과 간에 학과의 장벽을 없애고
학부제의 장점을 살려 운영하였다. 국문학이 미디어와 결합한 세명대
의 모델은 관동대(미디어국문학과), 건양대(문학영상정보학부/국문학과·
미디어 문예창작학과), 한성대(국문학과·응용한국어문학과) 등으로 파급되
었다.

또 다른 방식은 문화 혹은 콘텐츠와 결합하는 방식이 있을 것이다.
전주대는 '언어문화학부'로 하여 국문학과를 '한국언어문화(문학이 아
닌!)학과'로 개편했으며, 대구 한의대도 '국어문화학과'로 바꾸어 '문화
과학대학' 속에 편입시켰고, 광주여대는 아예 '문화콘텐츠학과'로 개편
했다.

지방대의 국문학과 개편 방식은 대략 세 가지 정도다. 첫째는 전통
적인 방식으로 문예창작학과를 만들어 한국어문학부로 묶는 방식이
다. 학과 교수들을 활용할 수 있어 손쉬운 방식이나 취업과 연관하여
그다지 실효를 거두지는 못하고 있다. 또한 근본적으로 국문학에 대한
본질적 고민을 해소하지 못하는 한계가 있다.

둘째는 미디어와 결합한 방식이다. 정보화 사회의 현실을 잘 고려
하여 아날로그와 디지털을 결합하였지만, 실상 국문학과의 체면을 살

리는 선에서 적당히 타협했다. 국어국문학의 세 분야인 국어학/고전
문학/현대문학은 여전히 위력을 발휘하고 있다. 이 틀을 깨고 환골탈
태하지 않는다면 진정한 국문학과의 개편은 어려울 것이다.

　세 번째 방식은 문화 혹은 콘텐츠와 결합하는 방법인데, 어느 정도
효과가 있는지는 아직 검증되지 않았다. 일견 새로운 방식이지만 국문
학의 정체성을 어떻게 살려내는가는 여전히 어려운 과제로 남아있다.
국문학과가 문화콘텐츠학과로 되면 완전히 다른 학과가 되는 것이다.
여기서 국문학의 활용이나 변용은 기대할 수 없다. 이미 국문학의 정
체성은 없어지고 있는 것이다.

3. 국어국문학과의 반성과 전망

　국문학의 학문적 업적에 대해선 수 없는 반성을 하고 전망을 세우지
만 정작 국문학과의 존재에 대해선 아무런 반성도 하지 않았고 전망도
세우지 못했다. 국문학과에서 무엇을 가르쳐야 하는지, 왜 국문학과
가 필요한지, 국문학과를 졸업하면 무엇을 해야 하는지 등에 관한 존
재론적 고민은 회피해 왔다. 전국 4년제 대학의 반에 해당하는 93개
의 국문학과가 관성의 법칙에 의해 늘 그 자리에 있어 왔다. 매년 4천
명 정도의 학생을 배출하면서도 1960년대나 지금이나 교육의 틀은 크
게 달라지지 않았다. 국어학/고전문학/현대문학의 3분법은 그대로 고
수되었으며 오히려 더욱 공고화되었다.[3] 고전문학의 경우 국문학개

---

[3] 80년대만 해도 박사학위를 국어학/국문학으로 나누었는데 지금은 국어학/고전문
　학/현대문학으로 나누어 서로 다른 분야 취급을 한다.

론, 구비문학론, 한국한문학 강독, 고전시가론, 고전소설론, 국문학사 등이 과목명을 약간 달리할 수 있지만 어느 대학이나 개설되어 있다. 물론 가르치는 내용이야 차이가 있지만 교과목의 틀은 동일하다는 것 이다. 초창기에는 국어교육학과가 없어 국문학과 졸업생이 국어교사 로 나갔기에 그 틀이 유지되었지만 지금은 사정이 다르다. 그런데도 모든 대학에서 이 틀을 고수하는 것은 "연구와 교육의 주된 공급자인 기성 학자들이 자신들에게 의미 있고 중요하며 이롭거나 편안한 쪽의 역할에 안주하면서 그러한 역할의 안정성 위주로 연구–교육의 틀을 유지하는데 주력했고, 그 결과 오늘의 문제적 상황이 조성되었"[4]기 때문이다. 이런 '공급자 중심적 사고'의 틀을 깨지 않는 한 국문학과의 개편은 기대할 수 없다.

　수요자 중심의 시각으로 본다면 어떨까? 국어국문학의 학문적 자장 안에서 자료를 수집하고 논의를 펼치는 경우는 전체 학생의 5%도 되 지 않는다. 솔직하게 말해보자. 국문학 연구를 직업으로 삼아 먹고 살 수 있는 사람은 대학교수 밖에 없다. 전국 국문학과의 교수를 1,000명 정도로 잡았을 때 매년 평균 40명 정도만이 교수로 임용될 수 있 다.(1,000명÷25년=40명이지만 그나마 최근에는 국문학과의 인기가 없어지면 서 교수 채용도 꺼리고 있다.) 예비인원을 5배로 잡았을 때 매년 200명 정도가 공부에 뛰어드는 것이다. 공급자 중심적 시각으로 보면 이들밖 에 보이지 않아 나머지 95%인 3800명 정도는 주변으로 밀려나 있다. 그나마 학문의 길로 나서는 학생들은 서울의 주요대학과 지방 국립대 에 집중되어 있다. 그러니 지방대의 경우는 아예 여기에 낄 엄두도 못

---

4) 김흥규, 「국어국문학의 정체성과 유연성」, 제43회 전국 국어국문학 학술대회 발표
　문, 2000. 5. 26, 1면.

낸다. 수업시간에 고전소설 〈春香傳〉을 가르치면서(물론 재미있고 신선한 방식으로 가르친다.) 이들이 이 작품을 배워 도대체 무엇에 써먹을까 고민한 적이 한두 번이 아니다. 이들 200명 정도는 정말 국문학의 정체성에 대해서 고민할 필요가 없는 사람들이다. 그것의 연구를 업으로 삼고자 존재를 던진 사람들이다. 교과서적으로 학문이 얼마나 이루어졌는가를 고민하면 된다. 이들이 지식의 1차 생산자인 셈이다.

다음은 국어교사로 나가는 경우다. 설립된 지 오래된 대학은 상위권 10% 학생들에게 교사자격증을 부여하고 있다. 처음엔 교직과목을 수강하는 모든 학생들에게 교사자격증을 주더니, 그 뒤 30%로 제한되었고, 지금은 교사 수급을 맞추기 위해 10%로 낮춰졌다. 앞으로는 폐지될 예정이다. 실상 국문학과 졸업생들의 가장 확실한 진로는 그 동안 중등학교 국어교사였다. 물론 이들이 임용고시에 합격하는 건 별도의 문제다. 마치 박사학위를 받은 연구자가 교수가 되는 것과 마찬가지다. 어쨌든 이 인원도 1차 생산자는 아니지만 국어국문학의 지식을 활용해서 교사직을 수행하기에 국어국문학이라는 학문 세계와는 밀접한 관련을 갖는다.

그 다음부터가 문제다. 논술학원이나 보습학원, 출판사, 방송작가 등 선택하는 직업은 다양한데 국어국문학과의 커리큘럼과는 거리가 있다. 실상 지방대의 경우 취업의 상당수가 지방의 중소학원 강사들이다. 논술이 인기가 있어지면서 학생들을 위해 논술강좌를 마련했더니 의외로 많은 학생들이 수강했다. 국문과뿐만 아니라 타과 학생들도 많이 수강하여 그 필요성을 실감했다.

대학교육은 원론적으로 본다면 직업교육과는 무관하다. 하지만 직업에 대한 정보와 소양을 갖추도록 배려해야 한다. 국어국문학과는 사실 너무 막연하다. 무엇이나 할 수 있고, 아무 것도 아닐 수 있다. 문제는 국문학과가 지향이 없고 규정력을 갖지 못하는 데 있다. 이는 국어교육학과와 비교해보면 쉽게 알 수 있다. 국어교육학과는 국어국문학의 지식을 습득하여 국어교사로 나가는 확실한 지향을 보여준다. 행정학과보다는 수험생들은 경찰행정학과를 더 선호한다. 구체적이고 확실한 지향을 보여주기 때문이다. 국문학과도 이런 구체적 지향과 규정력을 갖추어야만 생존할 수 있다.

이제 국어국문학과가 당면한 문제에 대해 몇 가지 해결의 전망을 세워보면, 첫째, 구어학/고전문학/현대문학이 틀을 허물어야 한다. 학문적 영역에서는 어쩔 수 없다 하더라도 이런 틀로는 정보화 시대의 현실에 적응이 어렵다. 또한 자신의 학문영역에만 안주하는 답보적 경향을 벗어나기 어렵게 한다.

둘째 국어국문학과가 그 정체성을 지키면서 생존할 수 있는 방식은 교육산업이나 문화산업과 결합하는 것이다. 물론 교육은 국어교육학과가 있지 않느냐고 할지 모른다. 하지만 중등교육 과정에 입각하여 교사를 양성하고자 하는 것이 아니라 국어국문학의 지식들을 교육적 차원으로 확대해 프로그램을 만들고 시행해 보자는 것이다. 여기에는 논술교육, 문학교육, 말하기 교육, 한자교육 등 다양한 방식의 확산이 가능하다.

문화산업과 결합하는 방식은 이른바 국어국문학의 지식이 문화산업의 콘텐츠가 되는 것이다. 영상물이나 애니메이션, 게임, 캐릭터 등의 분야와 국문학이 결합하여 고부가가치의 상품을 만드는 것이다. 이 분야는 아직 시작단계에 불과하다. 하지만 국문학이 뿌리를 내릴 수 있는 무한한 자양분을 지니고 있다.

심지어는 테마관광 같은 관광산업과의 연결도 가능하다. 그러기 위해서는 우선 국문학을 문화로 보는 시각이 확보돼야 한다.[5] 그래야만 협의의 학문적 대상으로부터 벗어나 삶의 다양한 코드로 국문학을 접근할 수 있게 된다. 아래의 도표는 그런 국문학의 세 영역을 표시한 것이다. 서로가 겹치는 부분도 있고, 각 영역에 따라 구체적이고 미세한 스펙트럼을 보여주기도 하지만 여기서는 간단히 표시했다.

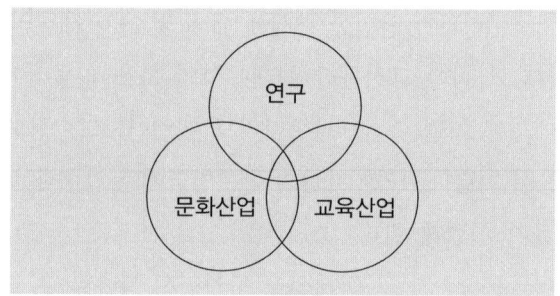

셋째, 이렇게 했을 때 과연 학과의 이름을 어떻게 할 것인가가 남는다. 현재는 여전히 '국어국문학과'가 우세하고 '한국어문학과' 정도로 일부분 대학이 개명을 하였지만 본질이 달라진 건 없다. 미디어국문학과(관동대), 응용한국어문학과(한성대)는 수사적 차원이라 정체성이 크게 훼손되지는 않는다.

하지만 한국언어문화학과(전주대)나 국어문화학과(대구 한의대)에 이르면 국문학의 정체성을 어떻게 확보해야 할지 고민된다. 문화콘텐츠학과(광주여대)는 아예 인문학부나 어문학부가 아닌 예술학부로 자리를

---

5) 김대행, 「국문학의 문화론적 시각을 위하여」, 『국문학과 문화』, 월인, 2000. 참조.

잡았다. 분명한 건 정답은 없다는 사실이다. 학생유치에 유리하게 이름을 바꿀 수밖에 없는 것이 지방대의 현실이고 생존전략이다. 학생이 미달되는 현실에서 정체성을 따지는 것 자체가 사치인 시대가 되었다.

4. 맺음말

이제까지 인문학의 위기를 맞아서 지방대 국문학과의 개편 사례를 알아보고, 그 대안을 모색해 보았다. 우선 정보화 시대에 맞게 국어학/고전문학/현대문학의 틀을 허무는 것이 시급하다. 해방 후 50년이 넘게 그 틀 속에서 안주하면서 동종교배를 계속해왔다. 그 결과 달라진 시대 환경에 적응하지 못하는 불구성을 보인다. 국어국문학과가 그 정체성을 지키면서 생존할 수 있는 방식은 교육산업이나 문화산업과 결합하는 길이다. 교육산업과 문화사업의 콘텐츠로 국어국문학이 활용 가능한 것이다.

지방대 국문학과가 이렇게 고군분투하는 것은 거꾸로 국문학과에 위기가 닥쳐왔음을 증언하는 것이다. 그래서 다양하게 학부를 개편하고 학과의 이름을 바꾸지만 과연 생존해나갈지는 의문이다. 오히려 이런 노력들이 서울의 이른바 명문 대학에서 이루어져야만 힘을 받을 수 있다. 하지만 크게 고민하는 것 같지는 않다. 여전히 학생들이 몰려들기 때문이다.

지방대 국문학과에 근무하다 보면 연구와 강의가 일치하는 것이 얼마나 행복하고 심지어 사치인가를 느낀다. 학생들이 미달되는 사태에 직면하여 생존하기가 급급하기 때문이다. 국문학과의 틀을 바꾸고자 하는 시도도 이런 절박한 현실에 기인한다.

필자의 생각으로는 우선 국문학과가 정보화시대에 적응 가능한 유용한 틀로 빨리 바꿔야 되고, 거기에 걸맞게 학과의 이름이 지어져야 한다고 본다. 단 서울의 대학들이 이런 고민과 노력을 같이 해야 한다. 그래야만 각 대학의 실정에 맞는 다양한 방식의 생존전략이 도출될 수 있는 것이다. 핵심은 국어국문학의 지식이 첨단 정보화 시대에도 적용 가능하게 확대 재생산의 시스템을 구축하는 것이다. 그 유용한 시스템이 이름이 어찌됐건 지금의 국문학과가 돼야 한다는 것이다.

국문학의 정체성을 지키면서 정보화 사회에 적용 가능한 시스템을 구축하는 건 쉬운 일은 아니다. 그만큼 수많은 연구자들의 고민과 참여가 절실하다. 어쩌면 우리의 바람과는 관계없이 지방대의 위기가 국문학의 정체성을 쉽게 사라지게 할지도 모른다. 서울에서 위기를 느꼈을 때는 80%나 되는[6] 국문학의 대지가 황폐화됐을 수도 있다. 지난해 말 114개 학과별 취업률 순위를 보니 국어국문학과가 99위였다.[7] 거의 바닥권인 셈이다. 뭔가 새로운 틀이 절실히 필요하다. 우리의 민족적 자존심인 민족어문학이 어찌 이 지경이 됐는가? 국문학도 전체의 지혜를 모아야 할 때다.

『고전문학연구』 25집, 2004. 6.

---

6) 외적인 조건과 관계없이 생존할 수 있는 국문학과는 서울의 주요대학과 지방국립대 등 전국에 20개 정도 밖에 없는 듯하다.

7) 『조선일보』, 2003년 12월 12일자.

충북 지역문화의 전망과 과제

1. 머리말

"가장 지역적인 것이 가장 민족적인 것이고, 가장 민족적인 것이 가장 세계적인 것이다."라는 말이 있다. 이 명제는 세계보편문화 혹은 제국주의 문화에 대립되는 민족문화, 중앙집권문화에 대립되는 지역문화의 특수성에 가치를 부여하는 슬로건으로 널리 활용되어 왔다.

하지만 막강한 자본력을 앞세운 전지구적 세계화(globalization)는 이제 거스릴 수 없는 추세가 되어가고 있다. '세계화'란 이제 익숙한 구호가 되어버렸다. 그것도 단순히 구호의 차원이 아닌 실생활의 요소로 다가오고 있다. 인터넷에 들어가 보면 그 실상을 쉽게 알 수 있다. 국경도 없고 민족도 없이 오직 정보만이 횡행한다. 문화란 이제 '아날로그'가 아닌 '디지털'이 되어버려 세계화란 당연한 추세로 받아들여지고 있다.

한편 세계화와 맞물려 지방화(Localization)의 구호 또한 요란하다. 얼핏 보면 정반대의 지향을 보이는 것 같지만 그 본질을 파고 들어가면 일맥상통하는 면이 있다. 여기서 우리는 지방화 혹은 지역화에 도사린 음험한 기도를 짚고 넘어갈 필요가 있다. 세계화와 지방화는 표면적으로는 이질적이지만 자본의 탐욕성이란 측면에서 보면 유사한 활동경로를 보여준다. 곧 세계화가 국내자본의 세계자본에의 편입이라면, 지방화는 세계자본에 대한 국내 축적공간의 개방이 된다. 그래서 지방화는 지방의 수공업적 생산 방식을 자본의 거대한 흐름에 맡기겠다는 것이 된다. 지역주민의 삶이 세계자본의 논리에 보다 예속됨을 의미한다. 이 때문에 지역화를 얘기하기 위해선 자본의 음험한 기도를 배제하는 구호 차원 이상의 분명한 지향이 있어야 한다.

첫째는 지역문화가 민족문화의 정체성을 담보하는 항목으로 자리매김해야 한다는 것이다. 세계화가 진행될수록 민족의 정체성을 찾는 것이야말로 우리를 지키는 일이 된다는 것이다. 어차피 우리는 중심이 될 수 없고 영원히 변방일 수밖에 없다. 중심으로 편입된다는 것은 환상일 뿐이다. 이미 지난 IMF사태를 통해서 확인된 바다. 이제 세계화의 추세는 거스릴 수 없는 대세인 것은 분명하다. 그렇다면 당당하게 자기 목소리를 내면서 여기에 참여하는 것이 마땅하다. 우리의 근대화 과정이 그랬던 것처럼 자칫 하다가는 민족자체가 없어질 판이다. 몰주체적 보편주의도 경계해야 하지만 폐쇄적 자기중심주의도 주의해야 한다. 바로 이런 민족문화의 정체성을 확인하는 항목으로 지역화가 진행되어야 한다.

둘째는 지역화 내지는 지역문화가 지역민들의 삶의 토대 위에서 논의돼야 한다는 것이다. 너무도 당연한 말이지만 문화는 삶 그 자체인 동시에 삶을 토대로 하고 있는 자율적인 생명체다. 그러기에 추상적 구호가 아닌 구체적 삶의 매카니즘 속에서 파악하고 논의돼야 한다. 이런 시각에서 충북 지역문화의 전망과 과제에 대하여 논의하고자 한다. 특히 충북 지역문화의 정체성을 어떻게 규정하고 이를 어떻게 살려나갈 것인가가 이 글의 핵심과제가 된다.

2. 충북문화의 특질 – 양반문화론의 재해석

충북의 지역문화를 하나로 묶을 수 있는 정체성은 무엇인가? 어찌 보면 불가능해 보인다. 충북은 내륙의 중심에 위치하고 있으며 경기도, 강원도, 경상북도, 전라북도, 충청남도, 대전직할시의 6개 지역과 인접하고 있다. 이런 지리적 특성 때문에 충북의 문화는 여러 문화가 교섭하고 융합하는 혼합문화의 특성을 지닌다고 할 수 있다.[1] 자연 단일화할 수 있는 충북 고유의 문화는 찾기가 어렵다. 실상 제천의 의림지(義林池)를 기준으로 하여 명명된 호서(湖西) 혹은 호좌(湖左)라는 용어는 영남, 호남처럼 충청도 전반을 가리키는 말이라 충북의 전유물이라 부르기 어렵다.

이 때문에 충북의 지역문화를 하위권역별로 나누는 문제가 일찍부터 제기되었고 용어상 논란의 여지는 있으나 별무리없이 통용되고 있는 실정이다. 즉 충북 북부의 충주를 중심으로 한 '중원문화권', 남부의 금강유역을 중심으로 한 '금강문화권', 중부의 청주를 중심으로 한 '서원문화권'이 그것이다.[2] 하지만 중원, 서원은 역사적 개념이기에 차라리 북부문화권, 중부문화권, 남부문화권으로 부르는 것이 적절하다. 임덕순은 방언, 하천유역, 위치, 고차 중심지 분포, 삼국시대 3국

---

1) 임덕순, 「충북지역의 지리적 특성과 문화권」, 『충북학』 제2집, 충북학 연구소, 2000, 43면 참조.

2) 김승환, 「21세기 충북·청주의 지역문화와 민족문화」, 『21세기 충북·청주의 지역문화와 민족문화』, 충북 민예총 문화예술연구소, 1996, 19면.

영토 점거 등의 5가지를 근거로 하여 '충주문화지역', '남부문화지역', '청주문화지역'으로 나눈 바 있다.[3] 모두 충북 문화권은 3개의 영역으로 나누는 데는 큰 이견이 없는 듯하다.

문제는 이 3개의 하위권역을 하나로 묶을 수 있는 동질적 요소가 없다는 것이다. 예전 생활의 연결은 강을 통해 이루어져 왔다. 이렇게 본다면 북부의 남한강 수계와 남부의 금강 수계, 그리고 중부의 금강 지류인 미호천은 서로 다른 생활양식과 문화를 형성해 왔다고 할 수 있다.

흔히 충북의 문화는 한강과 금강의 유역권에 위치한다는 지리적 환경적 요인을, 고구려 백제 신라의 접경이라는 역사적 배경을 토대로 형성되었다고 한다.[4] 그래서 문화의 정서를 청풍명월(淸風明月)로, 문화의 내용을 양반문화로 규정해 왔다. 말하자면 멋과 풍류를 즐기는 양반적 기질이 곧 충북 문화의 본질 내지는 정체성으로 파악되었다. 특히 다른 지역에 비해 충청도 지방에서는 평민문화의 양반문화 지향성이 두드러진다고도 한다.[5] 이창식은 충북지역의 민속문화를 분석하여 한강수계와 금강수계의 동질적 요소로 '선비지향의 인성'을 들었다.[6]

하지만 양반 혹은 선비기질이라고 했을 때 그 구체적 실체와 역사성이 무엇인가? 고려 중기 이후 등장하여 조선시대의 문화를 주도했던 사대부의 복잡다단한 분화와 복합적 성격을 어떻게 '양반' 혹은 '선비' 기질로 묶을 수 있는가가 문제다. 그러기에 일반적으로 양반이라고 했

---

3) 임덕순, 앞의 논문, 39면.
4) 김영진, 「충북인의 충북문화」, 『충북정신의 기둥』, 충북 교육청, 1993, 148면.
5) 한상복, 『한국인과 한국문화』(심설당, 1982), 295면.
6) 이창식, 「충북지역 민속 특성과 문화권 모색」, 『충북학』 제2집, 62면.

을 때 그건 역사적 실체라기보다 관념화된 허상에 가깝다.

경북 안동지역과 비교하면 이 점은 분명히 드러난다. 이른바 '영남 사림(嶺南士林)'의 근거지라 할 안동은 16세기 퇴계(退溪)를 정점으로 하여 그 학맥과 인맥이 교직(交織)되어 오늘날까지 이어지고 있다. 이 럴 때 우리는 그 곳에 뿌리를 내리고 있는 양반문화의 실체와 그 영향 력을 확인할 수 있는 것이다.

충북문화의 특질로 얘기되는 양반문화의 실체를 과연 어디서 확인 할 수 있을 것인가? 일설에 의하면 조선의 정조(正祖)가 규장각(奎章閣) 학사인 윤행임(尹行恁)과 8도의 인물을 4자단구로 평할 때 충청도를 일러 '청풍명월(淸風明月)'이라 했다 한다.[7] '청풍명월'이 과연 어떠한 기질을 얘기하는 것인지 많은 논의를 필요로 하지만, 김화진은

청풍명월(淸風明月)이라고 한 것은 이 지방 인물은 대개가 일에 전진할 생각도 없고 무슨 지개(志慨)도 없이 구태여 남의 앞을 서려 고 아니하고 그렇다고 뒤지려고도 아니하여 세상이 되어가는대로 내 버려두는 것이 마치 청풍명월이 대자연의 도는대로 따라가는 것과 같 다는 것이다.[8]

고 하여 온건하고 순응적인 성격을 '청풍명월'로 해석했다. 이 청풍명 월의 기질은 자기 속내를 잘 드러내지 않는 '점잖음'인 것이고 그것이 곧 '양반스러움'의 실상인 것이다. 김영진은 이에 대하여 다음과 같이 설명한다.

---

7) 김화진, 『韓國의 風土와 人物』(을유문화사, 1973), 21면.
8) 같은 책, 24면.

충청도 양반이란 말은 충청도에 사는 사람들이 대체로 그 말과 행동이 양반스럽다는 뜻이며, 여기서 '양반스럽다'는 '점잖다'는 말로 바꿀 수 있는 말이다. 그리고 점잖다는 말은 체면을 중히 여기는 충청도 사람의 기질에서 비롯된 것으로 보는 데, 그것은 소위 팔도치레에서 충청도를 '체면치레'라로 하는 데서도 짐작된다.9)

곧 충북문화의 특질로 얘기되는 '양반스러움'이란 역사적 실체가 아닌 점잖음의 다른 표현인 것이고 보수적이고 소극적인 온건함을 지니고 있는 것 또한 부인할 수 없는 사실이다. 그러면 이런 특질은 어떠한 역사적 계기와 맞물려 형성된 것일까?

주지하다시피 충북 문화의 하위권역은 세 부분으로 나눠지며 그 부분들은 각각 고구려, 백제, 신라의 문화적 특질을 지니고 있다. 곧 충주를 중심으로 한 한강수계의 문화권은 고구려 문화로, 청주를 중심으로 한 중부문화권은 백제문화로, 금강수계의 남부 문화권은 신라문화로 각각 특징지어진다.10)

이렇게 삼국의 문화가 각기 맞물려 영역다툼을 했던 지역이 충북이고 그 각각의 특징들은 방언, 민속 등 여러 형태로 확인된다. 이렇다 보니 단일화된 하나의 문화를 형성하지 못하고 삼국의 쟁패 속에서 상대방의 눈치를 봐가며 속내를 감추었던 것이 '양반기질'로 형성되었던 것이다. 양반다움이란 곧 이런 소극적 경향에 대한 미화된 수식인 셈이다. 실상 한국 근대의 정치사를 보더라도 충청도의 경우 '핫바지'라고 비아냥될 정도로 이리저리 휩쓸렸던 것이 사실이다.

---

9) 김영진, 『忠北文化論攷』(향학사, 1997), 280면.
10) 임덕순, 앞의 논문, 35면 참조.

"영남의 모든 물줄기는 낙동강으로 모인다."는 말이 있다. 그 만큼 영남지역은 강한 일체감을 지니고 있다. 앞의 4자단구에도 영남을 '태산교악(泰山喬嶽)' 또는 '설중고송(雪中孤松)'이라고 했거니와 그 기질 또한 억세서 김화진은 "이 지방 사람은 목소리가 멧굿고 고집이 세며 세 사람만 모여 한담을 하여도 온 동리가 떠들썩하다. 사람의 성질이 용용한 것이 부족하여 우락부락하고 곧은 목이 '태산교악'도 같고 '설중고송'도 같아 지나치게 솟아 남에게 온순함이 부족하다."[11]고 설명했다. 이 때문에 통일신라이래 한반도의 정치사를 주도한 것이 바로 영남이 아니었던가.

결국 충북의 양반기질은 사대부문화의 지향이 아닌 점잖음의 다른 표현이고 이의 부정적 측면은 소극성과 보수성일 것이다. 즉 김화진의 지적처럼 자신의 개성을 적극적으로 드러내는 것이 아니라 눈치를 봐가며 적당히 하려는 경향이나 안정지향의 모습이 바로 그것이다. 이를 도식화하면 다음과 같다.(+는 긍정적 측면, -는 부정적 측면이다.)

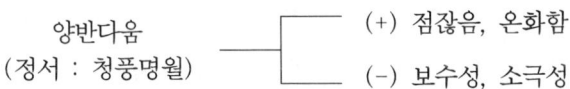

양반다움 ── ┌─── (+) 점잖음, 온화함
(정서 : 청풍명월) └─── (-) 보수성, 소극성

이 때문에 우리 민족이 가지고 있는 보편적 정서인 신바람의 정서에 배치하는 엄숙주의와 복고주의가 충북문화의 진취성을 저해한다고 하여 충북문화의 전망을 '시민문화'에서 찾으려는 노력도 있다.[12] 하지

---

11) 김화진, 앞의 책, 26면.
12) 김승환, 앞의 논문, 28면 참조.

만 문화의 저류는 그리 쉽게 단절되지 않고 면면히 흐름을 지속하면서
역사적 계기와 맞물려 그 구체적 실체를 드러낸다. 그러기에 이를 부
정할 것이 아니라 역사적 구체성과 연관시켜 재해석 할 필요가 있다.
김영진이 "충북인의 이러한 특성은 비록 예로부터 형성되어 오늘에 보
편화된 것이긴 해도 오늘에 이르기까지 변화를 거쳐왔고, 또 앞으로
변화를 가져올 것이다. 그렇기 때문에 앞으로 충북인의 양반스러움은
옛날에 체면을 존중하던 점잖은 양반스러움을 지키는 것이 아니라 시
대적 감각에 따라 새로운 양반스러움으로 변모할 것으로 보인다."[13]
는 예견처럼 오늘에 맞게 그 특질을 새롭게 해석하는 지혜가 필요하다.

한편 충북 선비의 대표로 흔히 보은의 종곡에 은거한 大谷 成運
(1497~1579)과 서인의 영수로 수많은 당쟁을 주도한 尤庵 宋時烈
(1607~1689)을 꼽는 바,[14] 주자학적 명분론의 극단으로 치달으며 '산
림(山林)의 폐해를 낳게 했던 우암보다는 退溪, 南溟, 花潭 등과 같이
동시대를 살았던 대곡에게서 긍정적 의미의 양반다움을 발견할 수 있
다. 大谷은 작은 형이 을사사화(乙巳士禍)로 화를 입자 50년 동안 속리
산에 은거하여 글을 읽으며 도를 닦았다. 대곡의 행적이 서원 창설 운
동을 주도한 退溪나 학문의 실천을 강조한 南溟과 달라 그 세를 이루
지는 못했지만 철학자로서의 자기 완성과 학문적 업적을 쌓았다. 그의
제자였던 천재시인 白湖 林悌(1549~1587)는 그를 기리는 제문에서 이
렇게 대곡의 인품을 기렸다.

　　그렇기에 선생의 절개는 소부(巢父)·허유(許由)보다 높은데 세상

---

13) 김영진, 『忠北文化論攷』, 280면.
14) 같은 책, 298면.

이 못 알아보았지요. 세상이 선생을 모를 뿐 아니요, 선생 자신이 또한 세상에 알려지기를 구하지 않았던 것입니다. 비단 알려지기를 구하지 않았을 뿐 아니라, 오히려 들려지고 알려질까 두려워 하였답니다. 그래서 한 언덕 한 골짝 사이에서 왼편에는 거문고, 바른 편에는 서책을 놓아두고 나물먹고 물 마시며, 밤이나 낮이나 홀로 보낸 세월이 거의 50년이었습니다.[15]

白湖의 찬사는 스승이기에 높이는 것이 아니라 어지러운 세상 가운데 자기를 지키고 학문을 이룬 자에 대한 헌사인 것이다. 물론 大谷은 동시대의 退溪나 南溟처럼 제자들을 길러 미래를 기약하지는 않았다. 하지만 쓸데없이 벼슬을 탐하거나 명리를 취하지 않고 평생을 자기완성을 위한 도학 연구에 몸바쳤다. 세상에 알려지기를 두려워 할 정도로 자기를 드러내지 않았다. 그의 시 〈대곡의 낮에 앉아(大谷晝坐)〉를 보면 그런 입장이 잘 드러나 있다.

여름 숲이 장막되어 한 낮이 어두운 데
물소리 새소리가 고요한 중에 시끄럽네
길이 끊겨 올 사람 없는 줄 알지만
그래도 산 구름 시켜 골짝문을 잠그네.

夏木成帷晝日昏

---

15) 林悌, 신호열·임형택 공역, 「祭大谷先生文」, 『白湖全集』 권4 (창작과 비평사, 1997) 672면.
　　"故先生節高于集許, 而世莫知. 非獨世不知先生 而先生於世, 亦不求聞知. 非徒不求聞知, 而惟恐其有聞有知. 一丘一壑, 左琴右書, 簞瓢冷落, 獨寐寤處者, 幾五十年於斯矣."

水聲禽語靜中喧
已知路絶無人到
猶倩山雲銷洞文

　물론 근대적 인간관으로 보면 극단적 폐쇄성을 지녔다 하겠지만 사화(士禍)의 와중에 과연 선비들이 무엇을 할 수 있는가를 생각해보면 大谷의 선택은 지극히 마땅한 것이다.
　더구나 그의 동생인 牛溪 成渾(1535~1598)의 저 유명한 시조

　　말 없는 청산이오 태없는 유수로다
　　값 없는 청풍(淸風)과 임자 없는 명월(明月)이로다
　　이 중에 일 없는 내 몸이 분별없이 늙으리라
　　　　　　　　　　　　　　　　　　<진본청구영언(珍本靑丘永言)>

에 이르면 충북의 정서인 '청풍명월'이 그대로 텍스트화 되고 있거니와 자기의 실현이 자연과의 교감 속에 지극한 경지로 완성됨을 알 수 있다. 물론 16세기 강호가도(江湖歌道)에서 혼탁한 인간세상과 대비되는 구도(求道)의 공간으로서 자연이 위치하고 있거니와 당대의 사대부들은 그 자연에 순응함으로써 삶의 의미를 찾았다. 우리는 여기서 계급·계층적 의미가 아닌 충북문화의 특질로서 양반다움의 단서를 발견하게 된다. 그것은 바로 자연에의 순응이고 조화인 것이다. 즉 자기를 드러내는 것이 아닌 전체 속의 부분으로서 위치하는 조화의 경지가 바로 양반다움의 긍정적 재해석이다.
　大谷의 제자였던 白湖는 『중용(中庸)』을 8백독하고 속리산을 떠나

면서 그 깨우침으로

> 도는 인간을 멀리하지 않았는데 인간이 도를 멀리했고
> (道不遠人人遠道)
> 산은 세속을 떠나지 않았는데 세속이 산을 떠났네
> (山非離俗俗離山)[16]

라 하여 자연과 세속, 도와 인간의 조화를 말했으니 참으로 절묘한 경
구가 아닐 수 없다.

충북문화의 하위권역인 북부문화권, 중부문화권, 남부문화권의 이
질적 요소들이 별무리 없이 융화될 수 있었던 것도 이런 조화와 포용
이라는 충북문화의 특질에 기인한다. 곧 삼국의 쟁패과정에서 속내를
드러내지 않은 역사적 계기들은 이질적인 문화들을 받아들이는 조화
와 포용의 문화를 형성시킨 것이고 이를 통하여 우리는 충북문화의 새
로운 전망을 세울 수 있다.

3. 21세기 충북문화의 전망과 과제

그러면 조화와 포용이라는 충북문화의 특질에 근거하여 앞으로의
전망을 어떻게 세워나가야 할 것인가? 우리의 근대는 획일성이 강조
되던 시기였다. 서구를 모델로 하여 그것을 따라잡기에 급급했다. 그
것도 엄청난 속도를 동반했다. 300년이 걸릴 일을 30년만에 해치웠으

---

16) 앞의 책, 951면.

니 그 아찔한 속도만큼이나 획일화된 중앙의 논리가 얼마나 위력을 발휘했겠는가. 모든 길은 서울로 통했다. 그래서 지역의 문화는 아예 존재할 수 없었거나 존재한다고 해도 미숙한 변두리 문화로 자리잡았다. 얼마나 서울의 문화를 따라 잡는가가 곧 지방문화의 수준이었다. 곧 지방의 문화는 독자적인 형식과 내용을 갖추지 못하고 서울 베끼기에 급급했고 그것이 바로 획일화된 근대화의 논리였다.

이른바 '경제개발'이라는 이름하에 이루어진 산업화는 생산방식에 있어서 소품종 대량생산 체제인 데일리 포드시스템을 채택하여 경제 인프라를 구축했다. 여기에 따라 문화도 교육도 삶의 방식도 대량생산의 라인을 구축했다. 똑같은 수준의 학생들을 양산하여 산업현장에 투입했고 지역의 문화 역시 국화빵 수준을 벗어나지 못했다. 그러던 것이 1990년대 들어와 지방자치가 실시되고 '삶의 질'에 대한 요구가 대두되면서 획일화된 근대의 논리를 거부하기 시작했다. 물론 여기에는 생산방식 자체가 이제는 다품종 소량생산으로 바뀌었다는 사실도 중요한 계기로 작용했다. 그래서 이제는 "잘 살아보세"가 아니라 "삶의 질을 높이자"는 문화적 마인드가 중요하게 대두되었다.

하지만 그것이 자생적 요구에서 이루어진 것이 아니라 앞에서도 얘기했듯이 세계자본의 탐욕성에 근거한다는 것이다. 그래서 세계화와 동시에 지역화 혹은 지방화가 진행되는 '글로컬라이제이션(glocalization)'의 추세 속에 있게 된 것이다. "자본의 운동은 메트로폴리탄 중심아래 전 세계를 지방화하고, 국가적 차원에서는 주변부 나라의 중심도시 아래 나라 안의 모든 지역을 다시 지방화 함으로써, 인천은 서울을, 서울은 토오꾜오를, 토오꾜오는 뉴욕을 경배하는 수직적 질서를 창출"[17]하는 딜레마 속에 지역문화가 위치한다.

이러한 글로컬리제이션의 국면에서 지역문화는 다음과 같은 문제점을 안고 있다.[18]

① 지역문화의 육성 발전을 위한 재정기반이 취약하다.
② 지역문화 시설이 절대 부족하고 문화시설 자체도 제 기능을 못하고 있다.
③ 지역문화 전문 양성이 어려우며 이들에 대한 처우가 부족하다.
④ 지역 고유의 전통문화가 파괴되고 지역 공동체 의식이 사라져 가고 있다.
⑤ 관변 단체에 국고 보조금이 집중 지원되고 있어 문화원이나 문화예술 단체의 지원이 부족하다.
⑥ 지역문화의 구심체가 없고 예산의 효율적 분배가 이루어지지 않고 있나.

이들 요소가 대부분 재정 내지는 시설 등 돈과 관련되어 있다. 곧 자본에 의한 수직적 질서의 재편이 바르게 진행되고 있음을 알 수 있다.

하지만 가능성이 없는 것은 아니다. 지역 주민들의 삶에 기초한 생산적이고 자생적인 지역문화를 만들어나가는 것이야말로 자본에 의한 수직적 질서를 전복시키고 민족문화의 한 부분으로 당당하게 편입될 수 있는 전략이 될 수 있는 것이다. 이 때 충북문화의 정체성이랄 수 있는 조화와 포용의 정서야말로 그 기초가 된다. 이에 지방을 통해 중앙을 칠 수 있는 충북문화의 기획을 생각해 본다.

---

17) 최원식, 「지방을 보는 눈」, 『생산적 대화를 위하여』(창작과 비평사, 1997), 60면.
18) 최천식, 「지역문화 활성화」, 『향토사와 지역문화』, 문화체육부, 1995, 104면.

1) 삶의 속도, 문화의 속도를 늦춰야 한다

글로컬리제이션 시대 중앙으로부터 주변부의 수직적 질서 속에 자본은 엄청난 속도로 그 위력을 과시한다. 거기에 따라 삶의 속도도 비례할 수밖에 없다. 바삐 움직이지 않으면 돈을 벌 수 없기 때문이다. 자연 지역문화의 속도도 이를 따라 간다. 그러다 보니 자기의 문화를 만들어 낼 여유가 없다. 오로지 세계적 차원, 국지적 차원에서 중앙을 따라가기에 급급하다.

충남 서산의 개심사(開心寺)를 간 적이 있다. '마음을 연다'는 이 심심산골의 절에서 저녁을 먹고 산책을 나가다 동네 10대 청소년들이 경운기에 앉아 당시 유행하던 노래를 부르며 놀던 것을 목격했다. 그들의 의상과 행동도 서울의 그것과 다르지 않았다. 지역민들의 삶이나 문화가 철저하게 중앙에 종속된 경우였다.

최근 문명의 아찔한 속도감에 대한 반성 때문에 "느리게 살자"는 것이 삶의 중요한 화두로 등장했다. 느리게 살자는 것은 게으르게 살자는 것은 아니다. 삶의 선택에 관한 문제다. 어느 한 기간을 정해 놓고서 그 안에 모든 것을 처리하려고 서두르지 않아도 되고, 시간에 쫓기지 않아도 되는 그런 삶을 선택할 수도 있다는 말이다. 그것은 모든 것이 우리를 서두르게 만들고 있는 이 사회, 그리고 우리가 자발적으로 그 요구에 따르고 있는 이 사회 속에서 건강한 삶을 유지하기 위해 절실하게 필요한 과제이다.[19]

바로 이런 여유로운 삶을 선택하는 것이야말로 사람들에게 강요된 아찔한 속도를 제어할 수 있는 첩경이 된다. 다행히 지역에서의 삶은

---

19) 피에르 쌍소(김주경 옮김), 『느리게 산다는 것의 의미』(동문선, 2000), 12면.

중앙에 비해 여유로움을 누릴 수 있는 시간적, 공간적 혜택이 허락된다. 출퇴근시 많은 시간이 소요되지 않을뿐더러 움직이는 공간 또한 그리 넓지 않다. 게다가 자연 환경 또한 얼마나 아름다운가. 문제는 중앙을 따라가야 한다는 그 조급함이 이 모든 여유로움을 빼앗아 버리는데 있다. 또한 그것이 자생적 문화의 생성을 가로막고 있기도 하다. 지역의 문화는 바로 이 지점에서 시작돼야 한다. 그것이야말로 전지구적 자본의 탐욕스런 경로를 비켜갈 수 있는 길이 된다.

충북의 문화적 본질은 그런 것이었다. 청풍명월이라는 말처럼 자연의 섭리에 순응하면서 여유를 누렸던 것이다. 그 여유가 지금 분명 자본주의적 시간의 저 아찔한 질주를 제어할 수 있는 의미있는 화두인 것은 분명하다. 그래야만 건강한 지역문화를 만들어나갈 수 있는 것이다.

2) 지역문화의 생산자가 되어야 한다

자본주의 문화는 소비를 미덕으로 한다. 그래서 대부분의 사람들은 문화의 향유자로 만족한다. 문학작품을 읽고 음악을 듣고 전시회를 보러 가는 것으로 문화적 욕구를 채운다. 그것이 의미없는 행위는 아닐 것이다. 하지만 문화의 생산자가 됨으로써 그 문화를 자기의 것으로 만들 수 있게 된다. 문화란 사람들의 삶을 가꾸고 풍요롭게 하는데 그 목적이 있다. 비록 그것이 낮은 수준의 것일지라도 분명 삶을 가꾸는데 의미가 있다. 일기(日記)를 생각해 보자. 그것이 뛰어난 문학작품은 아닐지라도 자신의 삶을 되돌아보고 가꾸게 하지 않는가.

애초 문화는 모두가 생산자이면서 향유자였다. 생산과 향유가 동시에 이루어져 왔다. 하지만 자본주의의 유통방식은 생산과 소비를 분리하게 했고 교환가치에 의해 문화의 등급을 매겼다. 이래서 문화는 소수에 의해 독점되게 되었다. 이제는 세계적 자본의 침탈에 의해 그 현상은 더욱 심해졌다. 이렇게 가다간 지역의 문화는 말살된다. 충북에서의 공연과 서울에서 이루어지는 세계적인 공연을 비교해 보면 그 차이는 분명 드러난다. 이런 방식으로는 도저히 경쟁이 되지 않는다. 어차피 세계자본의 수직적 질서 속에 이미 향유 혹은 소비의 문화는 서열화돼 있는 셈이다.

결국 지역문화를 활성화하게 하기 위해선 문화의 생산자로 참여할 수 있는 통로를 개척해야 한다. 지역을 단위로 한 대중문화운동이 그래서 필요한 것이다. 서울에서의 삶이 소중한 것처럼 충북지역의 삶도 소중하다. 바로 그것을 담을 수 있는 그릇으로서 지역문화가 만들어져야 한다.

글쓰기 운동을 생각해 보자. 모두 작가나 시인이 되기 위해서 글을 쓰는 것은 아니다. 충북의 작은 마을에서 사람들이 그들의 삶을 글로 써서 서로 돌려보며 자신들의 삶을 가꾸어 나간다고 가정할 때 그 글을 쓰는 운동이야말로 세계자본의 침윤으로부터 지역민들의 건강한 삶을 지켜주는 보루가 된다. 소수에 의해 독점되었던 글쓰기를 이미 자신의 삶을 벼리는 도구로 가져온 이상 그들이 뛰어난 작품을 쓰지 않는다고 어떻게 얘기할 수 있겠는가.

이런 지역 대중문화운동의 기획은 얼마든지 가능하다. 각자의 일을 끝내고 모여 서로 쓴 글을 돌려보거나, 연극 연습을 하거나 그림을 그리러 야외로 나가는 일 등은 지역문화의 소비자에서 생산자로 전환하는 계기가 된다. 여기에 의미를 부여하고 이를 활성화시키는 것이야말로 자생적이고 건강한 지역문화를 살리는 첩경이 된다.

루쉰(魯迅 : 1881~1936)이 그의 작품 〈고향〉에서 얘기했듯이 "길은 원래 있는 것이 아니라 사람이 다니면 길이 된다."

3) 작은 것이 아름답다

지역문화의 생산자로서 참여하는 문화활동은 어차피 소규모일 수밖에 없고, 지역민들의 삶에 근거하고 있어야 한다. 예산이 많이 들어가는 대규모의 행사나 문화활동으로는 어차피 경쟁이 되지 않는다. 작고 내실있는 행사, 지역민들의 삶을 담아낼 수 있는 문화활동이 필요한 것이다. 문화한 저 높은 곳에 존재하는 신비스런 그 무엇이 아니라 일상을 담아내는 그릇이라는 생각이 필요하다.

이런 점에서 칠레의 민중시인 빠블로 네루다의 일화는 많은 시사를 준다. 〈일 포스티노〉라는 영화에서 지중해 섬 마을 우편 배달부와의 교감을 통해 시란 무슨 대단한 것이 아니라 바람소리, 파도소리와 같은 지극히 일상적인 데에 있다는 것을 보여 주기도 했다. 그런가 하면 파업중인 광산 노동자들에 자신의 시를 읽어줌으로써 그들을 감동시키기도 했다.

칠레의 어느 탄광에서 있었던 일이다. 한 낮의 찌는 듯한 태양아래서 수천명의 광산 노동자들이 세 시간이 넘게 조합의 활동가니 지도자의 연설을 듣고 있었다. 미침애 네루다가 연단에 오를 차례가 되었다. 그 당시만 해도 그는 아직 시인으로서 오늘날처럼 명성이 자자했던 것도 아니고 더구나 산 속에서 거의 유폐된 생활을 하고 있었던 광부에게는 거의 이름조차 알려져 있지 않았던 상태였다. 다시 말해서 지금 네루다 앞에 앉아 있는 수천 명의 노동자들, 착취와 굶주림 그리고 어쩌면 읽을 줄도 쓸 줄도 모를 것 같은 이 광부들 앞에서 네루다가 시를 낭송한다는 사회자의 소개가 있자 수천명의 탄광 노동자들은 이글거리는 검은 태양아래서 일제히 모자를 벗으며 일어나는 것이 아닌가. 그것은 지금까지 전례가 없었던 극히 새로운 감동적인 장면이었다. 즉 노동자들은 민중에게 봉사하는 시인과 시에 고마움의 인사를 보냈던 것이다.[20]

위의 예에서 보듯이 문화란 이렇게 지극히 사소하고 일상적인 것을 통해서 사람들의 삶을 풍요롭게 할 수 있는 것이다. 네루다는 그 벅찬 감동과 기쁨을 〈커다란 기쁨〉이란 시에서 "나는 쓴다. 소박한 사람들을 위해 / 변함없이 이 세상의 기본적인 요소들 – 물이며 달을 / 학교와 빵과 포두주를 / 기타나 연장 등을 갖고 싶어하는 / 소박한 사람들을 위해서 쓴다."[21]라고 노래했다. 바로 이것이 문화(문학)가 갖는 힘이다. 사소한 것 같지만 '이 세상의 기본적인 요소들'을 통하여 보다 풍요로운 삶을 가꾸어 나갈 수 있는 것이다.

영국의 에딘버러에서 거행되는 '연극 페스티벌' 같은 것도 그 좋은 예이다. 여기에는 전문적인 극단도 참가하지만 순수한 아마추어 극단도 참여하여 자신들의 연극을 공연함으로써 그들의 삶을 풍요롭게 가꾸게 된다. 저마다 직업은 다르지만 저녁이면 모여 연극을 연습하면서 그들의 삶을 돌아보고 좀 더 아름답게 꾸미게 된다. 바로 이런 형태가 지역문화 활동의 대안으로 가능하다는 것이다. 처음엔 미미하지만 점

---

20) 김남주, 「사랑과 혁명의 시인, 빠블로 네루다」, 『심장은 탄환을 동경한다』(민글, 1993), 135면.
21) 같은 책, 같은 곳.

점 질적인 상승을 이루어 가면서 그들의 삶도 고양되는 것이다. 유럽의 영화를 보다보면 학생들이 주고받는 대화 속에 세익스피어나 괴테가 자연스럽게 녹아 있음을 발견한다. 그들의 삶 속에 세익스피어는 저 높은 곳에 존재하는 신비가 아니라 바로 일상 속에 있는 현실인 것이다. 이런 자국의 민족문화를 현재화하는 경지가 어쩌면 건강한 지역문화의 이상형이 아닐까?

4) 문화의 다양함을 수용해야 한다

지역문화의 발전은 다양함 속에 이루어져야 한다. 이른바 고급문화만 고집해서는 안되고 영화, 대중음악, 만화, 사이버 문화 등 대중문화를 적극 수용해야 한다. 어차피 문화 내지는 문화활동은 사람이 중심일 수밖에 없고, 그러기에 그들의 요구가 반영돼야 한다. 만화를 원한다면 그것이 저급한 문화가 아니냐고 반박할 것이 아니라 만화를 소재로 다양한 문화행사를 기획해야 한다. 만화 전시는 물론이고 이를 통한 캐릭터 개발, 만화그리기 대회 등 만화를 소재로 무한한 문화활동이 가능하다. 일본의 경우 만화 전문 도서관이나 전문서점이 있는가 하면 만화를 상품화한 전문 매장도 많다. 프랑스의 '앙굴렘 국제 만화 페스티벌'도 좋은 예이다. 인구 15만의 작은 도시에 나흘간 무려 40만 명의 관광객이 모일 정도로 성황을 이룬다 한다.

충북문화의 성격도 자연에 순응하고 조화와 포용을 그 특질로 한다. 그러기에 어떤 지역보다도 다양한 문화의 수용과 조화가 가능한 곳이다. 문제는 문화에 대한 고정관념이다. 이 고정관념의 틀을 깨지 않고서는 지역민의 삶에 기반한 건강한 문화의 조성이 불가능하다.

중요한 것은 형식이 아니라 내용이다. 내용이 바뀌면 문화의 형식도 바뀌게 된다. 형식을 고집할 것이 아니라 다양한 내용들을 채울 수 있는 새로운 형식을 고민해야 한다.

5) 각 지역의 정체성을 살려나가야 한다

충북문화는 다양함 속에 조화를 이룬다고 했다. 청주와 충주가 다르고 제천이 또한 다르다. 충북으로 획일화 할 것이 아니라 각 지역이 정체성을 찾아 이를 계발해야 한다. 그것은 말하자면 각 지역의 자기 색깔 갖기, 곧 '이미지 메이킹(Image making)'인 것이다.

그것이 아무거나 될 수 있는 것은 아니다. 우선 지역민들을 하나로 묶을 수 있는 공감대여야 하고 삶을 고양시킬 수 있는 의미있는 것이어야 한다. 그리고 현재화 할 수 있어야 한다.

대표적인 지역이 안동이나 남원, 강릉일 것이다. 안동은 유교문화의 잔재가 그대로 남아있고 오늘날까지 영향력을 미치고 있다. 退溪로 대표되는 그 양반문화는 16세기 영남사림의 이념적 총화였지만 21세기인 오늘날도 의미있는 것으로 재해석되고 있다. 올해는 특히 退溪 탄신 500주년을 맞아 대대적인 문화행사가 열리고 있다.

남원의 '춘향제', 강릉의 '단오제' 역시 지역의 정체성을 찾아 문화의 형식을 만들어 간 좋은 예이다.

청주의 경우 직지(直指)로 대변되듯 인쇄문화를 통해 정체성을 찾고 문화를 계발해야 한다. 김승환의 제언에 의하면 ① 세계 판화 축제 ② 세계 고도서 박람회 ③ 고인쇄 시연 ④ 세계의 종이전 ⑤ 세계의 활자전 ⑥ 인쇄 관계 가장행렬 등이 대안으로 제시됐다.[22]

충주는 '남한강 문화'를 그 정체성으로 새로운 형식을 만들 수 있다. 남한강은 영월, 영춘, 단양, 제천(청풍) 등 다양한 지역을 거치지만 아무래도 그 중심은 충주일 수밖에 없다. 한반도 가운데 위치하면서 그 젖줄인 남한강의 중심지역으로서 역사적으로나 지리적으로나 충주는 남한강을 지역문화의 화두로 삼아야 한다.

제천은 그 문화의 정체성을 의병(義兵)에서 찾을 수 있다. 그것이 억센 지역기질이나 정서와도 일치하고 역사적으로 의미있는 것이며 현재화할 수 있는 장점이 있다. 충북도내 신문기사를 보면 제천과 의병을 동일시하고 있음을 볼 수 있다. 불과 몇 년밖에 안되지만 지역의 정체성을 찾는데 성공했다고 볼 수 있다. 애초 제천의병제는 구한말 제천을 무대로 활동한 을미의병의 창의로부터 100주년이 되는 1995년에 시작하였다. 제천의병이 넋을 위로하고 그 희생을 오늘에 되살리자는 취지였으며, 제천시민들에게 의병의 고장이라는 자긍심을 주어 제천지역문화의 정체성을 찾자는 것이었다. 빠른 시일 내에 지역문화의 정체성을 찾고 이를 문화의 형식으로 만들어 낸 성공적인 경우라 하겠다.

단양 역시 영춘의 '온달산성'을 근거로 하여 '온달'을 지역의 문화로 만들어갔다. 1996년부터 '단양온달축제'를 개최하였으며 온달과 평강공주를 캐릭터로 계발하여 단양의 상징으로 삼았다.

보은의 경우는 최근 동학의 보은집회를 화두로 삼아 지역문화의 정체성을 찾아가고 있다. 그 밖에 옥천의 '정지용', 괴산의 '홍명희' 등도 지역문화의 정체성을 찾는 항목으로 손색이 없어 보인다.

이렇게 본다면 각 지역 문화의 정체성은 인쇄문화 같은 문화적 형태

---

22) 김승환, 앞의 글, 37면.

로부터 남한강이라는 지리적 여건, 의병이나 동학 같은 역사적 사건, 역사적 인물인 온달, 근대문학 작가인 홍명희, 정지용 등 다양하게 분포되어 있다. 이 총화가 충북문화의 실체인 것이다. 문제는 이 지역문화의 정체성을 어떠한 내용과 형식으로 만들어 내는가에 있다. 그 대안이 쉽게 나올 수 있는 것은 아니다. 단 그것이 민족문화의 한 항목으로서 손색이 없어야 하고, 지역민들의 구체적 삶에 근거하고 있어야 한다는 점은 분명하게 인식할 필요가 있다.

4. 맺음말

이제까지 장황하게 충북지역문화의 정체성을 확인하고 그 토대 위에서 앞으로의 전망과 과제를 생각해 보았다. 충북지역문화는 그 특질이 '청풍명월'에서 보여지듯 자연에 순응하고 여러 문화를 받아들이는 조화와 포용에 있음을 밝혔고 이를 토대로 ① 삶의 속도, 문화의 속도를 늦추는 여유로운 자세 ② 지역문화의 향유자만이 아닌 생산자로서의 전환 ③ 작은 것에 의미를 두는 문화행위 ④ 다양한 문화의 수용 ⑤ 각 지역의 정체성 확인 등을 21세기 충북문화의 전망과 과제로 제시했다.

하지만 주의할 것은 충북지역문화의 발전적 기획이 배타적 지역주의와 맞물려서는 안된다는 점이다. 흔히 지역문화의 정체성을 찾아 이를 계발하는 것은 다른 지역보다 우월하다는 자만심에서 출발한다. 서두에서 얘기했듯이 가장 지역적인 것이 가장 민족적인 것이고, 가장 민족적인 것이 가장 세계적인 것이라는 오류에 빠지기 쉽다. 몰주체적 보편주의도 문제지만 보편성 없는 폐쇄적 자기 중심주의도 배제해야 한다. 우리 정치사에서 이른바 지역감정이라는 저 광기도 실상 지역에 대한 지나친 자만심과 독선이 아니었던가. 가장 지역적이 되기 위해선 그 나름대로 민족문화의 보편성에 합당한 즉 민족문화의 코드로서 의미가 있어야 한다. 세계문화와 민족문화에 대해서도 마찬가지다. 우리는 여기서 "전지구적 시야로 지역을 보고, 지역의 눈으로 세계를 보는 상호침투적 시각을 견지할"23)필요를 느낀다. 조화와 포용을 특질로 하는 충북의 지역문화야말로 이에 적합해 보인다.

이렇게 세계문화와 민족문화 그리고 지역문화가 상호침투히어 그 보편성과 특수성을 공유할 때 진정 지역의 문화는 세계문화로서 그 의미를 부여받을 수 있을 것이다. 우리 것이 제일이라는 아집만으로는 아무 것도 이룰 수 없다. 그것은 지역을 볼모로 국가의 정치판을 뒤흔드는 지역감정의 광기와 무엇이 다른가.

가장 이상적인 경우는 자기가 딛고 사는 고장의 삶을 자기 삶의 일부로 접수하고 그 공간 속으로 침투해 들어감으로써 지역적 실천 속에 전지구적 사고를 벼리는,24) 그리하여 지역문화의 자장 속에서 개인의 삶을 구원하는 것이다. 이 '지역적 실천'과 '지구적 사고'야 말로 육신과 영혼의 관계처럼 서로를 구원하여 전지구적 자본주의의 아찔한 속도를 제어하고 건강한 지역문화를 만들어나갈 수 있을 것이다.

『충북학』 3집, 2001. 12.

---

23) 최원식, 앞의 글, 70면.
24) 같은 글, 71면.

항일의병의 전개와 소설의 형상화

1. 문제의 제기

2차에 이르는 '의병전쟁'이 일제의 국권침탈에 대항하여 국가와 민족을 지키는 유일한 대안이었음은 주지의 사실이다. 이른바 '애국계몽기'라 일컫는 1894년에서 1910년에 이르는 이 시기에 한편으론 지식인들을 중심으로 한 애국계몽운동도 일어나 의병전쟁과 더불어 국권수호와 민족의 자존심을 지키는데 앞장섰다. 즉 도시를 중심으로 한 합법적 애국계몽운동과 농촌을 중심으로 한 비합법적 의병전쟁이 당시 민족운동의 두 축이었다.

이런 역사적 실상에 비추어 최원식은 당시의 문학도 의병전쟁문학, 애국계몽문학, 친일문학으로 노선을 나눌 필요가 있다고 하여 "이 삼자는 뚜렷이 구분되는듯 얽혀있"어 "나라의 독립을 추구하는 문제를 중심으로 하면 앞의 2자와 친일문학이 대립하고, 나라의 개명을 기준으로 삼으면 의병전쟁문학과 뒤의 2자가 경계를 이루고 있기 때문이다. 물론 애국계몽문학과 의병전쟁문학이 이 시기 문학사의 주류임은 말할 것도 없겠다" 한다.[1]

지식인 주도의 애국계몽문학은 다양한 형태의 가사, 신체시, 신소설 등으로 문학적 형상화를 이루었다. 하지만 의병전쟁문학은 문학적 형상화가 상대적으로 빈약하다. 게다가 이미 문학사적 사명을 다한 옛 양식에 의존한 경우도 많다. 의병장의 격문과 한시, 〈창의가〉나 〈안 사람의병가〉와 같은 가사 등이 그렇다. 당대 신소설과 같은 서사양식 으로 의병전쟁이 다루어진 경우가 그래서 소중하다. 하여 과연 어떤 작품이 있으며 어떻게 의병전쟁이 형상화 됐는가를 따져보고자 이 글 을 쓰게 됐다.

의병을 다룬 대표적인 작품은 이해조의 〈枯木花〉(『제국신문』 1907.6. 5~10.4)와 이인직의 〈銀世界〉(同文社, 1908.11.20)다.[2] 일변하자면 그 다지 의병에 대해 우호적이지 못하다. 작가가 애국계몽운동 노선이나 친일의 노선에 있기 때문이다. 게다가 의병도 서사의 중심이 아닌 배 경으로 등장하고 있다. 또한 신문에 연재돼 일우생의 〈五更月〉(『대한 일보』 1909.11.25~12.28)은 여러모로 이해조의 〈枯木花〉와 유사한 작품 이다. 주목되는 작품은 빙허자가 쓴 〈小金剛〉(『대한민보』 1910.1.5~3.6) 이란 작품이다. 의병을 주인공으로 삼고 있을뿐더러 다루는 시각 또한 긍정적이다.

이상의 4작품을 통해 의병의 형상을 당대에 나온 소설들이 어떻게 다루고 있나를 살펴보고자 한다. 그럼으로써 의병전쟁문학을 애국계 몽기 문학사의 주류로 복원시키고자 한다.

---

1) 최원식, 「애국계몽기의 이해조 소설」, 『한국계몽주의 문학사론』(소명, 2002), 156 면 참조.

2) 텍스트는 『신소설, 번안(역)소설 전집』, 아세아문화사, 1978에 수록된 것으로 하 고, 작품인용은 현행 맞춤법을 따르되 괄호 속에 면수만 표시한다.

2. 개화에 역행하는 '무뢰지배' – 이인직의 〈銀世界〉

일제의 침탈에 대항해 무장투쟁을 전개했던 의병을 가장 악의적으로 형상화한 작품은 당연히 대표적 친일파 작가였던 이인직의 〈은세계〉다. 이인직은 이무렵 이완용의 개인비서로 그의 후원을 얻어 『만세보』를 인수해 1907년 7월 『대한신문』을 창간하고 사장 자리에 앉는다. 이 신문은 이완용 내각의 기관지로서 역할을 착실히 수행했던 바, 이인직은 이완용의 밀사로서 일본을 수시로 드나들며 소위 '합방'의 기반을 다지는 일에 매진한다.[3] 이 무렵 쓴 소설이 〈은세계〉이니 그 정치적 의도는 쉽게 짐작할 수 있겠다.

주지하다시피 〈은세계〉는 강원감사의 수탈에 맞서다 살해당한 최병도의 이야기가 전반부를, 유복자로 태어난 옥남이의 파란만장한 이야기가 후반부를 형성한다. 의병이 등장하는 것은 후반부의 마지막 부분이다.

아버지 최병도가 죽고 어머니마저 미쳐버려 고아나 다름없는 옥남, 옥순 자매는 김진사의 도움으로 미국으로 유학가고 거기서 씨엑기 아니쓰라는 미국인의 보호아래 양육된다. 이들 남매는 고종이 강제 퇴위당하고 순종이 즉위한 융희 원년(1907), "일반 정치를 개혁"한(129면)[4] 때를 맞아 "배운대로 나라에 유익한 사업을 하여"(129면) 보자고 귀국하게 된다. 강릉으로 가 어머니를 찾고 절에 가서 아버지의 영혼을 인도하기 위해 불공을 드리던 중 '강원도 의병'과 조우한다. 그 장면을 〈은세계〉는 이렇게 그려낸다.

---

3) 이인직에 관한 사항은 최원식 「친일문학의 선구자, 이인직」, 앞의 책 참조.
4) 원문의 표기는 현행 맞춤법을 따르고, 괄호 속에 면수만 표시한다.

절 동구 밖에서 총소리 한번 탕 나면서 웬 **무뢰지배** 수백 명이 들어
오더니 옥남의 남매를 붙들어 나린다. 옥순이와 옥남이는 **학문과 지식
이 넉넉한 사람**이라 조금도 겁내는 기색이 없고 천연히 붙들려 나가는
데 그 무뢰지배가 옥순의 남매를 잡아놓고 재약한 총부리로 겨누면서

(무뢰) 네가 웬 사람이며 머리는 왜 깎았으며 여기 내려오기는 무
슨 정탐을 하러 왔느냐. 우리는 강원도 의병이라 너같은 수상한 놈을
포살하겠다.
하며 기세가 당당한지라.(136~137면, 강조 인용자)

여기 등장하는 의병은 을미의병과 달리 군대해산 이후 본격적으로
기병했던 2차 의병을 말한다. 강원의병은 1907년 원주에서 기병하여
민긍호 부대는 제천 의병과 합류하였고, 김덕제 부대는 평창·강릉·
양양 방면으로 진출하였다. 강원도 지역은『대한신문』의 지적처림[5]
을미의병 당시 유인석에 의해 이미 10여 년 전부터 터전이 되어왔던
곳이기에 강력한 결집력을 보여줄 수 있었다. 8월 중순 영동 지역으로
진출한 김덕제 부대는 그곳 의병과 합세하여 3천명의 대부대를 이루
었다. 이 부대가 평창, 진부를 거쳐 강릉방면으로 진출했으니〈은세
계〉에 등장하는 강원의병이 바로 이들이다. 작품의 배경도 융희 원년
(1907) 가을이니 강릉 지역의 의병봉기와 일치한다. 강릉 의병의 규모
에 놀란 일본군은 원산주둔 보병 50연대 제 11중대를 8월 12일 급파할
정도였다.[6]

---

5)『대한신문』1907년 8월 13일자.
　"원주 폭동의 도류가 1천여 명에 달하여 일병과 포화상접(砲火相接)하기 시작했다
　고 한다. 상보는 아직 듣지 못했으나 도청도설에는 10여 년 전부터 화태(禍胎)를 양
　출하던 소굴이라, 이를 반거(盤據)하여 작금에 해대병(解隊兵)의 폭동이 일어났다"

하지만 이인직의 〈은세계〉에서는 이들 강원의병을 한낱 '무뢰지배'로 격하시키고 있다. 그 근거가 되는 이념은 문명개화론이다. 이미 작품의 전반부에서 최병도를 김옥균과 연결시켜 그 문하로 설정했다. 그리고 이 인연을 문명개화로 발전시켰다.

> 갑신년 시월(갑신정변:인용자)에 변란이 나고 김씨(김옥균:인용자)가 일본으로 도망한 후에 최씨가 시골로 내려가서 재물모으기를 시작하였는데 그 경영인즉 재물을 모아가지고 그 부인과 옥순이를 데리고 문명한 나라에 가서 공부를 하여 지식이 넉넉한 후에 우리나라를 붙들고 백성을 건지려는 경륜이라. … 한 두 사람을 구하고자하는 일이 아니오, 팔도 백성이 도탄에 든 것을 고치려는 경륜이 있었더라.
> (55면~56면)

오직 문명개화만이 민족의 살길이라는 논리는 실상 1894년 이래 거부할 수 없는 대세였던 것만은 사실이다. 다양한 방법론상의 분화에도 불구하고 큰 틀은 문명개화와 자강이었다. 문제는 여기에 편승하여 일제의 침략과 지배가 합리화 된다는데 있다. 야수의 발톱이 숨겨진 셈이다. 더욱이 1907년 대대적으로 개화를 표방하는 정미 7조약과 순종의 즉위에 따른 개화파 정권의 수립은 이제 문명개화가 국가적 과업임을 만천하에 표방한 것이다. 이제 드디어 개화파의 세상이 되었고, 그 이면은 다름 아닌 일제의 지배다. 곧 일제의 지도아래 이루어지는 문명개화의 프로그램 속에 〈은세계〉가 있는 것이다. 당연히 무장투쟁을 전개하는 의병은 가장 큰 걸림돌이 되는 것이다. 의병은 개화한 문명

---

6) 박성수, 『독립운동사 연구』(창작과 비평사, 1980), 152면~158면 참조.

세계가 아닌 미개한 야만의 상태로 존재하기에 무뢰배가 되는 것이다. '무뢰지배'인 의병에 맞서 옥순과 옥남은 '학문과 지식이 넉넉한 사람'이기에 조금도 겁내는 기색이 없는 이유도 이 때문이다. 여기서 더 나아가 의병들을 향해 일장 연설을 하는 지경에까지 이른다.

> 의병도 우리나라 백성이오 나도 우리나라 백성이라. 피차에 나라 위하고 싶은 마음은 일반이나 지식이 다르면 하는 일이 다른 법이라. 이제 여러분 동포께서 의병을 일으켜서 죽기를 헤아리지 아니하고 하시는 일이 나라에 이롭고자 하여 하시는 일이요 나라에 해를 끼치려는 일이요? 말씀을 하여주시오. 내가 동포를 위하여 그 이해(利害)를 자세히 말하면 여러분의 마음과 같지 못한 일이 있어서 나를 죽이실 터이나 그러나 내가 그 이해를 알면서 말을 아니하면 여러분 동포가 화를 면치 못할 뿐 아니라 국가에 큰 해를 끼칠 터이니, 차라리 내 한 몸이 죽을지라도 여러분 동포가 목전에 화를 면하고 국가 진보에 큰 방해가 없도록 충고하는 일이 옳은 터이라. 여러분이 나를 죽일지라도 내 말이나 다 들은 후에 죽이시오.
> 여러분 동포가 의리를 잘못 잡고 생각이 그릇 들어서 **요순 같은 황제폐하 칙령을 거스리고 흉기를 가지고 산야로 출몰하여 인민의 재산을 강탈하다가** 수비대 일병 사오십 명만 만나면 수십 명 의병이 저당치 못하고 패하여 달아나거나 그렇지 아니하면 사망 무수하니 **동포의 하는 일은 국민의 생명만 없애고 국가 행정상에 해만 끼치는 일이라.** 무엇을 취하여 이런 일을 하시오. 또 동포의 마음에 국권을 잃은 것을 분하게 여긴다 하니 진실로 분한 마음이 있을진대 먼저 국권 잃은 근본을 살펴보고 장차 국권이 회복될 일을 하는 것이 옳은 일이라.
> (137면~138면 강조 인용자)

옥남이에게 있어서 의병은 "인민의 재산을 강탈"하여 "나라에 해를 끼치"는 '무뢰지배'인 것이다. 그 반대편에 옥순이 옥남이와 같은 문명개화한 사람이 존재한다. 옥남이는 아버지 최병도의 뒤를 이은 문명개화의 화신인 셈이다. 문명개화만 된다면 "국권을 잃은 것"은 그리 중요하지가 않다. 이 문명개화의 미망 속에 일제의 침탈 논리가 숨어 있음은 주지의 사실이다. 당시의 신문기사에도 이와 유사한 논리가 자주 등장한다.

근일에 의병이라 하는 의자는 의리라 하는 의자인지 의무라 하는 의자인지 의자로 말하면 의자는 일반이라. 삼천리 강토와 이천만 생령이 부지할 길이 없고 완전할 도리가 없으니 이 나라의 백성이 되고 이 백성의 마음을 가지고 누가 탄식하지 아니하며 통곡하지 아니하리오. 탄식하는 마음과 통곡하는 마음으로 분발하고 격동할 터이면 사람마다 피를 흘리고 사람마다 뼈를 갈아도 아까울 것이 있으리오마는 세계의 형편과 천지의 운수를 돌아보지 못하고 나의 능력과 나의 계책을 헤아리지 못하고 혈분과 울기를 가지고 한번 일어나매 사방이 향응하여 나라를 위하고 백성을 위하는 마음이 지극하다 하나 일국 풍진이 이로 좇아 분운하여 애매한 백성과 무죄한 인생만 죽으니 이것은 나라를 위하려다가 나라를 더욱 위태케 함이오 백성을 위하려다가 백성을 더욱 멸망케 하는 것이니 탄식하는 중에 더욱 탄식할 일이오 통곡하는 중에 더욱 통곡할 일이라.[7]

애국계몽운동의 근거지였던 『대한매일신보』가 이정도이니 다른 신

---

7) 백학산인, 「기서」, 『대한매일신보』 1907. 10. 9일자.

문은 말할 것도 없겠다. 옥남이의 논리보다는 조금 민족의 아픔을 대변하지마는 결국 힘도 모자라는데 쓸데없이 일어나 왜 희생되느냐는 것이다. 그 저변에는 역시 문명개화의 논리가 자리하고 있다.

결국 〈은세계〉는 1907년 전국적인 의병의 항거를 둔화시키기 위해 이인직의 친일적 의도를 명백히 드러낸 작품이며, 내세우는 논리는 당시 개화운동의 구호였던 문명개화다. 그러다보니 마지막 부분에 가서 옥남이와 의병들은 서로 어긋나 희화되기까지 이른다. "나는 오늘 개혁하신 황제 폐하의 만세나 부르고 국민 동포의 만세나 부르고 죽겠소"(141면)라고 의병늘 앞에서 만세를 부르는 바시막 장면은 그 '문명개화'가 얼마나 민중들의 삶과 유리된 허구인가를 여실히 보여주는 해프닝이다. 이 기괴한 해프닝을 끝으로 〈은세계〉는 더 이상 이야기가 진행되지 않고 종결된다. 옥남이와 의병이 어긋난 것처럼 이야기의 전개와 문명개화의 논리가 어긋나있기 때문이다.

3. 명분과 방향을 상실한 화적패
─ 이해조의 〈枯木花〉, 일우생의 〈五更月〉

주지하다시피 1895년 10월 민비시해와 11월 단발령에 대한 반발로 일어났던 1차 의병은 다음해 고종의 아관파천과 김홍집 내각 붕괴 후 대부분 해산한다. 거기에 참여한 무장농민들은 그 뒤 어떻게 되었을까? 유인석이 이끌었던 제천의병은 서진을 결행하여 훗날 항일독립운동의 기초를 다지지만 대부분은 일상으로 돌아가거나 또 다른 무장집단으로 변모하였다. 黃玹은 『梅泉野錄』에서 "이때 의병으로 있다가 흩어진 자들이 토비(土匪)로 바뀌어 사건이 끊이지 않았다"[8]고 한다. 토비 곧 화적으로 변한 셈인데, 그 중 일부는 조직력을 갖추고 活貧黨을 결성하기도 했다. 이들 주력은 의병전쟁에 참가한 농민군으로 1차 의병이 해산된 뒤 대략 1899년경부터 일어나 1906년까지 활동했다.[9] 그리고 2차 의병이 일어난 1907년에는 대부분 의병부대로 흡수된다.

어쨌든 대부분의 의병부대는 해산하여 조직력을 잃고 화적이 되거나 활빈당으로 또 다른 형태의 투쟁을 전개한 셈인데 의병처럼 명분을 얻지는 못했던 것 같다. 황현도 "충청남북도에서 도적떼가 봉기하여 자칭 활빈당이라 하고 대낮에도 약탈을 일삼았다. 內浦 지방으로부터 관동지방의 여러 고을에 만연하므로 그들을 토벌하도록 청하는 전보가 연이어 왔다."[10]고 한다.

이들 해산된 의병이나 활빈당을 다룬 작품이 이해조의 〈枯木花〉와 일우생의 〈五更月〉이다. 두 작품 모두 의병이나 활빈당에게 잡혀간 여자의 기구한 이야기가 서사의 핵심을 이루고 있다.

우선 이해조의 〈枯木花〉를 보자. 활빈당이 두령을 삼고자 데려온 보은 황간에 사는 권진사, 청주 조치원에서 붙잡혀온 청주댁이 여러 험난한 고비를 겪으면서 결연하는 과정을 작품은 그리고 있다. 권진사는 보은 속리사에 갔다가 몸통만 있는 새의 대가리를 그려 활빈당에 납치되어오고 거기서 청주집을 만난다. 외동딸을 화적에게 빼앗긴 박

---

8) 황현, 임형택 외 옮김, 『역주 매천야록』 상 (문학과지성사, 2005) 501면. "是時 義兵散者 轉成土匪 警報不絶."

9) 강재언, 「활빈당 투쟁과 그 사상」, 『근대 조선의 민중운동』(풀빛, 1982), 247면. 박찬승, 「활빈당의 활동과 그 성격」, 『한국학보』 35집 (일지사, 1984), 153면.

10) 황현, 앞의 책 하권, 45면. "忠淸南北道盜起 自號活貧黨 白晝剽掠 自內浦蔓延關東府郡 連電請勦."

부장은 포교가 되어 딸을 찾으러 다닌다. 하지만 괴산읍내에서 도둑의
내력을 알게 된 박부장은 오히려 패거리에게 붙잡히고, 죽음에 직면한
권진사는 청주집의 도움으로 사지에서 벗어나 가족을 이끌고 서울로
상경한다.

하권은 서울을 중심으로 이야기가 전개된다. 권진사 댁 종인 갑동
이를 매개로 의사인 조박사가 권진사를 치료해주고 동료들에게 구출
된 박부장이 딸인 청주댁과 같이 천신만고 끝에 권진사를 다시 만나,
홀아비인 권진사와 과부인 청주댁이 새로운 인연을 이루는 것으로 마
무리 된다. 작가인 이해조는 남녀의 기연 속에 이인직의 친일적 개화
와는 다른 국권회복의 의시를 담고 있는데 공옥학교에 디니는 권진사
의 아들 옥남이야말고 제목이 뜻하는 것처럼 "이 낡은 조선이라는 고
목 위에서 테어난 꽃, 곧 국권회복의 수망"11)인 것이다.

그런데 여기에 활빈당이 등장하여 주인공인 권진사, 청주댁과 밀접
한 관계를 맺는 것으로 설정되어 있다. 그 활빈당의 정체는 무엇인가?

> 여기 마중군이라는 사람이 주장이 되어 온갖 지휘를 다했다는데 괴
> 산집이 그 사람의 소실로 있었더니 칠월 백중날 안성장을 치러 갔다
> 가 윤영철이라는 양반이 그 고을 군수인데 어쩌면 그렇게 명관이든지
> 세상 없드래도 겁을 아니 내든 마중군을 고만 잡아 죽인 까닭으로 그
> 원수를 갚고자 하나(9면)

바로 저 유명한 馬中軍패가 바로 이들이다. 마중군은 맹감역과 같
이 활빈당의 저명한 수령으로 속리산을 중심으로 활동했다. "충청도

---

11) 최원식, 「이해조 문학연구」, 『한국근대소설사론』(창작사, 1986), 71면.

사람으로 갑오년(1894)에는 농민전쟁에 참가하고 병신년(1896)에는 의병으로 활동했는데 도망자들을 불러모아 수백리 사이를 홀연히 출몰하니 관군이 그를 추적하지 못했던"12) 인물이었다. 그런데 작품에서는 그 마중군이 안성군수 윤영철[실존인물 윤영렬]에게 잡혀 죽은 것으로 되었지만 사실은 죽지 않고 살아남아 1906년 활빈당 활동이 쇠퇴할 때까지 끝내 체포되지 않았던 드문 수령이었다.13)

이런 마중군 패를 이해조는 왜 여자나 납치해다 첩으로 삼는 '불안[한]당'(10면) 곧 화적패로 그렸을까? 활빈당은 분명 의병의 잔존세력으로 농민전쟁과 의병전쟁을 계승한 것으로 사찰과 양반, 부호가에 대한 습격, 관아습격, 장시습격, 탈취재화의 빈민분급, 외국인 습격이 주 활동이었다.14) 민가를 덮쳐 여자를 잡아 오는 것은 있을 수 없는 일이다. 이들 일반 민중들이 바로 활빈당의 지지기반이기 때문이다.

그런데 이해조는 왜 이들을 정말 형편없는 화적패로 그림으로써 폄하했을까? 물론 대부분 계몽주의자들이 그렇듯이 극단적 반봉건투쟁에 대해 반대의 뜻을 지니고 있었던 것은 사실이지만 "이처럼 작가는 활빈당과 그에 동조적인 인물들을 과장적으로 왜곡함으로써 민중적 저항파에 대한 반대를 명확히 드러내었다. 여기에 이해조의 한계는 뚜렷한 것이지만 한편 경제적 지향의 진보성에도 불구하고 유교적 왕도정치를 이상으로 삼았던 활빈당의 의연히 낡은 정치적 퇴영성에도 문제가 있었"15)다고 한다. 이는 물론 이해조만의 문제가 아니라 애국계

---

12) 황현, 앞의 책 33면. "馬胡西人 甲午投東匪 丙申投義兵 亡命嘯聚 倏忽數百里 官軍莫之跡."

13) 박찬승, 앞의 글, 133면.

14) 같은 글, 146면.

15) 최원식, 「이해조 문학 연구」, 앞의 책, 68면.

몽운동의 노선상에 있었던 대부분의 계몽주의자들이 가졌던 일반적인 생각이기에 문제가 심각하다.

대한협회의 기관지격인 『대한민보』에 실린 〈오경월〉도 의병에 대해 비슷한 시각을 견지하고 있다. 대한협회는 당시 대표적인 애국계몽 단체로, 국민정신을 고취하고 교육과 실업으로 국가의 실력을 양성하자는 취지로 『대한민보』를 발행했다.

一吁生이란 필명으로 모두 22회에 걸쳐 연재된 〈오경월〉은 시집온 지 서너달 밖에 안되는 박좌수의 며느리가 의병에게 납치되는 것으로 이야기가 시작된다. 몸값 2000여원을 준비해 며느리를 찾으려 간 박좌수는 일본 헌병토벌대가 닥치는 바람에 도로 산에서 내려온다. 그런데 의병과 내통했다고 일본 헌병에게 닦달을 당하고 다시 며느리를 찾아나선 길에 이번에는 의병에게 자신들을 고발했다하여 매를 맞고 혼절을 한다. 한편 헌병토벌대의 공격을 받은 의병은 뿔뿔이 흩어지는데, 그중 한명이 박좌수의 며느리를 끌고 내려와 강간을 하려던 차에 헌병이 들이닥치자 도망가고 며느리는 혼자 몸을 피해 숨어 있다 시아버지인 박좌수를 만난다는 내용이다.

〈오경월〉은 침탈의 전위대인 일본헌병과 명분을 잃고 타락해버린 의병 사이에서 일반 민중들이 겪어야 하는 참상을 잘 보여주고 있는 바, 여기에 바로 화적패로 전락한 의병의 형상이 적나라하게 드러나 있다. 작가도 작품 속에서 이런 타락한 의병들에 대해

　　의병이라 하는 것은 우으로 나라를 위하고 아래로 인민을 구할 좋은 목적으로 힘을 헤아리고 시세를 살펴 참된 형성으로 한번 부름에 백식따라서 지나는 바에 추호를 범치 않고 이르는 곳마다 반가이 맞

게 하여야 의병이라는 의(義)자에 뜻이 합당타 하겠거늘 근일에 소위
의병이라는 무리는 힘도 없고 시세도 모르고 다만 동리를 소탕하고
행인을 노략하던 적당들이 때나 만난듯이 성군작당하여 이름 좋은 의
병기치를 앞세우고 양민을 늑입하고 부녀를 겁탈하며 낮이면 산곡에
엎드려있고 밤이면 촌리에 횡행하는 무리들이라(4회)

고 질타하고 있다. 여기서 의병의 깃발만 내걸었지 명분을 잃고 조직
도 와해되어 화적패로 전락한 형편없는 형상을 확인할 수 있다.

　1896년~1906년 무렵 당시 애국계몽노선에 서있던 사람들의 의도
적 폄하가 있다고 하더라도, 실제 의병의 잔존세력들이 몸을 피하기
위해 화적패로 전락한 경우도 있었을 것이다. 1906년『대한매일신보』
에 실린 논설은 이런 의병의 타락상을 통렬히 지적하고 있다.

　　을미년의 의거는 나라의 원수를 갚는 것으로써 의를 삼고 올해의
　의거는 국권회복을 명분으로 삼으니… 그 주모한 우두머리는 죽기를
　결심하는 마음을 가진 자가 혹 있으나 그 응모하여 따르는 자는 일정
　한 직업이 없는 무뢰배가 아닌가. 저들의 생각은 백성들의 재산을 약
　탈하는 데 있어… 이름은 의병이나 도리어 도적의 행실을 면하지 못
　하는 고로 나라의 수치를 씻는다고 인민의 재산을 약탈함이 더욱더
　심하다.16)

　당대의 이런 실상이〈고목화〉나〈오경월〉에 반영되어 화적패로 전
락한 활빈당이나 의병들의 형상으로 나타나고 있는 것이다. 당시 '화

---

16)『대한매일신보』광무 10년 5월 30일자.

적'과 '활빈당'의 사이에는 확연하게 구별되지 않는 경우가 많이 있으며, 일반적으로 화적이라고 하는 경우, 그 속에 '활빈당'이 포함되고 있는 예가 대부분이니[17] 화적, 의병, 활빈당이 혼재되어있어 무장투쟁이 명분이나 방향을 상실했을 때 얼마나 위험할 수 있는가를 또한 이 작품들은 보여주고 있는 셈이다.

4. 의병전쟁의 낙관적 전망 획득 – 빙허자의 〈小金剛〉

애국계몽운동과 항일의병전쟁은 각각 도시와 농촌을 무대로 하여 국권수호를 목적으로 전개되었던바 당대 민족운동의 양 축으로 서로 보완적 관계이기도 했지만 배타적 관계인 경우가 더 많았다. 앞서 이해조의 경우나 『대한매일신보』의 논설에서 알 수 있듯이 실력을 양성하고 후일을 도모해야 하는 계몽론자들의 눈에 무장투쟁을 전개하는 의병전쟁은 도저히 이길 수 없는 싸움이기에 국력의 낭비로 보여졌다. 친일적 개화론자들은 차치하고서라도 애국계몽운동에 투신했던 자들조차도 의병전쟁을 승산 없는 싸움으로 여긴 것이다. 하지만 의병전쟁이야말로 당시 국권수호의 가장 핵심이었다. 전 민중의 역량이 결집되지 못해서였지 그것이 국력을 낭비하는 쓸데없는 일은 아니었다. 실상 일제의 강제병합이 늦어진 것도 전국에서 일어난 2차 의병전쟁에서 그만큼 저항했기 때문이다. 악랄한 남한대토벌을 마치고 강제병합에 들어선 것을 보더라도 그 사실을 확연히 알 수 있다.

하지만 의병의 맥은 끊어지지 않고 국외로 나가 간도와 연해주에서

---

17) 강재언, 앞의 글, 252면.

다시 이어져 훗날 항일독립운동의 초석을 다지게 되었다. 1차 의병 해산 후 제천의병을 이끌었던 유인석의 西進이 그렇다. 곧 의병전쟁은 항일독립운동으로 이어지게 된다 하겠는데 바로 이런 의병전쟁의 낙관적 전망을 형상화한 소설이 빙허자의 〈소금강〉이다. 대한협회의 기관지격인 『대한민보』에 총 47회에 걸쳐 연재된 소설로 작가인 憑虛子는 신채호가 아닐까 추정하고 있다. 김복순은 신채호가 1908~9년 무렵부터 애국계몽운동이 한계에 도달했음을 인식하면서 역사인식의 변모를 보이고 있는 점, 즉 종래의 영웅사관으로부터 민중적 지향을 보이며, 대종교에 대한 인식이 나타나는 점과 이 작품이 맥락을 같이하는 것으로도 충분히 추정이 가능하지만, 아직 성급한 결론을 내리기는 어렵다 한다.[18]

이 작품은 애국계몽운동과 의병전쟁의 관계, 또 의병부대의 간도 이주등이 자세히 형상화 되어있어 여러모로 흥미롭다. 갑신정변에 가담했던 개화파 구도사의 아들 구홍서는 '갑오풍진' 이후 세상이 돌아가는 것을 보며 개화사상의 한계를 느끼고 친구 정달빈, 안규원과 같이 철원지방 활빈당 조직인 '소금강단'에 투신하여 두령이 된다. 이 소금강단은 임오군란에 가담했다가 몸을 피한 이또갑이 이끄는 조직이었다. 그런데 일제의 토벌이 진행되면서 무장해제를 할 수도 없고, 관군과 맞설 수도 없는 상황에서 서간도로 이주하여 후일을 기약한다. 그 과정에서 구홍서는 김극여의 주선으로 오씨부인과 결혼한다. 마침내 서간도로 이주한 이들은 동포들의 고난을 목격하고 이를 해결하기 위해 애쓰던 중 오씨부인을 탐낸 왕대인이 이끄는 중국마적들을 맞아

---

18) 김복순, 「신소설 〈소금강〉과 항일의병운동」, 『연세어문학』 20집, 연세대학교 국문학과, 1987, 12면 참조.

승리를 거둔다.

이상의 줄거리에서 알 수 있듯이 이 작품은 개화사상을 지닌 주인공이 개화사상의 한계를 깨닫고 민중적 입장으로 접근하면서 활빈당에 가담하고, 그 활빈당이 의병전쟁, 국외의 독립운동으로 발전해 나가는 의병전쟁의 전 과정을 보여주는 주목할 만한 소설이다. 한일 강제 합병이 박두한 시점에서 이 소설만큼 정면으로 반봉건 · 반외세의 문제를 진지하게 고민한 소설은 없다고 할 정도로 문학사에서 귀중한 자리를 차지한다.[19]

하지만 작품의 서사 구조는 〈홍길동전〉이나 야담의 '군도담'과 같은 '의적이야기'의 틀을 따르고 있다. 우선 첫 장면 부터가 구홍서가 활빈당에 들어가기 위해 친구들과 함경도 관찰사의 봉물짐을 터는 것이 등장한다. 의적소설에서는 두령이 되고나서 자신의 지략을 보이는 것인데 여기서는 미리 능력을 보여줌으로써 자신의 존재를 알린다. 게다가 관찰사의 봉물짐을 털며 다음과 같이 꾸짖기도 한다.

> 관찰로 갔으면 아무쪼록 민정을 관찰하야 우으로 국가의 망극한 은혜를 보답하고 아래로 인민의 비상한 질고를 구제함이 옳커늘 노욕이 불같이 일어나서 매향매유(賣鄕賣儒)를 한다 무명잡세를 늑봉한다 원결에 가정을 한다 부민을 무함한다 별별 악정을 다 하다가 필경 민요를 만났거든(3회)

전형적인 의적의 형상이다. 이렇게 꾸짖는 주체인 구홍서는 누구인

---

19) 기존의 문학사와는 달리 김재용 · 이상경 · 오성호 · 하정일, 『한국근대민족문학사』 (한길사, 1993), 105면~106면에서 유일하게 이 작품을 주목하였다.

가? 이미 "부패한 정부를 개혁하고 국가기초를 공고히 하려"(6회) 애썼지만 결국은 "일이 마음과 같이 되지 않"는데다가 "갑오풍진 이후로 시사가 점점 글러가며 정부에는 간신배가 권세를 잡고 주군에는 탐관오리가 웅거하야 국세는 불칙한 땅에 떨어지고 생령은 도탄에 빠"(6회)져 결국 무장투쟁을 결심한 자이다. 아버지의 뒤를 따라 개화운동에 앞장섰지만 민중들의 참상을 목격하면서 개화의 허구를 깨닫고 반외세·반봉건 무장투쟁의 길로 나서게 된다. 그 계기가 13도를 주유하면서 민중들의 참상을 목격했기 때문이다.

> 우리 인민의 생활경상을 살펴보니 지극히 참혹 가긍하기는 향곡의 잔민들이라. 묵은 들 돌밭을 비바람을 무릅쓰고 갈아 거치벼 몇섬을 떨어뜨려 놓으면 포학한 관리의 이름없는 장세와 토호강반의 경위없는 토색이 시시로 자심하여 늙은 부모와 어린 자녀가 기갈을 면치 못할 뿐 아니라 닭머리 소바리를 부지런히 쳐서 논 마지기·밭 날갈이를 장만하면 범강을 했느니 음모가 있나니 각색 죄명으로 일거에 없이 빼앗기고 부르짖어 우는 소리가 처처에 끝일 날이 없는지라(6회)

이런 참상을 목격하면서 소위 지식인 중심의 개화파의 운동이 얼마나 허무한 것인가를 깨닫고 탐관오리의 재물을 빼앗아 빈민을 구제하는 활빈당에 참여하게 된다. 활빈당은 이미 앞의 〈고목화〉를 다룰 때 거론했거니와, 이해조의 시각과 달리 여기서는 단순한 화적패가 아닌 반외세·반봉건 투쟁에 앞장선 명분있는 민중 무장조직으로 그리고 있어 주목된다.

이는 재물에 탐욕을 내어 사람을 죽이고 촌에 불질러 무단이 재산을 겁탈하는 것이 아니라 각박한 행위와 괴휼한 수단으로 온당치 않게 치부집과 가혹한 형벌과 탐학한 정치로 백성의 기름을 빨아가는 관리를 차례로 겁박하야 불쌍한 사람과 가난한 동리를 구제하기로 목적을 삼으니 비리의 재산가진 자는 밤에 잠을 편히 못자고 자주 놀라되 민한한 인민들은 도리어 환영을 하여 그 도당을 활빈당(活貧黨)이라 일컫더라(5회)

그래서 구홍서도 "비록 법을 범하는 패류의 하는 바이나 실지로 그 본의를 궁구하면 남아의 국축지안인 기개로 권도를 행함이라 어찌 구구히 적은 규모를 지키어 우리 이천만 빈한 동포의 참혹히 죽는 것을 등한히 보리오 차라리 저 당에 투신하여 강한 자를 억제하고 약한 자를 붙잡으리라"(7회) 하고 활빈당의 두령이 된다.

소설의 구조는 의적이야기의 틀을 따라 능력있고 의기있는 자가 백성을 구제할 목적으로 의적의 두령이 되는 것이지만 그 속에 당시 복잡한 정세를 삽입하여 활빈당 투쟁의 정당성을 부여하고 있다. 이는 국내에서의 투쟁에 한계를 느끼고 간도로 건너가는 후반부의 이야기에서 더 분명하게 드러난다.

소금강단은 "그후로 총을 다수 무역해 들이고 탄환을 적지아니 제조할 뿐더러 대오를 정제히 하고 기율을 엄숙히 하니 그 당당한 기세가 향하는 바에 적군이 없을 듯 하더라"(21회)고 하지만 실상은 일본군에 대항해서 장기적인 투쟁을 전개하기가 쉽지는 않았다. 2차에 걸친 의병전쟁 뒤 간도나 연해주로의 이주는 장기적인 투쟁에 대비하는 독립운동기지로서 중요한 의미가 있다. 〈소금강〉은 신소설에서 유일하

게 그 점을 다루어 역사적 실상과도 일치할 뿐더러 독립투쟁에 대한
낙관적 전망도 보여주고 있다.

애초에 발단은 구두령으로부터 시작됐다.

> 지금 이곳에 소금강 단체가 되었음은 자기 억울불평한 회포가 있어
> 마지못함에 나온 일이나 이는 남아의 한번 시험해 본 바인즉 엇지 장
> 구지계를 삼을 수 있소. 하물며 지금 성천자가 위에 계셔 장차 승평연
> 월을 볼지어늘 병기를 작만하고 무예를 숭삼함은 치안에 방해가 될지
> 니 여러분은 아무쪼록 활시위를 고치고 바퀴를 바꿀 좋은 계교를 연
> 구하시기 바라오.(22회)

두령인 구홍서는 계속 무력투쟁을 할 것이 아니라 무력투쟁이 아닌
다른 대안을 생각해보자고 제안한다. 명백한 의식의 한계고 전선에서
의 후퇴인 셈이다. 양반으로서 가지고 있는 계급적 입장을 버리지 못
한 결과다. 많은 '군도담'에서도 이와 유사한 면을 볼 수 있으니, 녹림
의 두령이 되었던 양반이 일을 끝내고 자신의 위치로 다시 돌아오는
것이 그것이다.[20] 또한 여기서 양반출신 개화파의 한계도 아울러 짐
작할 수 있다.

구두령의 이런 제안에 대해 민중계층이 주를 이루고 있는 참모들은
적극 반대한다. 당연한 것이 활빈당은 주로 행상, 무직자, 프로화한
빈농, 초보적 노동자, 걸인 등[21]으로 구성되어 있어 돌아갈 자리가 없
는 이들이 대부분이기 때문이다. 척후관 박지륜은 이렇게 말한다.

---

20) 〈洪吉童以後〉, 〈宣川 金進士〉, 〈聲東擊西〉 등의 야담이 그 예다.
　　이우성·임형택 역편, 『이조한문단편집』(일조각, 1978)
21) 박찬승, 앞의 글, 150면.

책임을 받자와 날마다 산 밖 일을 살펴보온 즉 시랑과 사갈 같은
관리배가 우리 소금강을 일망타진 하려고 사나운 어금니와 이로운 발
톱을 베풀어 날로 엿보고 때로 엿보는데 병기를 버리고 무예를 주장
치 아니하여 개현역철(改絃易轍)을 하게 되면 우리 수백명이 속절없
이 되올지니(22회)

이들 활빈당에게 항복이나 귀순은 곧 죽음이다. 어차피 계속 싸워
나갈 수밖에 없는 것이 이들의 입장이다. 하지만 전력면에서 엄청난
열세를 어떻게 극복할 것이냐가 문제인 것이다. 계속 싸워 이길 수만
은 없는 노릇이고 언젠가는 수적으로 불리하여 질 수밖에 없는 것이
현실이다. 이점에 유의하여 안규원, 정달빈 두 참모는 다음과 같이 제
3의 대안을 말한다.

지금 이두령이 하신 말씀이 츳실무의하오나 무단히 저항만 할 것이
아니라 아무쪼록 시의에 적당하도록 후회없이 처사를 하여야 가할 바
이라, 가령 우리가 지금으로 병기를 버리고 단체를 해산하였다가는 저
시랑같은 관리 수중에 참혹한 죽음을 모조리 할 것이오 또한 그 일을
두려워서 이곳에 장구히 웅거하야 관군을 대적할진댄 백전백승하라는
대도 없고 어느 때까지 면치 못할지니 미련한 소견 같건대 **서간도나
북간도나 두 곳 중 들어가 일변으로 진황지를 개척하여 농업을 힘쓰며
기계를 제조하여 실업을 발달하며 일변으로 기십만명 양병을 하여 외국
인의 침탈을 물리치고 우리나라 잃었던 판도를 도로 찾으면** 공으로는
국토를 확장하겠고 사로는 죄명을 씻을가 하나이다(23회, 강조 인용자)

이 두 사람의 참모는 이미 앞서서 시세가 어지러운 것을 보고 북간

도로 가던 차에 구홍서를 만나(8회) 같이 활빈당에 참여한 터이다. 시각을 넓혀 본다면 일본군의 힘이 미치지 않는 곳으로 가서 실력을 양성하며 국토를 회복하겠다는 주장은 지극히 당연하다. 바로 그런 까닭에 간도나 연해주가 일제하 독립운동의 기지로 그 역할을 한 것이다. 또한 당시 의병전쟁의 대안이기도 했다. 이 작품에서 우리는 국내에서의 투쟁이 한계에 부딪힌 상황에서 의병이 해외에서의 독립투쟁으로 발전해가는 전개과정을 자세히 볼 수 있다. 역사적 실상과 소설이 일치한 셈이다.

그 뒤 "옛적 우리나라 판도"(31회)였던 서간도로 건너가 "기지를 개척하고 근거를 확실케 하여 일변 농업을 힘쓰며 일변 공업 상업을 발달하야 생활상 의복 음식 등 제반 경제에 구차함이 없도록 하며 우리나라 사람으로 타국에 입적하는 자를 금단할 뿐 아니라 이왕 입적한 자를 자국사상으로 인도하야 차례로 환적을 시키고 곳곳에 학교를 설립하여 후진 아이들을 열심 교습케 함으로"(41회) 그 일대가 번화하게 되었다. 완전히 새 세상이며 이상국이 건설된 셈이다. 그런가 하면 반일투쟁의 근거지를 굳건히 하여 동포를 괴롭히는 마적들을 소탕하는 일도 벌여나간다. 마지막 부분을 중국 마적과의 싸움에서 승리하는 것으로 그림으로써 일제에 대한 국권회복의 가능성을 열어 보이고 있다.

이상 이 〈소금강〉은 개화사상의 한계를 깨닫고 민중무력투쟁인 활빈당에 가담하고 그 활빈당이 의병투쟁으로, 다시 간도의 독립운동으로 발전해가는 과정을 보여줌으로써 역사적 실상과도 일치할뿐더러 의병전쟁에 대한 낙관적 전망을 보여주는 작품이다.

5. 마무리

2차에 걸치는 의병전쟁을 소설이 어떻게 그렸는가가 이글의 목표였다. 의병전쟁 당시에 신소설들은 의병에 대하여 지극히 부정적이었다. 이인직을 비롯한 친일적 개화론자들은 당연하겠고, 애국계몽노선에 서있었던 이해조조차 의병에 대해선 긍정적이지 못했다. 그래서 대부분의 소설에서 의병은 '무뢰지배' '폭도' 혹은 '불한당'으로 그려져 있다. 물론 역사적 실체와는 거리가 멀다.

이인직의 〈은세계〉에서는 옥남이의 개화를 역설하는 조연으로 등장한다. 개화라는 미명아래 의병투쟁은 한낱 무뢰배로 전락한다. 〈은세계〉는 1907년 전국적인 의병의 항거를 잠재우기 위한 친일적 의도를 드러낸 작품이며, 이에 대응하는 논리 역시 친일적 문명개화론이다. 전국적으로 봉기했던 2차 의병의 실상을 심하게 왜곡시키고 무뢰배로 전락시킨 작품인 것이다.

이해조의 〈고목화〉와 일우생의 〈오경월〉은 명분과 방향을 상실한 활빈당과 의병의 타락한 형상을 그리고 있다. 두 작품 모두 부녀자 납치에서 발달된 사건을 이야기의 중심으로 삼고 있다. 애국계몽운동의 노선에 서 있었던 이해조의 한계도 있었지만 활빈당 투쟁의 방식에도 문제가 있었다. 더욱이 극히 일부겠지만 의병의 잔존세력 중에는 부녀자를 납치하고 민간의 재물을 터는 화적패도 있어 의병전쟁이 명분과 방향을 상실하면 어떻게 되는가를 비판하고 있는 작품이다.

긍정적으로 주목되는 작품은 빙허자의 〈소금강〉이다. 개화운동의 한계와 의병투쟁의 중요성, 그리고 간도의 독립기지 건설을 통해 미래의 낙관적 전망을 제시하고 있는 작품이다. 개화운동이 갖는 허구를 민중들의 참상을 통해서 밝히고 국권을 수호하는 적극적 방법으로 의병투쟁이 얼마나 소중한 것인가를 보여준다. 역사적 실상과도 일치하고 활빈당 혹은 의병들의 모습을 긍정적으로 그리고 있어 주목된다.

1894년~1910년의 문학을 의병전쟁문학, 애국계몽문학, 친일문학의 세 노선으로 구분할 때 〈소금강〉은 다른 노선의 문학에는 찾아볼 수 없는 낙관적 전망을 보이고 있어 이 시기 의병전쟁문학이 문학사의 주류로 복원될 수 있다는 가능성을 보여준다.

현대소설에서도 의병을 다룬 작품이 다수 있는 바, 조정래의 〈아리랑〉을 비롯하여 권운상의 〈월악산〉과 특히 제천의병을 다룬 강승원의 〈남한강〉이 그것이다. 이들을 같이 다루어 소설에서 의병에 대한 형상이 시대에 따라 어떻게 바뀌었나를 살펴볼 필요가 있다. 여기서는 당대 작품인 신소설만을 다루었다. 현대소설에 나타난 의병형상에 대한 고찰은 과제로 남겨둔다.

『반교어문연구』 19집, 2005. 8.

참고문헌

제1부 · 교육

⟨자료⟩

교육부, 『고등학교 국어과 교육과정 해설』, 1995.

교육부, 『고등학교 국어』(6차), 1996.

교육인적자원부, 『고등학교 국어』(7차), 2002.

교육인적자원부, 『중학교 국어 2-1』, 대한교과서주식회사, 2002.

교육인적자원부, 『중학교 국어 3-2』, 대한교과서주식회사, 2003.

김기현 역주, 『박씨전/임장군전/배시황전』, 고대 민족문화언구원, 1995.

김병국 역주, 『구운몽』, 시인사, 1984.

김태준 역주, 『흥부전/변강쇠가』, 고려대 민족문화연구소, 1995.

설성경 역주, 『춘향전』, 고려대 민족문화연구소, 1995.

인권환 역주, 『토끼전』, 고대 민족문화연구원, 1993.

정규복·진경환 역주, 『구운몽』, 고려대 민족문화연구소, 1995.

홍인표 역주, 『서포만필』, 일지사, 1990.

『별주부전』, 신구서림, 1913.

⟨논저⟩

구광본, 『소설의 미래』, 행복한 책 읽기, 2003.

권순긍, 「〈토끼전〉의 인물현상과 풍자」, 『판소리연구』14집, 판소리학회, 2002.

_____, 「고전에서 일상생활과 문학」, 『문학교육학』7호, 한국문학교육학회,

2001.

_____, 「지방대학 '국어국문학과'의 개편과 전망」, 『고전문학연구』 25집, 한국고전문학회, 2004, 44~48면.

_____, 『우리소설 토론해 봅시다』(고전소설편), 새날출판사, 1997.

김기형, 「대학 고전소설 교육의 현황과 전망」, 『고전소설 교육의 과제와 방향』, 월인, 2005, 411~412면.

김대행, 「국문학의 문화론적 시각을 위하여」, 『국문학과 문화』, 월인, 2001.

_____, 『국어교과학의 지평』, 서울대출판부, 1995.

김병국 외역, 『서포연보』, 서울대출판부, 1992.

김상민, 「고전문학의 재발견, 애니메이션 콘텐츠」, 『매체환경의 변화와 고전 텍스트』(발표자료집), 한국고전문학회, 2006. 6. 20, 67~78면.

김일렬, 「구운몽신고」, 『한국고소설연구』, 이우출판사, 1983.

김종철, 「17세기 소설사의 전환과 소설교육론」, 『한국학보』 96집, 일지사, 1999.

_____, 「17세기 소설사의 전환과 소설교육론」, 『한국학보』 96집, 일지사, 1999.

_____, 「그림으로 읽는 구운몽」, 『문학과 교육』 18집, 문학과 교육 연구회, 2001, 169~182면.

_____, 「소설의 사회·문화적 위상과 소설교육」, 『국어교육』 101호, 한국국어교육연구회, 2000.

_____, 「춘향전 교육의 시각」, 『고전문학과 교육』 1집, 청관고전문학회, 1999.

_____, 「흥부전」, 『고전소설연구』, 일지사, 1993.

김탁환, 「고소설과 이야기 문학의 미래」, 『고소설연구』 17집, 한국고소설학회, 2004.

김현주, 『판소리와 풍속화 그 닮은 예술세계』, 효형출판, 2000, 12~287면.

김흥규, 「고전문학 교육과 역사적 애해의 원근법」, 『현대비평과 이론』, 1992 봄호, 한신문화사.

_____, 「고전문학 교육과 역사적 이해의 원근법」, 『현대비평과 이론』, 1992
년 봄호, 한신문화사, 1992, 42~43면.

도정일, 「고슴도치와 여우, 그리고 두더지」, 『시인은 숲으로 가지 못한다』, 민
음사, 1994.

류수열, 「춘향전을 가르치는 몇 가지 풍경」, 『문학과 교육』 14호, 문학과 교육
연구회, 2000.

_____, 『판소리와 매체언어의 국어교과학』, 역락, 2001, 15~327면.

박희병, 「춘향전의 역사적 성격 분석」, 『전환기의 동아시아 문학』, 창작과 비
평사, 1985.

소재영, 『임병양란과 문학의식』, 한국학연구원, 1980.

신선희, 「고전서사문학과 게임 시나리오」, 『고소설 연구』 17집, 한국고소설학
회, 2004, 89~93면.

_____, 『우리고전 다시 쓰기』, 삼영사, 2005, 253~294면.

엄기수, 「유가의 소설석 내용양상에 관한 연구」, 성균관대 박사학위논문, 1992.

이영도, 「어느 판타지 애호가의 잡담」, 『베스트셀러』, 2002년 5·6월호, (주)
부크.

이윤경, 「고전의 영화적 재해석」, 『돈암어문학』 17집, 돈암어문학회, 2004,
122~124면.

이창헌, 「이야기책의 표기형식과 유통방식」, 『이야기 문학 연구』, 보고사, 2005.

임형택, 「흥부전의 역사적 현실성」, 『한국문학사의 시각』, 창작과 비평사, 1984.

장효현, 「구운몽의 주제와 수용사에 관한 연구」, 『김만중 문학연구』, 국학자료
원, 1993.

전사편찬위원회, 『병자호란사』, 국방부, 1986.

정병설, 「구운몽도 연구」, 『고전문학연구』 30집, 한국고전문학회, 2006, 379
~406면.

_____, 「대학 고전소설 재발견, 애니메이션 콘텐츠」, 『고전소설 교육의 과제
와 방향』, 월인 2005, 395~406면.

정출헌, 「구운몽의 작품세계와 그 이념적 기반」, 『고전소설사의 구도와 시각』,

소명출판사, 1999.

_____, 「봉건국가의 해체와 〈토끼전〉의 결말구조」, 『고전소설사의 구도와 시각』, 소명, 1999.

_____, 「춘향전의 인물형상과 작중역할의 현실주의적 성격」, 『판소리연구』 4집, 판소리학회, 1993.

정하영, 「춘향전의 주제」, 『한국문학사의 쟁점』, 집문당, 1986.

조동일, 「갈등에서 본 춘향전의 주제」, 『계명논총』 6집, 계명대, 1970.

_____, 「흥부전의 양면성」, 『계명논총』 5집, 계명대, 1969.

_____, 『한국문학통사』 3, 지식산업사, 1984.

조혜란, 「다매체 환경 속에서의 고소설 연구전략」, 『고소설연구』 17집, 한국고소설학회, 2004.

한국고소설학회편, 『한국고소설론』, 아세아문화사, 1991, 2~407면.

〈외국서〉

로지 잭슨, 서강여성문학회 옮김, 『환상성』, 문학동네, 2001.

루카치, 반성완역, 『소설의 이론』, 심설당, 1985.

마셜 맥루한, 박정규역, 『미디어의 이해』, 커뮤니케이션 북스, 1997.

시모어 채트먼, 김경수역, 『영화와 소설의 서사구조』, 민음사, 1990, 15~45면.

월터.J.옹, 이기우·임명진 옮김, 『구술문화와 문자문화』, 문예출판사, 1995.

제2부 · 매체

〈자료〉

『고등국어』(1차 개정), 문교부, 1959.

『국어』(2차 개정), 문교부, 1968.

『국어』(3차 개정), 문교부, 1975.

『국어』(4차 개정), 교육부, 1984.

『국어』(5차 개정), 교육개발원, 1990.

『국어』(6차 개정), 교육부, 1996.

교육부, 『고등학교 국어과 교육과정 해설』, 교육부, 1995.

김진영 외 편서, 『토끼전 전집』 1~3, 박이정, 1997.

『每日申報』, 1912년 4월 27일~7월 11일자.

박태원 감독, 〈성춘향전〉, 우성사, 1976.

『별주부전』, 신구서림, 1913.

신상옥 감독, 〈사랑 사랑 내사랑〉, 신필름영화 촬영소, 1984.

_____, 〈성춘향〉, 신필림, 1961.

이해조, 〈옥중화〉, 박문서관, 1912, 150~151면.

인권환 역주, 『토끼전』, 고대 민족문화연구원, 1993.

임권택 감독, 〈춘향뎐〉, 태흥영화, 2000.

조상현 창본 〈춘향가〉, 『춘향전 전집』 2, 박이정, 1997, 133~198면.

『토의간(별주부가)』, 박문서관, 1916.

한상훈 감독, 〈성춘향〉, 화풍흥업, 1987.

홍성기 감독, 〈춘향전〉, 홍성기 프로덕션, 1961.

〈논저〉

권순긍, 「〈토끼전〉의 인물형상과 풍자」, 『판소리 연구』 14집, 판소리학회, 2002,
　　　5~22면.

_____, 「활자본 고소설의 수용과 1920년대 소설대중화론」, 『활자본 고소설의

편폭과 지향』, 보고사, 2000, 312~321면.

_____, 『활자본 고소설의 편폭과 지향』, 보고사, 2000, 161~167면.

김기진, 「대중소설론」, 『동아일보』 1929년 4월 17일~4월 18일자.

김남석, 『한국문예영화이야기』, 살림, 2003, 12~74면.

김대행, 『국어교과학의 지평』, 서울대출판부, 1995.

김종식, 「영화 및 TV드라마 〈춘향전〉 비교연구」, 중앙대 대학원 석사논문, 2000, 44~91면.

김종철, 「고등학교 문학과목의 교재개발방향」, 『문학과 교육』 제5호, 한국교육미디어, 1998.

김흥규, 「판소리의 서사적 구조」, 『판소리의 이해』, 창작과 비평사, 1978, 116~126면.

문재용, 「국어를 가르치면서 2」, 『통일을 여는 국어교육』, 푸른나무, 1989.

문학교육연구회, 『삶을 위한 문학 교육』, 연구사, 1987.

승 일, 「라디오, 스포츠, 키네마」, 『서울에 딴스홀을 許하라』, 현실문화연구, 1999, 182~186면.

신선희, 『우리고전 다시 쓰기』, 삼영사, 2005, 253~294면.

우한용, 「문학교육의 이념과 문학교재론의 방향」, 『문학과 교육』 제5호, 한국교육미디어, 1998.

유탁일, 『완판 방각본 소설의 문헌학적 연구』, 학문사, 1981, 64~72면.

_____, 『한국 문헌학 연구』, 아세아 문화사, 1990, 7~8면.

윤구병, 『교과서와 이데올로기』, 천지, 1998.

이용주, 「국어교육에서의 문학의 위치」, 『봉죽헌 박봉배 박사 회갑기념논문집』, 배영사, 1986.

이윤경, 「고전의 영화적 재해석」, 『돈암어문학』 17집, 돈암어문학회, 2004, 103~124면.

이인규, 「한국교육과정의 변천과 외세」, 『분단시대의 학교교육 2』, 푸른나무, 1990.

이주영, 『구활자본 고전소설 연구』, 월인, 1998, 34~41면.

이창헌, 「이야기책의 표기형식과 유통방식」, 『이야기 문학 연구』, 보고사, 2005, 175~176면.

_____, 『경판 방각본 소설 판본 연구』, 태학사, 2000, 18~21면.

이혜경, 「문학작품의 영화로의 전환방식」, 『어문연구』 35집, 어문학회, 2001, 166~174면.

이효성, 『대중매체의 이해와 활용』, 한나래, 1993, 29면.

인권환, 『토끼전·수궁가 연구』, 고대 민족문화연구원, 2001, 223~279면.

정종화, 『자료로 본 한국영화사』, 열화당, 1997, 24~74면.

정출헌, 「봉건국가의 해체와 〈토끼전〉의 결말구조」, 『고전소설사의 구도와 시각』, 소명, 1999, 283~315면.

조희문, 「한국고전소설 〈춘향전〉의 영화화 과정」, 『국제학술대회 논문집』, 반교어문학회, 2006. 12. 18. 61~67면.

천정환, 『근대의 책 읽기』, 푸른역사, 2003, 23~90면.

최미숙, 「국어교육에서의 문학영역 교재화 원리」, 『문학과 교육』 제5호, 한국교육미디어, 1998.

한국 영상 자료원 네이터베이스 http://www.koreafilm.or.kr

한국교육개발원, 『교육과정 개정안(총론)의 연구개발』, 교육개발원, 1981.

한국영화진흥공사, 「한국시나리오사의 흐름」, 『한국시나리오 선집 Ⅰ집』, 집문당, 1986, 294~295면.

〈외국서〉

시모아 채트먼, 김경수역, 『영화와 소설의 서사구조』, 민음사, 1990, 15~45면.

제3부 · 지역

〈자료〉

『대한신문』, 『대한매일신보』

빙허자, 〈小金剛〉, 『대한일보』 1910년 1월 5일~3월 6일.

이우성·임형택 역 편, 『이조한문 단편집』, 일조각, 1978.

이인직, 〈銀世界〉, 『신소설, 번안(역)소설 전집』, 아세아문화사, 1978.

이해조, 〈枯木花〉, 『신소설, 번안(역)소설 전집』, 아세아문화사, 1978.

일우생, 〈五更月〉, 『대한민보』, 1909년 11월 25일~12월 28일.

임제 저, 신호열·임형택 공역, 『白湖全集』, 창작과 비평사, 1997.

황현, 임형택 외 역, 『梅泉野錄』, 문학과 지성사, 2005.

〈논저〉

강재언, 「활빈당 투쟁과 그 사상, 『근대 조선의 민중운동』 풀빛, 1982.

국어국문학회편, 『국어국문학회 50년』, 태학사, 2002.

김남주, 「사랑과 혁명의 시인, 빠블로 네루다」, 『심장은 탄환을 동경한다』, 민
    글, 1993.

김대행, 「국문학의 문화론적 시각을 위하여」, 『국문학과 문화』, 월인, 2001.

김복순, 「신소설 〈소금강〉과 항일의병운동」, 『연세어문학』 20집, 연세대학교
    국문학과, 1987.

김승환, 「21세기 충북·청주의 지역문화와 민족문화」, 『21세기 충북·청주의
    지역문화와 민족문화』, 충북민예총문화예술연구소, 1996.

김영진, 「충북인과 충북문화」, 『충북정신의 기둥』, 충북 교육청, 1993.

_____, 『忠北文化論攷』, 향학사, 1997.

김재용 외, 『한국 근대 민족문학사』, 한길사, 1993.

김화진, 『韓國의 風土와 人物』, 을유문화사, 1973.

김흥규, 「국어국문학의 정체성과 유연성」, 제43회 전국국어국문학 학술대회,
    2000. 5. 26.

박성수, 『독립운동사 연구』, 창작과 비평사, 1980.

박찬승, 「활빈당의 활동과 그 성격」, 『한국학보』 35집, 일지사, 1984.

이창식, 「충북지역 민속특성과 문화권 모색」, 『충북학』 제2집, 충북학연구소, 2000.

임덕순, 「충북지역의 지리적 특성과 문화권」, 『충북학』 제2집, 충북학연구소, 2000.

임형택, 「국문학, 무엇을 어떻게 할 것인가」, 『실사구시의 한국학』, 창작과 비평사, 2000.

조동일, 『우리 학문의 길』, 지식산업사, 1993.

최원식, 「지방을 보는 눈」, 『생산적 대화를 위하여』, 창작과 비평사, 1997.

_____, 『한국 계몽주의 문학사론』, 소명, 2002.

_____, 『한국 근대 소설사론』, 창작사, 1986.

최천식, 「지역문화 활성화」, 『향토사와 지역문화』, 문화체육부, 1995.

한국고전문학회편, 『국문학과 문화』, 월인, 2001.

한상복, 『한국인과 한국문화』, 심설당, 1982.

〈외국서〉

피에르 쌍소, 김주경 옮김, 『느리게 산다는 것의 의미』, 동문선, 2000.

찾아보기

저자 · **권순긍**

1955년 경기도 성남에서 태어나 성균관대학교 국어국문학과를 졸업하고 같은 대학원에서 구활자본 고전소설을 연구하여 문학박사 학위를 받았다. 경신고등학교 교사, 성균관대학교 강사를 거쳐 현재 세명대학교 한국어문학과 교수로 재직중이다.
한국고전문학회, 판소리 학회 이사를 지냈으며 한국고소설학회 부회장으로 활동하고 있다.
저서로는 『역사와 문학적 진실』(1997), 『활자본 고소설의 편폭과 지향』(2000), 『고전소설의 풍자와 미학』(2005), 『고전, 그 새로운 이야기』(2007)가 있으며, 『우리소설 토론해 봅시다』(1997), 『달빛 아래 맺은 약속 변치 않아라(채봉감별곡)』(2005), 『선생님과 함께 읽는 한국고전소설』(2006), 『절개높다 소리마오 벌거벗은 배비장(배비장전)』(2007) 등을 펴냈다.

고전소설의 교육과 매체

초판 1쇄 발행 _ 2007년 12월 28일

저 자 _ 권순긍
발행인 _ 김흥국
펴낸곳 _ 도서출판 **보고사**(등록 제6-0429)
주 소 _ 서울시 성북구 보문동7가 11번지 2층
　　　　전화 922-5120~1(편집) 922-2246(영업) | 팩스 922-6990
　　　　메일 kanapub3@chol.com | www.bogosabooks.co.kr

정 가 _ 15,000원
ISBN _ 978-89-8433-615-5(93810)

* 잘못된 책은 바꾸어 드립니다.
* 저자와의 협의에 의하여 인지는 생략합니다.